무르시블의 ———— 소녀

전훌 장편소설

위즈덤하우스

차례

잠자는 동안 우리 영혼은 무르시블에 있다

시간이 존재하지 않는 대륙에 뜨거운 바람이 회전하고 있었다. 척박한 이 땅을 축복하기 위해 세 명의 현인이 찾아왔다. 툰, 아렌, 그리고 니르안. 과거, 현재, 미래를 주관하는 거룩한 현인들은 시간을 관통하는 하나의 예언을 이 땅에 숨처럼 불어넣었다.

심연의 어둠을 다스릴 운명이 태어날 것이다.
소녀의 이름은 무르시블.
그 이름은 어둠을 빛으로 건져 내리라.

현인들의 입술에서 세 갈래의 연기가 뻗어 나가자 대륙과 마주한 우주에서 페로니아 은하가 대폭발했다. 흩어진 별의 사체는 새로운 별을 조립하는 재료였다.

들숨과 날숨을 반복하는 암흑의 자궁 속에서 흩어진 먼지들이 서로 부딪치고 뒤엉키더니 대지 위에 벼락처럼 쏟아졌다. 죽음과 공허에서 태어난 별, 무르시블이었다.

별의 아이는 숨을 헐떡이며 몸에 묻은 푸른 재를 털어 냈다. 아직 아무것도 없는 황무지였지만 아이는 이미 모든 것이 완성된 영광을 보고 있었다. 자신을 향해 양팔을 벌리는 거대한 날개와 그 안에 가득한 빛들이 입을 맞추며 서로를 환대하는 모습을 보았다. 축복의 빛을 바라보는 아이의 입에서 아름다운 미소가 흘러내렸다. 아이가 한 번 미소 지을 때마다 그 입가에서 은하수가 보석처럼 떨어졌다. 땅에 닿은 보석들은 순식간에 거대한 백색 초목과 진주빛 성채로 솟아올랐다. 아이가 흘린 기쁨의 눈물은 강과 바다가 되어 온통 푸른빛으로 대륙을 적셨다.

아이의 심장엔 땅을 열두 조각으로 가르고 그 안에 바다를 추락시킬 만한 힘이 들어 있었다. 그러나 막 태어난 가슴은 생명에 대한 의지와 사랑으로 충만했다. 누가 감히 해하지도 않고 애써 보살피지 않아도 되는 이 땅에서, 아이는 강가에 핀 꽃 한 송이를 자신의 몸보다 더 사랑했다.

예언의 아이는 소녀가 되었고, 자라는 동안 자신이 특별한 존재임을 잊어버렸다. 빛과 그림자처럼 이 땅과 등을 맞댄 '지구'라는 곳에서 태어나고 죽은 수많은 영혼들이 그러했듯이.

1

황제의 추방

무르시블 제국의 신왕(God-King)이자 황제, 무르시블은 중대한 발표를 앞두고 있었다.

드리머와 시민을 포함한 수백억 명의 백성들이 각 대륙에서 모인 가운데 황제는 '성전'이라 불리는 황궁에서 가장 높은 권좌에 앉았다. 눈에 닿는 모든 것이 백금으로 이루어진 성전은 무르시블을 심장처럼 품고 있었다. 황제는 별의 형태로 이어진 다섯 대륙의 군주였다.

영원이 찰나처럼 흐르는 이곳에서 황제가 가진 권력은 이루 말할 수 없을 정도였다. 모든 찬란한 행복과 슬픔이 황제 발아래 있었으며 황제의 허락 없이는 단 하나의 별도 이 땅에 떨어질 수 없었다.

황제는 지금 그 모든 권력과 영광을 내려다보고 있었다. 영원이 또 다른 영원에 이르기까지 황제가 누려 온 영광이었다. 하지만 그 영광도 끝에 다다랐음을 황제는 알 수 있었다.

성전 밖은 우주의 장막으로 둘러싸인 것처럼 어두웠고 귓전을 때리는 날 선 바람 소리로 시끄러웠다. 제국을 위협하는 검은 모래 폭풍이 금방이라도 백색 성채를 덮을 듯 넘실거렸다. 이 검은 폭풍은 '그것'이 깨어났다는 증거였다. 대제사장 엘리고스가 자리에서 일어나 황제 앞으로 나아갔다.

엘리고스는 무르시블의 대학자이자 현인들의 예언을 받드는 선지자의 후손으로, 이 성전에서 황제 다음으로 높은 권한을 가진 자였다. 적녹색을 띤 '얀테'는 대제사장만 먹을 수 있는 황혼의 별이었는데, 그 별을 먹으면 누구나 약간의 예지력을 얻을 수 있었다. 얀테의 빛은 다른 별보다 어두워서 지혜가 충만한 사람이 먹어야 보다 정확한 예지력을 발휘할 수 있었다.

"폐하, 때가 됐습니다. 제국의 이름과 동일한 폐하께선 이 어둠을 다스릴 유일한 운명이며 이미 죽은 자들과 아직 살아 있는 모든 자들의 구원자이십니다. 폐하의 위엄으로 이 땅을 위협하는 사악한 세력을 없애시고 영원한 아름다움으로 우리를 다스리소서."

엘리고스의 말대로 제국의 안위는 이제 무르시블에게 달렸다. 더는 출정을 지체할 시간이 없었다. 불결한 폭풍이 이토록 성전 가까이 근접한 건 이번이 처음이었다. 성전을 수호하는 붉은 모래, 사가비시니의 힘도 점점 약해지고 있었다. 이 최후의 전쟁에서야말로 '그것'을 끝장내야 했다.

엘리고스가 옅은 구름에 덮힌 페로니아 초신성을 두 손으로 황제에게 건넸다. 얇은 은색 원반에는 그물처럼 구불거리는 에즈린 성운과 함께 수명을 다한 별들이 폭발하고 있었다. 불꽃처럼 빛을 발산했다가 희미해진 별들의 꼬리는 곧 예언의 활자로 변했다.

심연의 어둠을 다스릴 운명이 태어날 것이다.
소녀의 이름은 무르시블.
그 이름은 어둠을 빛으로 건져 내리라.

무한하고 아득한 깊이에 의식을 집중한 순간, 무르시블 황제는 전군을 이끌고 검은 땅으로 출정하는 자신의 미래를 보았다.

바닷가 모래알보다 많은 까마득한 수의 전사들이 무르시블의 뒤를 따르고 있다. 황제가 오른팔을 들자 일제히 모두가 걸음을 멈춘다. 황제는 선두에 서서 불길한 검은 땅을 응시한다. 거기서부터 지독한 탄 냄새가 자욱이 흘러나온다. 숨겨진 문이 지옥처럼 입을 벌리자 검은 모래가 빚은 마귀들이 쏟아져 나온다.

무장한 군사들이 제국의 검과 활로 대적하지만 그 무기들은 악마의 몸을 뚫지 못한다. 군사들이 힘없이 쓰러지자 순식간에 대열

무르시블의 수도

10

이 흐트러지며 그 땅은 사흘 밤낮으로 불이 꺼지지 않는 도살장이 된다. 황제를 위해 싸우던 전사들의 피가 물밀듯 성전 안까지 덮쳐 바다처럼 출렁인다. 황제는 그 핏빛 바다에 잠겨 질식하는 중이다.

"아름답고 거룩한 황제 폐하, 영원히 우리를 다스리소서!"

백성들의 외침에 전사들의 비명에 짓눌린 황제의 눈꺼풀이 꿈틀거렸다. 황제는 죽음이 지겨웠다. 죽음이 곧 삶이 돼 버린 이 세계가 허무하게 느껴졌다. 모든 게 부질없어진 황제에겐 자신을 찬양하는 백성들의 말이 이렇게 들렸다.

"허무하고 허무한 황제 폐하, 영원히 허무한 우리를 허무하게 다스리소서!"

성전에 있는 모든 사람들이 자신을 바라보며 한 손엔 목이 긴 크리스털 잔을 들었다. 잔을 내려놓는 황제의 얼굴에서 천천히 미소가 지워졌다. 황제는 자신이 앉은 권좌를 내려다봤다. 아름답게 치장한 자신의 팔과 손목, 손가락과 발끝을 보다가 두 손으로 머리 위에 씌워진 왕관을 벗겼다. 진귀한 보석들이 영롱한 빛을 뿜어내고 있었지만 황제에겐 그저 생명이 없는 돌멩이로 보였다. 발끝까지 몸을 덮고 있는 호화로운 가운도 천 조각일 뿐이었다.

문득 황제는 자신의 마음이 어떻게 생겼는지 궁금했다. 심장이라는 단어와 어울리는 빨갛고 생생한 피가 돌고 있을까. 아니다. 얇은 피부 밑에는 근육도, 피도, 뼈도 없이 텅 비어 있다. 황제는 공허로 가득 찬 우주의 먼지가 된 것 같았다. 이들 중 아무도 황제가 있는 우주에 올 수 없었다. 어떻게 여기까지 오게 된 걸까.

황제는 이 허무하고 무력한 감정이 폭풍보다 더 두려웠다. 특별한 이유 없이 생긴 이 감정을 어떻게 없애야 할까. 적어도 지금은 그런 감정에 빠지지 않아야 했다. 다시 없을 이 전쟁에서 반드시 승리해야 하기 때문이었다. 큰 희생을 치르더라도 승리한다면 전장에서 돌아와 다시 이 자리에 앉을 수 있을 것이다.

그러나 예언은 틀렸다. 방금 본 미래가 알려 주지 않았는가. 이 싸움은 이길 수 없고 애초에 시도조차 해선 안 되는 것이었다. 황제는 누군가 자기 대신 예언이 틀렸다는 말을 해 주길 바랐다. 그 미래는 황제의 공허한 상상이 아니었다. 황제는 이미 10년 전 악몽 속에서 그것과 대면했다.

그것은 한밤중 황제의 침실로 다가와 날카로운 손으로 황제의 목을 쥐었다. 검은 불꽃이 타오르는 눈과 마주한 순간 악취에 정신이 몽롱해졌다. 짐승의 시체에서 나는 썩은 냄새가 코를 찔렀다. 그것의 음험한 소리가 방 안 전체를 뒤흔들었다.

무르시블은 무너질 것이다.

"넌 날 죽일 수 없어. 이 제국도…… 무너지지 않아."
암흑 속에서 황제의 가느다란 목소리가 새어 나갔다.

어리석은 황제여.

나는 살아 있는 생명을 지배하는 어둠이자

죽은 채로 불멸하는 고대 악마, 메피힐티눔이다.

"원하는 게 뭐야?"

백성을 살리고 싶다면 권좌를 버려라.

네가 가진 모든 것을 버리고

이 성전을 떠나 버려진 땅으로 오라.

그것의 악취는 머릿속에 '희망'이라는 글자를 떠올릴 수 없을 만큼 압도적인 절망의 냄새를 풍겼다. 살짝만 들이마셔도 그동안 맡아 온 모든 향기를 잊어버리게 하는 냄새였다. 제국에 속한 그 어떤 대륙의 힘으로도 그 악취를 사라지게 할 수 없었다.

황제는 무르시블을 위해 언제나 목숨을 바칠 각오가 되어 있었다. 그러나 이제 전쟁 같은 건 의미가 없어 보였다. 만약 황제가 전 군을 동원해도 무르시블은 패망할 것이다. 그러나 아직 한 가지 방법이 남아 있었다.

'백성을 살리고 싶다면……'

그 말이 황제의 결심을 굳혔다. 자신의 이름과 같아 곧 자신이 된 이 땅을 떠나기로 한 것이다. 만약 이런 순간이 오면 황제는 비참하고 슬프기만 할 줄 알았으나 어떤 면에서는 기이한 안도감과 해방감을 느꼈다. 그토록 두려워하던 일이 현실이 되자 10년을 시달려 온 악몽이 비로소 끝났기 때문이다.

하지만 그 자유는 부메랑처럼 죄책감으로 돌아와 황제를 찔렀다. 정말 무르시블을 사랑했다면 더 슬프고 고통스러워야 되지 않나. 패망할 줄 알면서도 전장으로 뛰쳐 가야 하지 않나. 황제는 다시 권좌 아래를 바라봤다. 황제의 눈이 정령처럼 흐려졌다.

'나의 백성…… 나의 땅…… 나의……'

무르시블.

파도처럼 덮친 음성에 심장이 내려앉았다. 그것의 목소리는 다른 사람들에겐 들리지 않았다.

무르시블. 왜 이곳에 있지.
아직 누려야 할 영광이 더 남았나.

황제가 수년째 대답하지 못한 물음이었다. 이제 더는 그 대답을 미룰 수 없었다.

일어나.

14

황제의 손을 떠난 왕관이 쨍그랑 소리를 내며 제단 밑으로 굴러 떨어졌다. 청금색으로 반짝이던 성전이 검은 파도처럼 일렁이고 있었다. 대제사장은 물론, 다섯 대륙의 왕과 백성과 시민 들이 불길한 얼굴로 일제히 황제를 바라보았다. 황제의 눈에 사람들은 흐린 형체로 보였다. 황제 자신조차 실체 없이 일그러져 곧 재가 되어 사라져 버릴 것 같았다.

"폐하."

대사제의 목소리가 중력처럼 황제를 끌어당겼다. 황제는 자신이 떠나야 할 사랑하는 수많은 것들을 떠올리며 대사제를 올려다보았다. 황제의 안색이 몸 안에 모든 피가 쏟아진 것처럼 잿빛으로 변해 있었다.

"왜 그러십니까?"

짐짓 모르는 척했으나 대사제는 자신이 섬기는 이 젊은 황제가 불안해하고 있다는 사실을 오래전부터 눈치챘다. 하지만 이해할 수 없었다. 황제는 지금을 위해 태어나고 또 선택된 자였다. 제국의 이름이자 황제를 가리키는 이름 '무르시블'이 그 사실을 증명했다. 황제는 제국에서 가장 고결하고 용맹한 자였고 모든 사람들이 이미 황제의 승리, 곧 제국의 승리를 예상했다.

"난 더 이상…… 여기 있을 수 없어."

대사제는 예상은 했지만 막상 그 말을 황제의 입으로 듣자 심장이 차갑게 얼어붙었다. 어떻게든 막으려 했지만 황제는 이미 권좌

아래로 성큼성큼 걸어 내려갔다. 떨어트린 왕관을 지나는 그 단 몇 초가, 황제 생을 통틀어 가장 길고 외로운 순간이었다.

이 광경을 지켜보는 누구도 이 상황을 믿을 수 없었다. 제단에서 내려온 황제가 회랑을 지나는 동안 사람들의 표정은 공기 중에 독극물이라도 번진 것처럼 충격으로 굳었다.

"황제 폐하, 어디로 가십니까?"

다섯 대륙의 왕들 중 불안의 대륙을 수호하는 헬니본 왕이 황제 앞을 막았다. 헬니본은 황제가 사랑하는 왕들 중 특별히 아끼는 군왕이었다. 알 수 없는 불안을 느끼기 시작할 때부터 황제는 그의 땅을 자주 찾았다. 적막한 안개에 휩싸인 메마른 땅이었지만 헬니본이 곳곳에 심어 둔 나무에선 영혼을 다독이는 빛이 이슬처럼 맺혔다.

"나는 무르시블을 버려야 해. 그대들도 그대들을 저버린 나를 철저히 버려라."

"폐하, 무슨 말씀이신지…… 곧 전쟁이…… 제가 도울 수 있는 방법은 없습니까?"

"우리는 이 전쟁에서 이길 수 없어. 내가 여기 있으면 모든 대륙이 위험해."

"그럴 리 없습니다! 폐하께서 어둠을 다스릴 운명이라는 예언을 모두가 알고 있는데 어떻게……."

황제의 얼굴이 일그러지자 성전 전체가 검붉은 핏빛으로 변하며 수십 개의 파편으로 갈라졌다. 절단된 조각이 위협적으로 공중에 떠 있었다. 성전은 순식간에 공포에 질린 비명으로 가득 찼다. 마치 그것이 제국 성전을 뚫고 들어와 사람들의 심장을 꿰뚫어 버린 것 같았다.

"헬니본, 난 내가 싸워야 할 존재를 알아. 하지만 그대들은 모른다. 난 이미 모든 미래를 봤어. 누구도 그것을 이길 수 없어. 무고한 자들을 희생시킬 순 없어. 지금 내가 떠나야 백성들이……."

"폐하가 없는 무르시블이 어떻게 되는지 잘 아시지 않습니까?"

"그것이 운명이라면 무르시블은…… 때가 됐다."

'나의 때가.'

황제가 속으로 말을 마치자마자 공중에서 굉음이 진동했다. 백성들의 비명 소리와 함께 무르시블을 둘러싼 세 명의 거인 중 툰의 허리에 대각선 모양의 균열이 생겼다. 세 현인을 상징하는 동상에는 각기 그들의 정신이 깃들어 있었다. 미래나 현재가 아닌, 과거 '툰'에 균열이 났다는 건 무슨 뜻일까.

황제가 다시 발을 떼자 그녀 곁을 지키던 타르스가 머리를 숙이며 등을 내어 주었다. 하지만 황제는 그마저 거부했다. 타르스는 몸집이 용처럼 커졌다가 강아지처럼 작아지기도 하는 신비로운 동물이었다. 황금빛 눈동자로 인간의 감정과 생각을 들여다볼 수 있는 영물이기도 했다. 황제는 검게 빛나는 타르스의 갈기를 한 번 쓰다듬은 뒤 다시 긴 회랑을 걸어 나갔다.

마침내 황제의 발이 성문을 넘어선 순간 무르시블의 일곱 개의 태양과 일곱 개의 달과 수조 억 개의 별들이 차갑게 죽어 버렸다. 무르시블의 백색나무, 쿼러스의 뿌리도 노파의 머리칼처럼 볼품없이 시들었다.

　　대사제는 극심한 자괴감에 휩싸였다. 결정적인 순간에 황제를 지키지 못했다는 죄책감과 상실감이 그를 무너뜨리고 있었다. 감히 지존의 발걸음을 돌이킬 수 있는 사람은 자신을 포함해 아무도 없었다. 다만 자신이 섬기는 왕을 오래 사랑하여 견딜 수 없는 지경이 된 대사제의 심장에서 얇은 그 입술에서 검고 긴 탄식이 흘러나왔다.

　　'폐하, 이 방법뿐입니까.'

　　제국의 최고 형벌은 사형이 아닌 '추방'이었다. 성벽 밖은 죽음보다 더한 고통뿐이기 때문이다. 그러나 황제는 방금 그 고통을 선택했다. 성문을 벗어난 황제의 몸엔 더 이상 왕관이나 국장이 새겨진 반지 등 황제의 흔적이 하나도 남아 있지 않았다. 그저 얼굴과 머리를 감쌀 수 있는 길고 얇은 천이 몸에 걸친 전부였다.

　　맨발이 닿자 붉은 모래 사가비시니가 기다렸다는 듯 부드럽게 황제를 감쌌다. 사가비시니는 태곳적부터 이 거룩한 땅을 지키기 위해 이방인들의 출입을 막는 결계였다. 이방인들은 제국 밖 메피힐티눔의 영역에 속했다.

　　전설에 따르면 메피힐티눔은 무르시블이 생길 무렵부터 그 땅을 지배한 정령이었다. 사람들은 그의 힘이 깃든 검은 모래를 '악마의 피부'라 불렀다. 검은 모래는 때로 강한 바람을 타고 제국 안으로 날아오곤 했는데 그걸 막는 게 사가비시니였다. 하지만 얼마나 더 그 세력을 막을 수 있을지 알 수 없었다.

'버려진 땅으로 가려면 어디로 가야 하지? 자기 나라를 버린 왕은 어디서 어떻게 죽어야 할까.'

황제는 무언가에 홀린 사람처럼 붉은 대지를 걷고 또 걸었다. 수도에서 멀어질수록 거짓과 배신, 탐욕이 뒤섞인 악취가 났다. 이방인들의 냄새였다. 그들이 자신을 발견한다면 메피힐티눔을 만나기 전에 죽임을 당할 수도 있었다.

그러나 이방인들의 눈에 채 띄기도 전에 유령처럼 스며든 검은 모래가 사가비시니를 잔인하게 할퀴고 베기 시작했다. 황제는 두 가지 색으로 뒤엉킨 모래 바닷속에서 이리저리 부딪치고 뒹굴었다. 모래 알갱이들은 거대하게 밀집해 황제를 내팽개 치다가도 반격하려 하면 실체 없이 흩어져 버렸다. 더 이상 공격할 힘도 의지도 황제에겐 남아 있지 않았다. 그대로 몸을 내맡기자 접전 끝에 우세한 모래가 황제를 자신의 깊은 목구멍 속으로 집어삼켰다. 그리고 미처 상상할 수 없을 만큼 먼 곳으로 황제를 데려갔다.

2

잠자는 숲속의 마녀

자퇴하고 싶다. 학교에서도, 가능하다면 내 인생에서도. 교실에서 일제히 앞을 바라보고 있는 머리들을 바라보며 나는 늘 그렇게 생각한다. 똑같은 옷을 입고 똑같이 앉아 있는 행위 자체도 이상하게 느껴진다.

교과서는 과거의 정보가 누워 있는 무덤이다. 이 죽은 공부를 하는 우리도, 우리를 가르치는 선생님들도 살아 있는 것 같지 않다. 이건 진짜 삶이 아니다. 사실, '삶'이라는 걸 사는 사람은 아무도 없는 것 같다.

애초에 살아 있지 않은 나는 그럼에도 불구하고 왜 매일 밤 잠을 자야 할까. 더 심각한 문제는, 그 잠에서 '왜' 깨어나야 할까.

푹 꺼진 침대 매트리스 위에 그 이상한 의문을 품은 존재가 눈을 뜬다. 끔찍하게 무거운 몸을 일으켜 화장실로 간다. 세수를 하고 교복을 입고 시리얼 그릇에 우유를 붓는다. 양치를 한 뒤 신발을 신고 아빠에게 어제처럼 "다녀오겠습니다."라고 인사를 한다. 생기 없는 얼굴에 두 개의 퀭한 눈을 단 그것이 문을 연다. 차가운 표정에 화가 난 건지 슬픈 건지 모를 눈빛을 한 열여섯 살 소녀. 그게 나다.

지금 나는 산꼭대기에 살고 있다. 컨테이너로 만든 우리 집은 경기도 남건읍에 있는 3천 평 규모의 농장 안에 있었다. 말이 농장이지, 구불구불한 산허리마다 공사장의 철근과 철조망으로 만든 가축 우리가 있는 게 전부다. 나는 다른 애들이 자전거나 버스를 타고 학교에 갈 때 산을 타고 내려와 한 시간 동안 좁은 숲길을 걸어야 한다. 여기는 읍내에서도 멀고 외진 곳이라 택시는 물론, 마을버스도 다니지 않았다.

질풍노도의 시기를 겪는 청소년이라면 이런 환경이 꽤 짜증났겠지만 사실 난 별 불만이 없었다. 내가 착하고 온순한 성격이어서가 아니다. 오히려 그 반대다. 나는 스스로도 질려 버릴 만큼 예민한 편이다. 그 성가신 예민함을 '잘 참을' 뿐.

이런 나를 그나마 진정시키는 건 싱그러운 푸른 잎과 편안한 나무 냄새다. 작은 빗방울이 내리는 숲길을 걸으면 뭔가 그리운 사람이 올 것 같은 설레는 기분이 든다.

무엇보다 나는 이 산이 품고 있는 '낡음'이 좋다. 내가 태어나기 전부터 있었고 죽은 뒤에도 이 자리를 지킬 키 큰 나무들은 그 자체로 숲의 정령처럼 신비롭다. 이곳저곳에 제멋대로 자라나는 야생화들과 이끼는 나무만큼 점잖지는 않지만 자연스레 정이 가는 친구들이다.

눈이 펄펄 내리는 겨울엔 숲 전체에 사박거리는 소리뿐이다. 동물들도 울지 않고 그 모습을 바라본다. 한적한 숲속을 걸어 다니며 아무도 밟지 않은 눈밭에 내 발자국을 남긴다. 눈이 내리는 동안 숲은 춥지 않고 오히려 아늑하다. 그 평화로운 분위기가 너저분한 현실을 잊게 한다. 문득 가슴에 차오르는 슬픔도 내려놓을 수 있다. 나는 이 숲이 지닌 품위와 신비로움에 일찌감치 매료되어 이곳을 내 은신처로 삼았다.

창피하지만 지금보다 더 나이가 어릴 때는 스스로를 지하 왕국의 잃어버린 공주로 생각했다. 그 상상 속에서 난 새침데기 공주라기보다는 정치와 전투에 유능한 전사였다. 화려한 드레스나 반지보다는 검과 화살을 갖고 놀길 좋아해 근위병들을 벌벌 떨게 만드는 별난 공주. 이런 유치한 설정을 한 이유는 꿈 때문이었다.

초등학교 때부터 내 별명은 '잠자는 숲속의 마녀'였다. 그 애들 눈에도 내가 공주보다는 마녀처럼 보였나 보다. 인상도 까칠하지만 대부분의 쉬는 시간을 '잠'으로 보냈기 때문이다. 게다가 지금은 진짜 숲에서 살고 있으니 공교롭게도 꽤 알맞은 별명이다.

나는 언제나 잠자는 걸 좋아했다. 감기에 걸려 열이 끓으면 더 신났다. 감기약을 먹고 몽롱한 상태에서 아주 오랫동안 잠을 잘 수 있었으니까. 잠을 자려면 일단 몸에 모든 힘을 풀어야 한다. 깨어 있을 때 바짝 힘을 주던 목과 어깨의 근육을 풀고 머릿속 생각들도 던져 버려야 한다. 그렇게 조금만 있으면 단단했던 의식이 물처럼 허물어지며 파도가 쓸어가는 모래알처럼 깊은 바다로 아찔하게 빨려 들어간다.

뉴스에 나오는 교만하고 못된 사람들도 낮에는 무슨 짓을 하든 밤엔 똑같이 이런 과정을 거쳐 잠든다고 생각하면 모두가 그저 떼쓰기 좋아하는 아기처럼 느껴진다. 생존을 위해서라도 반드시 필요한 잠은 날마다 인간을 겸손하게 만드는 신비로운 행위다. 재벌과 노숙자, 대통령과 청소부, 독재자와 성직자, 슈퍼스타, 노인과 아이 등 잠은 지상의 모든 사람들을 평등하게 만든다.

잠을 잘 때 우리는 잠깐 죽어 있는 게 아닐까? 미래에 누구도 피할 수 없는 죽음이라는 관문을 연습하기 위해서 말이다. 인간이 잠든 상태의 뇌파와 죽기 직전에 측정한 뇌파가 비슷하다는 연구 결과를 본 적이 있다.

아무튼 그 오래전 꿈속에서 내가 입었던 드레스의 촉감이 지금도 생생하다. 고풍스러운 연회장에서 춤을 출 때마다 무수한 별빛들이 박힌 풍성한 소매와 허리를 잘록하게 묶은 리본이 우아하게 흩날렸다.

머리 위에서 빗물처럼 떨어진 보석들은 백금으로 만든 관에 부딪쳐 영롱한 소리를 냈다. 나는 팔꿈치까지 섬세한 보석이 박힌 검은색 실크 장갑을 낀 채 누군가의 어깨를 잡고 밤새도록 춤을 추었다. 발이 아프거나 지치지도 않았다. 유리 구두가 아닌 무릎까지 오는 군화를 신었기 때문이었다. 드레스와 군화는 전혀 어울릴 것 같지 않지만 꿈에선 그렇지 않았다.

궁궐 무도회라고 해서 옛날 시대 같진 않았다. 나를 둘러싼 공간은 SF 영화에서 봤던 미래 도시의 건축물보다 미끈하고 세련됐다. 과거도 미래도 아닌 알 수 없는 묘한 시대였다. 굳이 따지자면 내 영혼은 미래보다는 과거에 어울리긴 했다. 이 구식의, 낡은 영혼은 너무 오래돼서 아주 먼 옛날에 태어났어야 했다.

하지만 내 의지와는 다르게 나는 21세기에 태어났고 지금은 그 시대와도 전혀 어울리지 않는 산꼭대기에 살고 있다. 하지만 뭐 어쩌겠나.

만약 이 농장이 아빠 소유라면 그나마 상황이 나았겠지만 진짜 주인은 서울에 있고, 6개월 전 아빠는 이곳에 관리인으로 취직해 숙식하며 지내는 중이었다. 진부한 가정사지만 엄마는 내가 세 살 때 말도 없이 집을 나갔고 이후 쭉 아빠와 단 둘이 전국을 떠돌며 살았다.

나는 뭉툭한 돌계단을 내려와 연못과 공작새, 거위와 닭 우리를 지나 쏜살같이 산 아래 대문으로 향했다. 개집에서 재빨리 튀어나온 셰퍼드 보리가 어느새 나를 앞질러 뛰고 있었다. 보리는 나보다 먼저 이 산에서 살고 있던 성견으로, 처음엔 아빠를 무척이나 경계했다. 나 역시 일어서면 내 키를 훌쩍 넘는 커다란 개가 뜨악할 정도로 무서웠다.

의외로 나에게 호감을 먼저 보인 건 보리였다. 어느 날 농장에서 뭘 잘못 주워 먹고 크게 장염을 앓은 보리를 아빠가 지극정성으로 보살펴 낫게 한 뒤 보리는 아빠를 새 주인으로 받아들였다. 그날 이후로 보리는 나를 보면 꼬리를 프로펠러처럼 흔들며 달려왔다.

보리가 학교에 가려고 비탈길을 내려오는 날 보더니 미친 듯이 달려오던 순간을 아직도 기억한다. 공포에 질려 얼어붙은 내게 펄쩍 뛰며 달려들길래 처음엔 날 죽이려는 줄 알았다. 긴 혓바닥으로 사정없이 얼굴을 핥는 동안에도 혹시나 물릴까 봐 저항할 수 없었다.

물론 보리는 날 죽이거나 물 생각이 전혀 없었다. '네가 새 주인님의 딸내미로구나! 그렇다면 너랑도 친하게 지내 주지.' 같은 마음을 품은 걸까. 보리는 뜨끈하고 축축한 침으로 내 눈과 코를 사정없이 적셨다. 보리처럼 부드러우면서도 억센 털을 움켜쥐며 나는 결국 '알았어. 친구할게.'라고 항복했다.

그날 이후 보리는 비가 오나 눈이 오나 학교까지 날 데려다주었고 수업이 끝나면 산길이 시작되는 길목에 서 있었다. 처음 몇 번은 내가 보는 둥 마는 둥 했음에도 나에 대한 보리의 애정은 변하지 않았다. 내가 겉으로는 얼음 마녀 같아도 사실은 살짝 건드리기만 해도 무너져 버리는 유리 멘털의 인간이라는 걸 똑똑한 보리는 일찍이 간파했던 것 같다.

다리가 좀 아프긴 하지만 나는 학교로 가는 이 길이 좋았다. 굳이 이유를 말하자면, 첫째로 도시에서와는 달리 그 누구도 마주치지 않고 걸을 수 있고, 둘째로 보리를 제외하면 혼자 걸을 수 있으며, 셋째로 인간이라곤 나뿐이기 때문이다.

결국 다 같은 말이긴 하지만 어쨌든 다른 인간이 없다는 건 내게 깊은 안도와 평화를 주었다. 내게는 남들과는 다른 기능을 가진 신체 기관이 하나 있었기 때문이다. 자발적인 왕따가 된 데에는 사실 이 이유가 컸다.

애초에 나는 사람과 가까이 할 수 없는 능력, 혹은 장애를 갖고 있었다. 지금 내 신경은 온통 어젯밤 꿈속에 가 있었다. 두 눈은 수학 교과서에 고정돼 있지만 꼬부라진 글씨로밖에 안 보였다. 머리로 간밤의 꿈을 반복 재생 중이었기 때문이다.

3

드리머

이 중학교로 전학 오면서 이상한 꿈을 꾸기 시작했다. 주로 두 가지 종류의 꿈이었는데 진행되는 양상이 매우 특이했다. 먼저 첫 번째 꿈은 격주로 나와 '완전히 똑같은' 장면을 보여 주었다. 아니, 보여 준다기보다는 체험에 가까웠다. 꿈은 매 장면이 강렬해서 꿈을 꾸는 중에도 '지난주 꿈의 그 장면'이라는 걸 알 수 있을 정도였다.

두 번째 꿈은 꿀 때마다 내가 겪고 있는 사건이 조금씩 진행됐는데 꿈에서 깬 직후에는 무언가 간절한 느낌만 남아 있을 뿐, 상황에 대한 정보는 순식간에 휘발돼 기억이 나지 않았다.

꿈에서 깬 순간에는 비록 찰나였지만 극심한 외로움을 느꼈다. 강렬한 불길이 내가 사랑하는 무언가를 휩쓸어 간 것처럼 가슴이 아렸다. 내가 잘 알지도 못하는 세계를 이렇게 사랑할 수 있다는 게 가능한 일일까? 평소 감정을 적대시하는 내가 꿈속에선 왜 이렇게 다채로운 감정에 빠져 정신을 못 차리는 걸까?

나는 꿈의 내용을 조금이라도 기억하기 위해 베개 옆에 펜과 빨간 노트를 놓고 잤다. 나는 그걸 '꿈 일기장'이라고 불렀다. 잠에서 깬 직후, 논리적으로는 말이 안 되는 문장을 비몽사몽간에 그 꿈 일기장에 휘갈겼다. 그리고 다음 날 차분히 노트를 다시 보며 바로 옆 페이지에 알아볼 수 있게 정리했다. 그러면 놀랍게도 그 메모에 대한 기억과 감정이 잠시 불씨처럼 되살아나곤 했다.

하늘에서는 구름 대신 신비로운 은하수의 광채가 휘몰아치고 땅은 온통 반짝이는 붉은 모래로 둘러싸인 꿈의 세계는 환희, 불안, 슬픔, 분노, 사랑까지 총 다섯 개의 대륙으로 이루어져 있었다. 모든 대륙은 크기가 같았으며 똑같이 중요했다. 예를 들어 분노나 불안의 대륙은 환희나 사랑의 대륙만큼 중요했고, 이 꿈의 세계를 지탱하는 데에도 꼭 필요한 존재였다.

다섯 대륙의 중심에는 어디에서나 볼 수 있는 백색 황궁이 심장처럼 박혀 있었다. 성전이 있는 유리 도시 실론을 중심으로, 동상처럼 지어 놓은 세 명의 거인이 서로의 어깨에 손을 얹어 하나의 웅장한 삼각형을 이루고 있었다. 이따금 지진으로 땅이 흔들릴 때마다 세 거인의 어깨도 흔들렸지만 성스러운 힘으로 다섯 대륙을 지탱하는 그들 몸엔 작은 균열도 나지 않았다.

언젠가 나는 다음 날 잠에서 깰 때까지 핑크색 롤러코스터를 타고 도시를 구경했다. 지하철처럼 도시 어디로든 이어진 롤러코스터는 도착지에 가까워질수록 투명하게 변했다. 모래의 움직임을 형상화해 나선 모양으로 지어진 유리 도시 실론에 들어서자마자 한 고급스러운 상점이 눈에 띄었다. 빨간색의 짧은 머리를 한 직원이 내게 인사를 건넸다.

"어서 오세요, 뉴메르입니다."

자신을 피키아라고 소개한 친절한 상점 직원이 대뜸 내 손을 만졌다. 그러곤 동그랗게 커진 눈으로 허리를 숙였다. 내가 뭔가를 묻자 그녀는 정신없이 설명을 늘어놓았다. 그녀는 잠이 들 때에만 이곳에 오는 '드리머'가 아닌 이 세계에 속한 '백성'이라고 했다.

뉴메르는 사람의 성격과 감정에 따라 어울리는 반려 원석을 판매하는 곳이었다. 잘 키운 원석은 장인이 세공한 것처럼 눈부신 보석으로 성장할 수 있었다.

보석들은 무한한 암흑의 우주에서 태어나 각기 나이가 달랐고 태어난 뒤에도 주인이 얼마나 잘 돌봐 주는지에 따라 그 빛과 크기가 달라졌다. 원석이 가진 기질과 특징을 존중하고 그것을 자신에게 잘 적용하는 사람은 영롱한 빛을 뿜어내는 보석으로 키울 수 있었다.

예를 들어 보석의 왕이라는 별명을 가진 루비는 누군가에게 사랑의 감정을 느끼는 사람만이 키울 수 있는 보석이었다. 사랑하는 사람을 볼 때 뛰는 심장 소리를 먹고 자라기 때문이었다.

내가 제일 인기 있는 보석이 무엇인지 묻자, 피키아가 진열장을 보여 주며 흥분했다.

"불안을 달래 주는 터키석 펜던트예요. 승리를 상징하는 보석인데 착용하는 것만으로도 안정 효과가 있거든요."

피키아가 은밀하게 속삭였다.

"아시다시피 곧 큰 전쟁이 벌어지니까요."

전쟁? 꿈에서?

내 표정을 살피던 피키아가 서둘러 말을 돌렸다.

"물론 다들 큰 걱정은 안 해요. 예언대로 당연히 승리할 테니까요. 분위기가 조금 뒤숭숭한 것뿐이죠. 아! 구경하시는 동안 오로라 차를 한 잔 하시겠어요? 별똥별이 들어간 쿠키도 막 구워서 따뜻해요."

그러고 보니 조금 배가 고팠다. 꿈의 시민들이 먹는 주식은 주로 '잘 익은 별'이었다. 은하에서 몸집을 제법 키운 별들은 어느 날 하늘에서 뚝 하고 떨어졌다. 그 별이 바닥에 닿기 전 밑에서 융단을 펼쳐 수거하거나 아예 올라가 직접 따는 사람들도 있었다. 가장 귀한 별은 밝은 '새벽별'로 황제가 허락하는 특별한 날에만 채집할 수 있었다.

아까부터 눈치챈 사실이지만, 이곳에서 나는 뭔가 중요한 사람 같았다. 마주친 사람마다 놀라움과 감탄 섞인 인사를 하는가 하면, 한쪽 무릎을 꿇고 머리를 숙이는 사람도 많았다.

꿈속에서 나는 키가 훨씬 크고 검고 긴 머리카락이 가슴과 등에 구불거렸다. 나는 마치 다른 사람을 보는 것처럼 꿈속에서 그녀를 봤다. 그게 다른 사람이 아닌 나라는 건 확실했다. 우리의 생각과 느낌이 완벽하게 일치했기 때문이다. 나는 '그녀'였다.

바로 어젯밤 꿈에서는 오래전부터 내가 짝사랑해 온 사람이 나왔다. 사랑이라니! 좀 갑작스럽지만 사랑이 아니라면 이 감정을 달리 뭐라 표현해야 할지 모르겠다.

슬프게도 나는 그를 부분적으로만 기억했다. 넓고 반듯한 어깨가 돋보이는 정복 차림에 짙은 머리색과 녹회색 눈동자. 긴 팔을 뒷짐 진 채 내 사소한 이야기에도 귀 기울이는 남자에겐 다정함과 깨끗한 기품이 흘렀다.

나는 그의 곁에 있기만 해도 덩달아 온화해졌다. 꿈에서 그는 내 보호자였고 나는 그를 내 영혼보다 깊이 신뢰했다. 대체 언제 그가 꿈에 처음으로 등장했는지조차 모르지만 말이다.

어젯밤 꿈의 한 장면은 하루 종일 곱씹을 만큼 무척이나 생생했다. 무슨 상황인지 그는 슬픈 눈을 내리깐 채 내 긴 은색 줄 목걸이에 달린 붉은 보석에 입을 맞췄다. 그의 슬픔은 나에 대한 걱정 같기도 하고 앞으로 벌어질 일에 대한 안타까움 같기도 했다. 그런 감정을 보여선 안 되는 것처럼 그는 애써 그것을 삼키려 했다.

그의 입술이 움직이며 뭐라고 말했지만 이미 꿈의 경계를 넘어선 나는 알아들을 수 없었다. 꿈속 네모난 장면의 가장자리가 불투명하게 일그러지며 나는 슬픔 속에 깨어났다.

이 꿈에 대한 미스터리를 풀기 위해 나는 지난 몇 달간 유명한 심리

학자이자 정신과 의사인 칼 융과 프로이트가 쓴 책을 비롯해 꿈을 해석하는 온갖 책들을 읽었다. 프로이트는 무의식과 의식을 연결해 주는 통로를 '꿈'이라고 보았다.

쉽게 말해 꿈은 무의식의 세계로 들어가는 문이었다. 무의식은 나의 통제를 받지 않는 심연의 세계이다. 어려운 말이었다. 결국 이 모든 게 무의식의 작용이라면 정확히 무의식은 뭘까?

칼 융은 무의식이 '한때 나에게 의식되었지만 지금은 망각된 모든 것'이라고 말했다. 나는 '내 내면에서는 준비되지만 나중에야 비로소 의식으로 표출되는 미래의 모든 것'이라는 문장에 눈이 번쩍 떠졌다. 이미 내 안의 거대한 세계에서 준비되고 진행되는 미래의 모든 것. 지금은 잊혀졌으나 한때는 내가 의식했던 모든 것. 꿈속 세계는 나의 과거이자 미래였다. 이미 일어난, 그리고 반드시 일어날……

"나의 과거이자 미래."

나는 속삭이듯 입 밖으로 소리 내어 말했다. 잊어버리지 않기 위해서. 확실치는 않지만 내 꿈은 전생이나 후생이 아니었다. 지금 내가 여기 살아 숨 쉬는 것처럼 꿈속의 그녀도 실시간으로 나와 함께 존재하는 기분이었다. 우리는 분명 서로 다른 시간대, 다른 세계에 살고 있지만 결국 궁극적인 하나의 시간에서 존재하는 하나였다. 어떤 원리인지 과학적으로 설명할 순 없지만 나는 이미 오래전부터 '그녀였다'는 강렬한 느낌이 들었다.

어느 날 갑자기 왜 이런 꿈을 꾸게 된 건지, 그래서 무엇을 말하고 싶은지 몰랐지만 나는 이름도 모르는 남자가 나오는 그 꿈을 꾸길 밤마다 간절히 기다리고 기대했다. 그에게 묻고 싶은 게 정말로 많았지만 꿈은 내 의지를 반영하지 않았다. 이미 정해진 영화 속 장면처럼 진행되거나 진행된 걸 반복해 보여 주었다.

특정 장면은 느리게 이어지다가 아예 멈추기도 했는데 그건 곧 내가 꿈에서 깬다는 신호였다. 나는 어떻게든 그 꿈의 결말을 보고 싶었지만 한편으로는 결말을 보고 나면 다시는 그 꿈이 날 찾아오지 않을까 봐 두려웠다.

걱정과는 달리, 어떤 날엔 지금까지 꿨던 꿈이 다시 처음부터 시작되기도 했다. 나는 의식으로는 건져 낼 수 없는 그 꿈을 오직 무의식 속에서 더듬었다. 그러면 꿈의 느낌은 고스란히 되살아나 내가 속한 현실을 통째로 뒤집어 버렸다.

4

두 개의 땅과 두 개의 시간

반복되는 꿈을 꾼다는 것만 빼면 나는 여러모로 평범한 학생이었
다. 사교성이 조금 떨어지고 감정을 지나치게 억제하며 세상을 매사
삐딱한 시선으로 본다는 것만 빼면 말이다. 그러고 보니 평범한 게 아
니라 결점투성이다.

아, 그리고 한 가지 더. 나에겐 아무도 믿지 못할 능력이 있다. 그
건 바로 기이할 정도로 예민한 '후각'이다. 내 코는 사람의 거짓말이
나 탐욕, 시기, 분노, 절망, 괴로움, 공포, 외로움, 우울 등의 냄새를 맡
을 수 있었다.

실제로 인간의 코는 무려 1조 개의 냄새를 식별할 수 있다. 세상에
는 쓰고, 달고, 맵고, 시고, 비리고 역한 수많은 냄새가 있지만 내가 맡

는 건 인간에게서 나는 냄새였다. 인간의 모든 냄새라기보다는 인간이 풍기는 모든 '안 좋은' 냄새라고 해야 정확할 것이다.

악취의 스펙트럼은 사람마다 다 달라서 나는 수많은 악취에 노출되어 있었다. 푸세식 화장실에 오랫동안 쌓인 분뇨 냄새부터 달짝지근한 비린내, 매운맛이 섞인 탄내 등 숱한 악취들이 내 콧속 비강에 고여 부글거렸다. 깊게 숨을 들이마시며 코를 바짝 조이면 안쪽 예민한 점막에 수만 가지 냄새 입자들이 달라붙었다.

냄새는 단순히 투명한 기체로 존재하는 입자가 아니었다. 내가 맡는 냄새들은 눈으로 보이고 귀로 들리며 맛을 보거나 피부로 느낄 수도 있는 입체적인 성질을 가졌다. 미세한 악취는 언제나 내 코언저리에 있었고 어떤 광폭한 악취가 불쑥 튀어나와 나를 집어삼킬 때도 있었다. 피하고 싶었지만 피할 수는 없었다. 인간은 숨을 쉬지 않으면 얼마 지나지 않아 의식을 잃고 말 테니까.

초등학교 3학년 때, 어느 날 학교에서 가장 인기 많고 친절한 선생님에게서 상상할 수조차 없는 악취가 확 풍겨 나왔다. 그때 느꼈던 그 실망감은 지금도 잊을 수가 없다. 선생님이 어떤 나쁜 일을 했는지 정확히 알 순 없지만 나는 그때 사람은 겉과 속이 완전히 다를 수도 있다는 것을 배웠다. 그렇게 나는 '코'라는 작고 말랑한 기관으로 그가 좋은 사람인지 나쁜 사람인지 단순하게 판단할 수 있었다.

결론적으로 내 코는 악취, 혹은 무취만 맡을 수 있었다. 무취는 냄새가 나지 않으니, 결국 내가 맡는 건 악취가 전부다. 물론 꽃이나 향

수 냄새를 못 맡는 건 아니었다. 하지만 엄밀히 말해 그건 진정한 향기라기보다는 사물을 판단하는 단순한 정보 전달에 불과했다. 예를 들어 어떤 살인자가 최고급 향수를 자기 머리 위에 들이부어도, 자신에게서 나는 악취를 입자 하나도 훼손할 수 없었다.

아무튼 이런 말도 안 되는 이유로 나는 사람들과 더욱 가까워질 수 없었다. 악취에 머리가 지끈거려 그들을 멀리해야 했다. 두통이 한번 시작되면 하루 종일 곡괭이로 머리를 찍어 대는 듯한 통증이 이어졌다. 숨을 쉬는 한 냄새는 피할 수 없는 것이었고 공기 속 이물을 제거하는 비강은 인간의 악취만큼은 걸러 주지 못했다.

같은 반 친구들은 자주 코를 막고 인상을 찌푸리는 나를 이상하게 여겼다. 하지만 나 역시 그들을 이해할 수 없었다. 어떻게 사방에서 쏟아져 들어오는 이 시궁창 냄새를 못 맡을 수가 있지?

사람이 있는 곳엔 어디나 거짓말과 사기, 기만에서 나오는 크고 작은 악취들이 있는 법이었고 그건 연기처럼 공기 중에 섞여 어디로든 옮겨 다녔다.

지하철역 근처에 누워 있는 노숙자에게선 시퍼런 냄새가 났다. 동네 껄렁한 불량배들에겐 누리끼리한 냄새가 났다. 그들의 짓궂은 장난에 따라 냄새는 시시각각 달라졌다. 일주일에 세 번 학교 앞에 찾아오는 붕어빵 아저씨에겐 검고 삭막한 냄새가, 시장에서 나물 한 봉지를 놓고 500원을 깎아 달라며 실랑이를 벌이는 아줌마에겐 오돌토돌한 지린내가 났다.

"아, 아니야. 진짜 아니라고. 나 걔 안 좋아해."

"뻥 치지 마. 아까 걔한테 보낸 DM 봤거든?"

쉬는 시간에 누가 누구랑 썸을 타네 마네 하는 소문을 듣고 떠들던 아이들 중 김지윤의 목 뒤에서 시큼한 냄새가 팍 하고 터져 나왔다. 뭔가 감추고 싶은 사실을 들켰을 때 나는 냄새였다.

수업 중에 누가 잘난 척을 하거나 몰래 욕을 할 때도 구린 냄새가 났다. 가벼운 거짓말은 죽은 지 얼마 안 돼 번들거리는 생선 냄새를 풍겼다. 숙제를 안 해 놓고 했다고 장난치는 초등학생들에게 맡을 수 있는 귀여운 냄새였다.

하지만 타인을 해치려는 의도를 지닌 거짓말은 오래 방치된 하수구에서 나는 비린내가 났다. 소시오패스처럼 거짓말을 하는데 타고난 사람들에게선 쇠에서 나는 비린내처럼 생물이 아닌 무생물에서 맡을 수 있는 냄새가 났다. 생각이 교묘한 사람일수록 이를 알아차리기 위해서는 숨을 깊게 들이마셔야 했다.

살면서 딱 한 번 맡은 냄새는 읍내에서 고물상을 운영하는 할아버지가 돌아가시기 3개월 전 맡은 악취였다. 농장 수리에 필요한 못을 사러 심부름을 간 나는 가게 문을 열자마자 깜짝 놀랐다. 그의 머리카락 한 올 한 올, 모공 하나하나에서 알싸하고 역한 본드 냄새가 흘러내려 가게 안에 진동하고 있었다.

대놓고 코를 막으면 예의가 아니라는 생각에 애써 모른 척했지만 나사못을 건네받는 그 짧은 시간이 너무 고통스러웠다. 그때 나는 이 냄새가 '죽음'이라는 걸 직관적으로 알았다. 나중에 동네 아줌마들의 대화를 들어 보니 할아버지의 사인은 뇌에 생긴 악성 종양이라고 했다.

죽음의 냄새는 역했지만 나는 죽는 게 두렵지 않았다. 이미 죽은 자들이 부러울 만큼 오히려 늘 죽음을 동경했다. 사람들은 인생이 결국 죽음으로 끝난다는 이유로 삶이 비극이라고 말하지만 그 말은 완전히 틀렸다. 죽음보다는 삶이 언제나 절망적이기 때문이다. 죽음은 무의미하고 절망뿐인 삶을 영원히 끝내 주는 더 없이 깔끔한 해피엔드이다.

죽음을 원한다고 해서 내 삶이 절망스러운 건 아니었다. 성격이 특별하긴 하지만 겉보기에는 그저 시골에 사는 평범한 중학생이었다. 하지만 나는 분명히 어떤 이유로 고통받는 중이었고, 그 알 수 없는 고통엔 특별한 원인이 없었다.

죽음과는 다르게 정의 내리기 힘든 냄새도 많았다. 상대와 상황에 따라 민감하게 변하는 냄새들, 특히 그 순간에만 풍겼다 사라지는 냄새는 실체가 없어 파악하기 어려웠다. 그래도 악취를 풍기는 인간들에게는 기본적으로 공통의 냄새가 났다. 진하고 쿰쿰한 곰팡내였다. 거기에 개인이 지닌 고유의 체취가 묻어나곤 했다. 그래서 그가 하는 말이 거짓인지 진실인지는 원래 그가 풍기는 냄새와는 구별되어야 했다.

중요한 건 아무런 냄새도 나지 않는 무취만이 좋은 냄새라는 사실이다. 기쁨이나 감사, 웃음은 무취에 속했다. 진실에도 아무 냄새가 없었다. 물론 이 작은 동네에서 풍기는 냄새란 악취라기보다는 견딜 만한 정도의 불쾌함에 속했다.

하지만 사람을 멀리하려는 습관은 악취를 맡는 것보다 더 내 몸에 깊이 각인돼 있었다. 냄새를 맡는 행위는 상대방을 눈으로 보거나 손을 내밀어 악수하는 것보다 훨씬 더 밀접한 스킨십에 속했다. 인간의 본질이 내 가장 연약한 살 속에 닿기 때문이다. 마음의 멸균 상태를 유지하려면 누구와도 가까워져선 안 됐다. 가끔 아무리 외로워도 말이다.

난 왜 이런 냄새를 맡는 걸까? 대체 뭐 하러? 이것도 재능이라면 커서 검사나 판사가 되어야 할까? 하지만 내 성적으로는 어림도 없는 일이었다. 게다가 누가 이걸 능력이라고 여겨 줄까? 이런 연유로 내 관심은 다음 중간고사에서 10점은 더 올려야 하는 수학 점수가 아니라 늘 꿈의 세계로 향해 있었다.

나는 침대에 누워 이불을 턱 밑까지 끌어 올렸다. 방금 잠이 잘 오는 따끈한 우유도 한 잔 마셨고 몸도 노곤했다. 나라는 미스터리를 풀 열쇠가 있는 곳으로 갈 준비가 됐다. 만약 오늘밤 꿈에도 그가 나온다면 반드시 이름을 물어볼 작정이었다.

꿈보다 묘한 세계는 없다. 내가 꾸는 꿈은 더더욱. 언제 이 꿈이 시작됐는지, 또 어떻게 끝날 것인지 알 수 없고 예측할 수도 없다. 그러니까 정확히 언제부터 내가 꿈에 그리던 그와 대화를 하고 있었는지는 영원히 알 수 없을 것이다. 아무튼 우리는 목이 터져라 서로에게 무언가를 말하고 있었다.

집채만 한 모래바람 속에서 중심을 잡으려 안간힘을 써 봤지만 비틀거리며 넘어지기 일쑤였다. 거대한 괴물의 등 위에 서 있는 것처럼 아찔한 느낌이었다. 매캐한 냄새를 뿜어내는 검은 모래가 '너는 이 땅에 올 수 없다'는 듯 우리 사이를 가르며 거칠게 튀어 올랐다. 이리저리 팔다리를 뒤흔드는 소음과 바람 속에서 나는 기적적으로 그의 두 손을 마주 잡았다. 손은 부드럽고 창백했으며 또 차가웠다.

나보다 더 깜짝 놀란 건 그였다. 다시 만난 걸 믿을 수 없다는 눈빛이었다. 나는 그를 자세히 보기 위해 강한 바람에 눈이 시려도 눈을 최대한 크게 떴다. 신비로운 무늬로 회오리치는 홍채에 작은 금빛 조각들이 박혀 있었다. 그가 나를 보며 눈동자를 움직일 때마다 눈에서 헤엄치는 조각들이 어지럽게 반짝였다.

언제 꿈에서 깰지 몰라 다급해진 나는 두 팔로 그에게 매달렸다. 내 생각을 읽은 것처럼 그는 이 꿈에 오래 머물 수 있는 방법을 알려 주었다. 대체 이 꿈은 뭔지 또 그의 이름이 뭔지 물어봐야 했지만 혀가 납덩이처럼 무거워졌다. 우리를 둘러싼 모래 폭풍도 느려지고 있었다. 그와 내가 눈을 깜빡이는 속도도. 이건 곧 내가 꿈에서 깬다는 신호였다.

눈을 뜬 건 새벽이었다. 그리움이 할퀸 마음에서 강한 통증이 느껴졌다. 감정을 헤아릴 겨를도 없이 옆에 있는 노트에 펜을 휘갈겼다.

붉은 액체.
목걸이에서 마셔.
냄새 안 나는 사람한테 물어볼 것.
내 의지 없이는 안 되는 일?

이해가 안 되는 문장들이었지만 일단 중요한 건 목걸이다. 그가 목걸이에 대해 알려 줄 때 난 이미 그것의 생김새를 구체적으로 알고 있었다. 현실에서는 말이 안 돼도 꿈에선 당연한 사실로 여겨지듯이 방금 전까지 나는 너무나 당연하고 쉽게 목걸이를 '이미 가지고 있다'고 믿었다. 하지만 그럴 리가. 꿈에서 나온 목걸이를 내가 무슨 수로……

빨간 액체는 뭐고 목걸이에서 마시라니. 그게 무슨 말이지? 내 정신이 이상해지고 있는 걸까? 사춘기 호르몬과 스트레스로 의미 없는 꿈에 집착하고 있는 건 아닐까?

나는 가장 이상한 문장에 동그라미를 쳤다.

냄새 안 나는 사람한테 물어볼 것.

냄새가 안 나는 사람. 냄새는 악취를 뜻했다. 평소 악취를 피하기 바빴지 무취를 찾을 생각은 안 했다. 근데 막상 찾는다 해도 뭘 물어 봐야 되지? 머리가 혼란으로 뒤엉키려는 찰나, 꿈속에서 매력적으로 번뜩이던 녹회색 눈동자가 떠올랐다. 그러자 꿈속에서는 당연하게 이해됐던 기억이 잠시 돌아왔다.

'학교에 나랑 같은 꿈을 꾸는 애가 있어. 그 애를 찾아서 이 꿈에 대해 물어봐야 해. 누군지는 모르지만 틀림없이 꿈에 대해 나보다 잘 알고 있을 거야.'

마음속으로 다짐한 뒤 다음 날부터 학교 구석구석을 돌아다니며 적극적으로 그러나 은밀히 냄새를 맡기 시작했다. 1반부터 9반까지. 그리고 1층에서 3층까지. 교실은 물론 복도와 화장실, 급식실과 방송실에서 '완벽한 무취'인 아이를 찾아 헤맸다.

어떤 말이나 생각을 할 때 나는 가벼운 냄새는 흘려보내고 그 사람 특유의 체취, 지문이라 할 수 있는 냄새를 맡아야 했다. 동시에 평소보다 더 이상한 애로 보이지 않으려고 신경 쓰면서 말이다. 항상 책상에만 앉아 있던 내가 쉬는 시간마다 돌아다니는 걸 이상하게 보지 않는 사람은 없겠지만.

사흘째 되던 날, 9반에서 냄새가 나지 않는 아이를 찾았다. 덥수룩한 머리에 안경을 낀 남학생이었다. 그 아이 주변만 이상하게 냄새가 비어 있었다. 명찰에는 박정수라고 쓰여 있었다. 꿈이 아니라면 만날 일도 없고 현실에서 어쩌다 마주쳐도 그냥 스쳐 지나가고 말았을 텐데. 긴장으로 가슴이 두근거렸다.

평소라면 시도할 생각조차 못하는 일이었겠지만 머뭇거릴수록 창피함만 커지는 것 같아 단숨에 9반 교실로 들어가 그 아이의 어깨를 두드렸다. 박정수는 날개 달린 코끼리라도 본 것처럼 멍하니 나를 쳐다봤다.

"저기. 물어볼 게 있는데 너 혹시……."

말을 마치기도 전에 박정수의 정수리에서 간장 쉰내가 났다. 내 코는 한 번도 틀린 적이 없는데. 내가 잘못 왔나? 꿈이…… 틀렸나? 그 반짝이던 눈동자와 날 붙들던 부드러운 손은 정말로 그저…….

뒤로 한 걸음 물러서자마자 사물함 앞에 서 있던 키 큰 남자애가 다가와 "너지?" 하고 말을 걸었다. 나는 흠칫 놀라는 바람에 그와 정면으로 마주했다. 검은 앞머리와 대비되는 흰 얼굴에 부드러운 곡선을 그리는 얇은 눈썹, 그리고 수상할 정도로 호기심 가득한 눈이 빛나고 있었다. 순간이지만 나는 균형 잡힌 얼굴에 숨어 있는 연약함에 끌렸다. 아니, 그건 나처럼 누구한테 들킬까 봐 꾹꾹 숨긴 연약함이 아니었다. 내면에 세심한 감각이 작동하는 사람이라면 쉽게 알아챌 수 있는 순수한 연약함이었다.

'너지?' 하는 난데없는 질문에 '그러는 너는 뭐냐'라고 되묻고 싶었지만 주변에서 우리를 쳐다보는 시선이 잔뜩 느껴졌다.

"야, 방금 백지운이 전학생한테 말 걸었어."

"우리 반에 왜 온 거야?"

쓸데없는 호기심이 발동한 아이들이 웅성거렸다. 나는 쉬는 시간에 복도에서 이 남자애와 가끔 마주쳤던 기억이 났다. 그 애는 다른 애들보다 키가 한 뼘이나 커서 무리 속에 있으면 머리가 둥둥 떠다니는 것 같았다. 볼 때마다 잔뜩 구겨진 셔츠에 고쳐 주고 싶을 만큼 삐뚤어진 넥타이를 하고 있었다. 불량해 보이기도 하고 어리숙해 보이기도 한 그 애를 나는 즉시 복도로 데리고 나가 추궁하듯 물었다.

"무슨 소리야?"

"꿈 때문에 찾아온 거 아니야?"

그 말을 듣자 나도 모르게 활짝 웃었다.

"맞아! 너 어떻게 알았어?"

"나도 꾸는 꿈이니까. 이거 진짜 신기하다."

늦었지만 나는 가까이 다가가 그의 귀 뒤와 쇄골 근처, 팔꿈치 냄새를 맡았다. 그 애가 고개를 숙이는 바람에 하마터면 서로 코가 닿을 뻔했다.

"왜, 왜 그래? 뭐 하는 거야?"

하얗고 갸름한 그 애의 얼굴이 붉어졌다. 입에서 매점에서 파는 햄버거 냄새가 조금 났지만 그건 중요한 게 아니었다. 좀 이상한 건 냄새와는 상관없이 이전에도 알고 지낸 것처럼 그가 어딘지 친숙하게 느껴진다는 거였다.

"나한테 무슨 냄새나?"

그제야 명찰을 보고 다시 그의 이름을 기억했다. 아, 그래, 백지운. 그도 나만큼이나 이 상황에 흥분한 것 같았다.

"일단 급한 것부터 물을게. 진짜 우리가 지금 같은 꿈을 꾸고 있다는 거야? 네 꿈 먼저 말해 봐. 어제 처음 꾼 거야?"

내가 물었다.

"아마 한 달 정도 꾼 것 같아. 계속 반복되는 꿈인데 어떤 말로도 다 설명할 수 없을 정도로 모든 게 발전된 도시, 아니 나라인데 흰색 건물이랑 유리 같은 게 막 움직이고 그 안에 사람들이 어마어마하게 많이 있어. 아, 그리고 거기에 어떤 왕이 있어. 왕인지 황제인지 얼굴은 잊어버려서 모르겠는데 그 왕한테서 엄청난 에너지가 뿜어져 나와. 그래서……."

백지운은 중간중간 끊긴 기억과 느낌을 간신히 이어 최대한 상세하게 꿈에 대해 설명했다.

"꿈에서는 진짜 생생하고 막힘없이 장면들이 지나가는데 이걸 정확히 말하기가……."

"상관없어. 그냥 생각나는 대로 말해 봐."

"왕이 뭐라고 말하고 사람들이 소리 지르고 번개가 치고…… 누군가가 나서더니 그런 사람들을 진정시켰어. 그리고 그 방 전체에 불이 꺼졌어. 이게 계속 한동안 꿈에서 반복됐어. 그리고 어젯밤 꿈! 그건 생생해."

백지운이 눈을 번쩍 떴다.

"우리 학교 복도가 보였어. 어떤 여자애의 뒷모습이 한참 보이더니 내가 있는 교실 문을 열었어. 그게 너인 것 같아."

"그게 다야? 누가 나에 대해서 미리 말해 준 거 없어?"

"아마 꿈을 꿀 때는 알았을걸. 분명히 너와 나 사이에 다른 존재가 있었어. 지금도 그 느낌은 느껴져."

"그 꿈이 대체 뭔지 알아? 거기가 어디야? 무슨 영화나 만화에 나오는 덴가?"

"그런 건 본 적이 없어. 거긴 온갖 것들이 화려하고 아름답고 또 기술적으로도 엄청나게 발전한 곳인데 또 정말 오래전 존재했던 문명 같기도 해. 아니다. 애초에 그런 나라가 있었을 리가 없지. 아무튼 내 상상이나 기억이 만든 꿈은 확실히 아니야. 모든 게 다 처음 보는 거였거든. 아, 근데 넌 나를 왜 찾은 거야?"

"목걸이를 찾고 있어. 내 꿈에 늘 나오는 남자가 있는데 거기에서 꽤 높은 왕이랑 친한 사람 같아. 아무튼 그 사람이 꿈속 세계에 오래 머물려면 붉은 액체를 마시라고 했어. 그리고 무슨 말을 한 다음에 널 찾으라고 했어."

나는 굳이 악취니 무취니 하는 냄새 얘기는 꺼내지 않았다.

"아, 그 목걸이 알아."

"안다고?"

"꿈에서 봤어. 왕이 항상 차고 있는 목걸이 아니야? 테두리는 금인데 가운데 빨간 보석을 누르면 떨어져 나오잖아."

"맞아!"

백지운이 방금 내 잊혀진 기억을 끄집어냈다. 그 보석 안에 내가 마셔야 할 묘약이 들어 있었다. 문제는…….

"근데 그걸 찾고 있다고? 꿈속이 아니라 진짜로?"

"그래서 널 찾아온 거야. 뭔가를 알고 있을 것 같아서."

"그건 꿈이잖아. 어떻게 여기서 그걸 찾겠어."

그 말에 기대감으로 부푼 가슴이 한순간에 펑 하고 터졌다.

"이상하게 들리겠지만 난 그 목걸이를 찾아야 돼. 난 그게 그냥 꿈인 것 같지가 않아. 설명할 순 없지만 뭔가 어떤 식으로든 이 현실 세계와 이어져 있어. 맞닿아 있다고."

"나도 이런 경험은 처음이라 신기하긴 한데……."

백지운의 미스터리한 꿈의 여정은 거기까지였다. 마침 쉬는 시간이 끝나는 종이 울렸다.

"무슨 말인지 알겠어. 네 말이 맞아. 나도 그냥 좀 신기해서. 아무튼 고마워."

"근데 그 꿈을 꿀 때마다 뭔가 기분이…… 슬프지 않아? 슬픈 일이 벌어진 것도 아닌데 꿈에서 깨면 기분이 좀 그래."

"근데 그 기분을 자꾸 느끼고 싶지 않아?"

그 애가 고개를 끄덕였다.

"맞아. 기쁘기도 하고 슬프기도 하고 복잡해. 그 꿈에 중독된 기분이야."

백지운이 불쑥 핸드폰을 내밀었다.

"혹시 또 꿈에서 다른 일이 일어나면 알려 줘. 나도 알려 줄게."

누가 번호를 알려 달라고 한 적은 처음이라 나는 바보처럼 더듬거리며 키패드에 숫자를 찍었다.

먼저 돌아서려는 순간 백지운이 날 불렀다.

"옛날에 모자 꿈을 꾼 적이 있어. 꿈에서 어떤 야구모자가 너무 갖고 싶어서 밤새도록 뛰어다녔는데 깨 보니까 내가 맨날 쓰고 다니던 거더라고. 원래 갖고 있던 걸 꿈에서 그렇게 갖고 싶어 했던 거야. 이상하지?"

보리와 함께 산으로 돌아오는 내내 나는 백지운의 말을 곱씹었다. 그렇게 갖고 싶었던 물건을 이미 자신이 갖고 있었다니. 신기한 이야기이긴 한데 그게 목걸이랑 무슨 상관이지?

나는 생각에 잠긴 채 보리의 밥그릇과 물그릇을 차례대로 채웠다. 개집 주변을 청소하고 마당도 깨끗하게 쓸었다. 간식으로 시리얼을 먹다가 지금은 쓰지 않는 창고 문을 열었다. 그냥 갑자기 그러고 싶었다.

호기심 많은 보리가 잽싸게 먼저 들어가자 여기저기서 뿌연 먼지가 날렸다. 너저분하게 늘어져 있는 거미줄을 헤쳐 짐을 뒤적이자 어렸을 때 소중하게 들고 다니던 큼직한 틴 케이스가 눈에 띄었다. 안에는 용돈으로 산 뽑기나 강가에서 주운 예쁜 모양의 돌멩이, 생일 선물로 받은 큐빅 반지 등이 들어 있었다.

틴 케이스 맨 바닥에 깔린 마법사가 그려진 카드 한 장을 꺼내자 반짝이는 물체가 떨어져 나왔다. 그걸 내려다본 순간 심장이 쿵 내려앉았다. 기뻐서 눈물이 나올 것 같았다. 그건 단지 목걸이가 아니었다. 그토록 내가 찾아 헤맨 질문의 정답이자 내 운명이었다.

'이건 루비인가? 설마 진짜는 아니겠지.'

루비는 내가 태어난 7월의 탄생석이었다. 사랑과 열정, 용기를 상징하는 보석이었다. 누군가 루비를 '세상을 밝히는 붉은빛'이라고 말했었다. 나는 꿈에서 그랬듯 목걸이에서 루비를 분리해 병처럼 생긴 작은 입구를 열었다. 그 안에는 자신을 삼켜 주길 기다려 온, 딱 한 방울의 투명한 액체가 들어 있었다.

나는 일말의 망설임 없이 그 한 방울에 담긴 거대한 세계를 꿀꺽 삼켰다. 어떤 무서운 일이 벌어질 수도 있었지만 두렵진 않았다. 진짜 두려운 건 이걸 삼키고도 내 인생에 아무 일도 일어나지 않는 거였으니까.

귓가에서 쏴쏴하는 빗소리가 들린다는 건 내가 꿈속에 있다
는 뜻이었다.

무르시블.

바람이 스치는 모래 속에서 내 이름이 들렸다. 내 이름이기도
한 이 땅은 이제 나의 일부처럼 느껴졌다. 아직 완전히 동화되진
않았지만 여긴 잊혀질 꿈속에서만 존재하는 허상이 아니었다. 잠
시 망각한 사실조차 망각하고 있었으나 나는 틀림없이 이 세계
에 속한 사람이었다. 그렇지 않다면 어떻게 내가 그 목걸이를 갖
고 있었을까.

"헤브론!"

목걸이가 내 것인 게 당연한 것처럼 나를 부르는 나의 사제를
껴안았다. 오랫동안 부르고 싶었던, 바로 그의 이름이었다. 헤브론
을 감싼 내 팔은 현실에서보다 길었다. 머리카락도 길고 키는 훨씬
더 큰 것 같았다. 그는 자기 키만 한 은색 검을 등에 메고 있었다.

"제 말을 기억하셨군요."

놀란 헤브론이 눈을 동그랗게 뜨며 반가운 미소를 지었다. 그 액체가 일만 년에 한 번씩 꽃을 피우는 무르시블의 백색나무, 쿼러스의 눈물이라는 게 떠올랐다.

"여긴 어디야?"

"자드킬 사막입니다. 이방인의 땅이에요."

"드리머는 올 수 없는 곳 아니야?"

"쿼러스를 마시면 가능해요. 뉴메르의 보석을 가진 사람도 올 수 있죠. 하지만 사악한 땅의 기운을 견딜 만큼 보석을 키우는 건 무척 힘든 일이라 대부분의 드리머는 이 땅에 올 수 없어요. 굳이 오려는 사람도 없지만요."

"근데 넌 왜 여기 있어?"

"저는…… 지금 폐하를 찾으러 가고 있었습니다."

"나를?"

헤브론은 내가 충격에 빠질까 봐 쉽게 입을 열지 못했지만 결국 모든 것을 털어놓았다. 내가 성전과 백성들을 버리고 오랫동안 버려진 땅으로 갔다는 사실을. 그는 내가 꾸었던 꿈속의 나를 찾고 있었다.

"그 꿈속의 나는 내가 꿈에서 깨면 사라지는 거 아니야?"

"맞아요. 하지만 드리머의 의식은 한 번에 사라지는 게 아니라 연기처럼 서서히 흐려져요. 꿈에서의 시간은 현실보다 아주 느리게 흐르거든요. 만약 꿈에서 깼을 때도 하루 종일 그 꿈이 생각난다면 그건 그 영혼의 일부가 아직 이 세계에 있다는 증거예요. 꿈속에 남아 있는 의식을 그 '영혼의 꼬리'라고 해요. 저는 폐하의 영혼의 꼬리를 추적하고 있었어요. 그러다 폐하가 지금 이방인의 땅으로 가고 있다는 사실을 알아냈고요."

"그러니까 이 세계에 수많은 내가 있었다는 거네?"

"수없이 많이 사라지셨고요."

"넌 내가 아니라 다른 나를 구하려는 거였어?"

"그 모든 폐하는 같은 꿈으로 연결된 동일한 한 분이십니다."

"근데 날 찾아서 뭘 어떻게 하려고?"

"저를 대사제로 임명하실 때 주신 검으로 지켜 드릴 겁니다."

헤브론이 망설이며 대답했다. 두려워서가 아니라 자신의 능력으로는 이미 불가능한 일이라 생각하는 것 같았다. 그럼에도 불구하고 그는 가야 한다고 말했다.

"어떤 상황에서도 폐하를 영원히 지키겠다고 맹세했으니까요."

깊어진 헤브론의 눈 속에서 피처럼 붉은 망토를 두른 황제가 보였다. 섬세하게 땋아 올린 머리엔 다이아몬드와 사파이어가 박힌 관을 쓰고, 두 다리에는 철갑으로 만든 부츠를 신고 있었다.

강렬한 태양빛이 대지를 달구는 정오. 성전 양옆에 선 붉은 털이 달린 투구를 쓴 근위대 사이로 상아빛 제복을 입은 헤브론이 푸른 망토를 끌며 중앙 계단을 천천히 올라왔다.

"그대는 무르시블을 사랑하고 어떤 위협에서도 영원히 지키겠다고 맹세하는가?"

황제가 앞에 엎드린 헤브론에게 물었다.

"맹세합니다, 황제 폐하."

"이것을 나의 몸이자 심장으로 여겨라."

황제의 미소에서 태어난 대사제의 푸른 반지가 헤브론의 손가락에 끼워졌다. 쿼러스의 나뭇잎이 새겨진 검을 하사하자 일곱 발의 예포가 발사됐다. 그 쩌렁쩌렁한 소리가 아직도 귓가에 남아 있다.

"하지만 곧 사라진다며. 네가 찾는 또 다른 나 말이야. 이미 사라졌을 수도 있잖아."

기억 속에서 빠져나온 내가 다시 정신을 차리고 말했다.

"반지가 푸르게 빛나고 있다는 건 아직 폐하가 이 땅에 있다는 사실을 알려 주는 표시예요."

헤브론은 반지를 가리키며 대답했다.

"붉은 모래 사가비시니가 머물고 있는 곳까지만 가면 폐하를 금방 찾을 수 있을 거예요."

"혼자서 어떻게 하려고? 다른 사제들은? 아니, 어차피 그런 건 소용없어. 어떤 것도 메피힐티눔을 무찌를 수 없어. 나는…… 설명할 순 없지만 확실히 알아. 돌아가야 해."

"저는 갈 곳이 없습니다. 이 길 외에는요."

헤브론의 숨에서 푸른 냄새가 났다. 이 냄새의 이름은 '슬픔'이었다. 할 수만 있다면 그에게도 내가 가진 능력을 나눠 주고 싶었다. 나는 저 바깥세상이나 이 세상에서도 홀로 유일하게 냄새를 맡는 걸까. 이건 특별한 게 아니라 외로운 능력이었다.

헤브론의 등 뒤로 조금씩 바람의 속도가 느려지고 있었다. 이건 꿈에서 깬다는 신호였다.

"헤브론, 계속 여기 있게 해 줘, 빨리!"

"그럴 수 없습니다, 폐하. 아직은 그럴 수 없어요."

"아직은……이라니?"

"무르시블은 죽어야 올 수 있는 곳이니까요. 드리머와는 달리, 영원히 꿈에서 깨지 않으려면 먼저 죽어야 해요."

나는 얼음처럼 굳었다.

"여기가…… 지옥이라고?"

광활한 열기로 가득한 사막은 자연스럽게 천국이 아닌 지옥을 떠올리게 했다.

"그것도 아직은 아닙니다."

"난 죽은 게 아니라 잠이 든 것뿐이야."

"깊은 잠은 죽음과 비슷하죠, 폐하."

갑자기 모든 게 혼란스러웠다. 당연하게 여겨지던 이 꿈조차 낯설게 느껴졌다. 진짜 중요한 것들은 기억이 나지 않았다.

"헤브론, 난…… 누구지?"

"폐하는 죽은 자들과 꿈꾸는 자들을 관장하는 죽음의 군주이십니다."

바람의 방향이 바뀌었다. 뜨겁고 매운 악취가 훅 하고 덮치자 헤브론이 휘청이는 날 붙들었다.

"무르시블 황제는 성전을 벗어나면 힘을 잃게 됩니다. 그래서 빨리 폐하를 찾으려 하는 거고요. 만약 이방인의 땅에서 죽게 된다면 꿈에서 깨도 다신 이곳에 돌아오실 수 없습니다."

"근데 뭐가 진짜 꿈인지 모르겠어. 난 어떤 삶을 살아야 하는 거야? 진짜 꿈이 뭐야?"

"폐하는 두 개의 현실을 두 개의 꿈처럼 살아가는 존재예요. 인간의 영혼은 두 가지 힘으로 만들어졌으니까요."

"그게 뭔데?"

대답하는 헤브론의 말이 입술과 분리되고 있었다. 바람도 점점 더 느려졌다. 대기가 위아래로 무겁게 나를 짓눌렀다.

"괜찮아요. 꿈이 접히는 거예요. 꿈의 힘에 저항하지 마세요."

간신히 헤브론의 말을 알아들은 순간 지평선이 끝과 끝에서부터 반으로 접히면서 안간힘을 쓰던 나를 삼켰다.

5
예언자

3초.

잠에서 깬 내가 현실을 인지하기 직전의 그 몽롱한 순간. 현실과 꿈의 세계가 맞닿아 있는 그 3초는 늘 신비롭다. 그 짧은 시간 동안 나는 무르시블과 이 세계의 중간자이다.

하지만 그 시간은 너무 짧았고 나는 다시 현실의 나로 돌아와야 했다. 저항하지 말라며 헤브론이 덧붙인 말은 꿈 일기장에 굳이 적지 않아도 생생하게 떠올랐다.

꿈은 나보다 나를 더 잘 알고 있는 세계예요.

그건 저항해 봐야 소용없다는 말로 들렸다. 학교 가는 길에 계속 그 말을 되뇌며 교실에 도착했다. 아무도 없는 교실에서 다시 한번 꿈 일기장을 살펴보다 책상 서랍에 넣었다.

백지운에게 수업이 끝난 뒤에 운동장에서 만나자는 문자를 보냈다. 문자나 톡으로도 물어볼 수 있었지만 왠지 다른 사람의 핸드폰에 꿈에 대한 흔적을 남기고 싶지 않았다.

유독 길고 지루했던 마지막 수업이 끝났다. 새로운 사실을 알려 주고 싶어 잔뜩 기대한 나와 달리 백지운은 더 이상 그 꿈을 꾸지 않는다며 실망한 표정을 지었다.

"참, 그 목걸이는 어떻게 됐어? 진짜로 찾은 건 아니지?"

백지운이 설마 하는 표정을 지었다. 나는 어디까지 백지운에게 털어놔야 할지 순간 고민했다. 그 목걸이 안에 진짜 액체가 들어 있었고 그걸 마신 뒤 꿈에서 헤브론을 만나고 왔다는 얘기를 해야 되나? 무르시블이 사실 '죽어야' 갈 수 있는 곳이라는 것도? 어떤 책에선가 '잠은 죽음을 연습하는 것'이라는 문장을 본 적이 있다. 자는 동안 정말로 우리는 잠시 죽는 건 아닐까? 나도 확신하지 못하는 이 얘기를 과연 백지운은 믿어 줄까? 백지운은 어떻게 나와 같은 꿈을 공유했던 걸까?

일단 나는 목걸이는 찾지 못했다고 둘러댔다. 당연하지 않냐고. 더 이상 꿈을 꾸지 않는 애한테 굳이 혼란을 주고 싶지 않았다. 하지만 잠시나마 같은 꿈으로 이어진 존재를 잃는다 생각하니 쓸쓸하고 외로워졌다.

"하긴 찾으면 소름이지. 그 꿈이랑 현실이 이어져 있다는 거잖아. 그리고 그 목걸이는 황제만 가지고 있는 건데."

"혹시 '헤브론'이라는 이름 들어 본 적 있어? 나한테 그 목걸이를 찾으라고 말해 준 남자야."

"헤브…… 아, 그 빌런?"

"무슨 소리야? 빌런이라니?"

"황제를 배신했잖아. 그게 악마보다 더 끔찍한 놈이지 뭐겠어."

확신에 찬 목소리에 갑자기 심장이 터질 것처럼 불끈거렸다.

"네가 뭘 잘못 알고 있는 것 같은데. 그는 목숨을 걸고 황제를 지키는 사람이야. 사제잖아."

"아니야, 황제를 증오해. 그러니까 배신했지."

"뭐? 내가 꾼 꿈에서는 아니야. 절대로. 그 사람이 현실에서 우릴 만나게 했어. 왜 배신을 해? 어떻게?"

"몰라. 황제가 자신을 버릴 걸 알았나 보지. 다른 백성들처럼. 그래서 혹시 복수한 건가?"

백지운이 덥수룩한 머리를 긁적였다.

"너도…… 거기 있었어? 내가, 아니…… 황제가 백성을 버리고 황야로 떠나는 장면을 봤어?"

"그러게. 내가 그걸 어떻게 알았지? 기억은 안 나는데 알고 있다는 게 이상하네. 근데 황제가 왜 백성을 버린 거야?"

머리가 복잡했다. 표정을 보니 백지운도 마찬가지인 것 같았다.

"아, 뭐가 뭔지 도저히 모르겠다. 이런 말을 하는 것도 사실 웃기지만 내가 확실히 아는 건 헤브론이 배신자라는 거야. 할 수 있으면 미리 황제한테 알려 주고 싶어. 그를 믿지 말라고."

순간 나는 백지운이 미워졌다. 지금 나에게 빌런은 헤브론이 아니라 백지운이었다. 제대로 아는 것도 없으면서 내 충성스러운 대사제를 험담하다니.

하지만 만약 백지운의 기억이 사실이라면 너무나 큰 충격이었다. 목숨을 걸고 날 찾으러 지키러 가고 있는 헤브론이 배신자라고? 악마보다 더 끔찍한 자라고? 꿈속에서 본 다정하고 지혜로운 모습이 전부 거짓이라고?

내가 화난 얼굴로 인사도 없이 홱 돌아서자 백지운은 당황한 것 같았다. 상관없었다. 어차피 꿈이 아니었다면 우리 둘 다 졸업할 때까지 말 한마디 섞을 일도 없는 사이였다.

"저기, 아…… 잠깐만."

백지운이 걸어가는 날 부르더니 주머니에서 울리는 핸드폰을 꺼냈다.

"응, 할머니. 나야. 아, 우유랑 계란? 알았어요."

백지운은 통화를 하면서 나를 향해 운동장으로 걸어왔다.

"헤브론? 그 사람이 중요한 사람이야? 너랑은 정확히 무슨 관계야? 이런 질문하는 게 좀 웃기지만 궁금해서. 대체 이게 무슨 꿈이야?"

"나도 몰라. 너랑 얘기하면 정확히 알게 될 줄 알았어."

나는 백지운에게 꿈이 나만큼 소중하지 않다는 걸 확신하며 낮은 목소리로 말했다.

"이건 뭐, 과학적으로 설명할 수도 없고. 근데 어차피 꿈은 꿈일 뿐이잖아. 꿈보다는 현실이 더 중요한 거 아니야?"

"그래서?"

"아니, 넌 꼭…… 이 꿈에 목숨을 건 사람 같아서. 그 얘기를 할 때마다 뭔가 너무 절박해 보여. 그래서 솔직히……."

"이상해 보인다고?"

"아니, 그게 아니라……."

"그래. 넌 이해 못 하겠지. 나랑 얘기한 건 다 잊고 네 친구들이랑 놀아."

"친구?"

"학교에 너 좋아하는 애들 엄청 많잖아."

별 생각 없이 던진 말에 백지운의 얼굴이 굳어졌다.

"반에서 조금 떠들고 어울린다고 다 친구는 아니야. 걔네들은 나에 대해 아무것도 몰라. 너처럼."

"내가 뭘 모르는데?"

백지운은 상기된 얼굴로 입을 다물었다.

"됐다. 어차피 알고 싶지도 않았어. 관심도 없고 의미도 없으니까. 네가 무시하는 그 꿈이 나한텐 유일한 의미야. 그 꿈을 꾸지 않았다면 처음부터 너한테 말 거는 일도 없었을 거야. 지금 이런 대화도 안 했겠지."

백지운은 상처 입은 얼굴로 돌아서서 후문으로 향했다. 나는 화가 난 듯 성큼성큼 걸어가는 그 애의 뒷모습을 가만히 지켜봤다. 나랑은 달리 잘 사는 줄 알았다는 말을 한 게 그렇게 화낼 일인가? 잘 모르면서 함부로 말한 건 미안했지만 그건 백지운도 마찬가지였다.

꿈에 목숨을 건 사람. 사실 백지운의 말이 맞는지도 모른다. 너무 정확하게 나를 간파해서 오히려 화가 났던 것 같다. 하지만 나는 이 꿈을 이해하지 못하는 사람에게 간파당하고 싶지 않았다.

괜찮은 줄 알았는데 집으로 돌아오는 길에 눈물이 조금 났다. 현실에서는 내가 손을 대는 것마다 다치고 망가지고 떨어져 나가는 기분이었다. 백지운과 친구가 될 수도 있었는데 이기적이고 서툰 내가 또 모든 걸 망쳤다. 이런 내가 싫었다. 현실에서의 내가.

다음 날 늦잠을 잔 바람에 아슬아슬하게 지각을 면했다. 다행이라고 생각하며 문을 열었는데 교실 분위기가 평소와 달랐다.

"대박이다."

"완전 웃기지?"

교실 뒤에서 남자애들이 웅성거리자 박하은이 "뭔데? 나도 보여 줘." 하며 뛰어갔다. 이현준이 박하은에게 내민 건 빨간 노트였다. 위쪽 모서리가 살짝 접힌 노트를 보자마자 정신이 아찔하면서 숨이 막혀 왔다. 분명 걷고 있었지만 바닥이 느껴지지 않았다. 캄캄한 어둠 속을 걸어 들어가는 기분이었다.

나는 멍한 얼굴로 박하은이 든 노트를 빼앗았다.

"야, 네가 황제야? 무르시블은 또 뭐냐? 지윤아, 너도 이거 봤어?"

"아니, 뭔데?"

"전학생 일기 쓰나 봐. 근데 읽어도 뭔 소린지 모르겠어."

노트를 빼앗긴 박하은이 비아냥거렸다.

"냄새 안 나는 사람은 뭐야?"

이현준이 물었다. 이현준은 왼쪽 얼굴에 붉은 반점이 크게 나 있어 어디에 있어도 눈에 띄는 인상이었다. 자리로 돌아가려고 몸을 돌리는 순간 이현준이 내 손에서 노트를 홱 낚아챘다. 그 순간 심장이 콱 조이면서 기절할 것 같았다. 초등학교 때 날 괴롭혔던 아이들의 비릿한 미소가 동시에 떠올랐다.

"돌려줘!"

"뭔지 말하면 줄게."

"아무것도 아니야. 그냥 낙서한 거야."

"아무것도 아니면서 뭘 그렇게 놀라?"

"야, 그만해. 얘 울겠다."

박하은이 말했다.

"빨리 줘!"

내가 소리쳤지만 이현준은 그런 반응을 오히려 재미있어 하며 노

지윤들 + 5

트를 갖고 복도로 후다닥 뛰쳐나갔다. 그 즉시 나도 이현준을 따라 나 갔다. 1교시 수업 종이 쳤지만 노트를 되찾기 전까진 교실에 들어갈 수 없었다. 하지만 이현준을 따라잡는 건 쉽지 않았다. 이현준은 나를 실컷 따돌린 뒤에 다른 반 교실 앞에서 노트를 읽어 댔다.

"무르시블의 황제? 블라블라, 피키아랑 뉴메르는 또 뭐냐?"

"내놔!"

이현준은 머리 위로 노트를 높이 들며 계속 놀렸다.

"네가 무슨 황제야? 소설 쓰냐? 그럼 마녀 얘길 써야지. 넌 마녀 잖아."

창문과 복도로 다른 반 아이들이 머리를 내밀었다. 그 순간 전학 가는 학교마다 괴롭힘과 따돌림을 당했던 기억이 한꺼번에 밀어닥치 면서 배가 뒤틀렸다. 식은땀이 나고 가슴부터 어깨까지 뻐근하게 저 려 왔다. 애들이 마녀라고 놀릴 때 아무렇지 않은 척했지만 진짜 그 런 건 아니었다. 사실은 두렵고 외로웠다. 이번 학교도 이렇게 끝인가 싶었다.

대체 나는 가는 곳마다 왜 이 모양일까. 노트를 잡으려고 손끝으 로 안간힘을 쓰는 내가 창피해서 견딜 수가 없었다. 까치발을 드는 순 간 누군가 공중에서 홱 하고 노트를 가져갔다. 백지운이었다. 백지운 은 차가운 얼굴로 이현준을 응시하더니 내게 노트를 주었다. 나는 노 트를 받자마자 소중하게 품에 감싸 안았다. 안도감에 순간 눈물이 터 질 것 같았다.

"뭐야? 내놔!"

"네 거야?"

백지운이 나에게 달려드는 이현준을 가로막으며 물었다. 이현준은 계속 내놓으라는 말만 되풀이했다.

"교실 안 들어가?"

백지운이 이현준에게 물었다. 이현준의 삐딱한 시선이 나를 향하자 백지운이 다시 말했다.

"너 먼저 들어가."

"네가 뭔 상관이야?"

"너는 무슨 상관인데?"

"우리 반 마녀 좋아하나?"

"좋아하는 건 너 같은데. 그래서 관심 끌려는 거 아니야?"

"미친."

이현준은 어이없어 하며 씩씩거리다가 교실로 돌아갔다.

"고마워."

내가 기어들어 가는 목소리로 말했다. 또 절박한 모습을 들킨 내가 창피하면서 화가 났고 또 백지운에게 미안했다. 전날 백지운에게 했던 말들도 전부 후회됐다.

"너희들 뭐 해? 수업 시작했는데. 빨리 들어와!"

우리 반에서 나온 선생님이 복도가 울리도록 소리쳤다. 돌아보는 사이 백지운은 천천히 교실 안으로 들어가고 있었다.

나는 수업 시간 내내 백지운을 떠올렸다. 아직도 내게 화가 난 것처럼 보였다. 아까 사과를 했어야 했는데. 그때 곳곳에서 나를 힐끔거리는 눈길이 느껴졌다. 굳이 말하지 않아도 그 애들의 생각이 들리는 것 같았다.

'미친 거 아니야? 자기가 황제래.'

'혼자 그런 글이나 끄적이고. 음침해.'

'무르시블이 대체 뭐야?'

차라리 오늘 전학을 가고 싶었다. 죽어도 이 교실로 다시 돌아오고 싶지 않았다. 절박해 보일 만큼 간절했던 그 꿈이 수치스럽게 느껴졌다. 아니, 꿈은 잘못이 없다. 그 꿈속의 헤브론은 내겐 소중했다. 비록 현실에선 존재하지 않는 사람이지만…….

이건 전부 꿈 일기장을 지키지 못한 내 탓이다. 헤브론은 무르시블과 현실 모두 꿈이라고 했지만 이건 내가 꾸고 싶은 꿈이 아니었다. 현실은 의미도 없고 상처뿐인 세계였다.

'맞아. 여긴 의미도 없고 상처뿐이야.'

그 말을 되뇌이며 조용히 울다가 잠에 들었다. 그날 밤엔 아무 꿈도 꾸지 않았다.

다음 날 나는 스스로를 투명 인간이라고 생각하며 소리 없이 책상에 앉았다. 평소처럼 여기저기서 떠드는 애들과 정신없이 숙제를 베끼는 애들이 보였다. 조심스레 주위를 둘러보며 예민하게 귀를 세웠지만 어디에서도 내 이름은 들리지 않았다. 어제 일에 앙심을 품은 이현준이 당장 욕을 하러 올 줄 알았는데 그런 일은 벌어지지 않았다.

아니, 그럼 그렇지. 1교시가 끝나자마자 쉬는 시간에 이현준이 내 자리로 왔다.

"야."

긴장감 때문에 순간 온몸에 빳빳하게 힘이 들어갔다.

또 노트를 달라고 온 건가? 안 주면 때릴 것 같은데 어떡하지?

"어제는…… 미안했어."

잘못 들은 줄 알고 나는 눈만 깜빡였다.

"미안해."

표정을 보니 진심 같았다. 눈밑이 살짝 검고 어쩐지 얼굴도 핼쑥해 보였다. 아무튼 믿을 수가 없었다. 왜 순순히 사과를 하는 거지? 무슨 다른 속셈이 있는 건가?

이현준은 조용히 자기 자리로 돌아가 아무 일도 없었던 것처럼 굴었다. 내 노트를 돌려봤던 다른 애들도 마찬가지였다. 왜 이현준의 태도가 돌변했는지 수업 시간 내내 생각하다가 쉬는 시간에 화장실에 갔다가 이상한 대화를 들었다.

"하은아, 아까 이현준이 사과하는 거 봤어?"

김지윤의 목소리였다.

"봤어."

"그럴 애가 아닌데 나 완전 깜놀했잖아. 걔 왜 그래? 어제까지만 해도……."

"어제 수업 다 끝나고 교실 청소하는데 분리 수거장에서 9반에 그
키 큰 남자애한테 완전 깨지고 있더라."

"때렸어?"

"그런 건 아닌데. 이현준이 그렇게 겁먹은 거 처음 봤어."

박하은의 목소리가 작아졌다.

"그 남자애는 누구야?"

"9반에 잘생긴 애 있잖아."

"헐. 설마 백지운?"

백지운이라는 이름에 나도 모르게 손으로 입을 막았다.

"어, 맞아. 걔 좀 무섭더라. 그냥 말만 했는데 표정이나 눈빛이……
건들면 큰일 날 것 같았어."

"대체 이현준한테 뭔 말을 했길래. 아니, 근데 왜 자기가 우리 반 왕
따를 감싸는 거야?"

"몰라. 그 얘긴 이제 하지 말자."

"왜? 난 궁금한데……."

"그만 나갈래."

더는 말하고 싶지 않다는 듯 박하은이 먼저 문을 열고 나가 버렸
다.

그날 이후로 박하은을 비롯한 다른 아이들은 무르시블의 '무' 자
도 꺼내지 않았고 그 일로 나를 놀리지도 않았다. 이건 말 그대로 내

지난한 괴롭힘의 역사에 한 번도 있었던 적 없고 앞으로도 없을 기적이었다.

그렇게 내 일상은 꿈 일기장을 다른 애들에게 들키기 전으로 돌아갔다. 다시 꿈이라는 세계에 집중할 수 있게 된 것이다. 왜 내가 그 소중한 세계를 버리고 위험하고 척박한 땅으로 떠났는지 알아내야 했다. 그 대답은 그 꿈을 꾸던 나만이 알고 있을 것이다. 나는 스스로도 잘 알지 못하는 또 다른 나를 신뢰해야만 했다. 그럴 수밖에 없는 이유가 있었을 거라고. 한심하고 게으른 결론이었지만 지금은 다른 답을 찾을 수가 없었다.

수업이 끝난 뒤 곧장 집으로 돌아가 간신히 되찾은 꿈 일기장을 처음부터 자세히 훑었다. 그동안 적은 것들 중 눈에 띄는 문장이 있었다.

붉은 액체.
목걸이에서 마셔.
냄새 안 나는 사람한테 물어볼 것.
내 의지 없이는 안 되는 일?

'내 의지 없이는 안 되는 일.'
돌이켜 보면 처음 꿈이 찾아온 이후로 나는 그 꿈을 간절히 원하는 의지를 발휘했다. 정신없는 모래 폭풍 속에서 헤브론의 손을 잡은 것도, 학교에서 백지운을 찾아낸 것도, 목걸이를 발견한 것도 전부 다 내 의지에서 비롯된 기적 같은 일이었다. 반대로 나는 이 모든 것을 잊어버릴 수도 있다. 혼란스러운 청소년기에 잠시 겪은 신비스러운 경험 정도로 정리해도 좋을 것이다.

하지만 그러기에는 이미 늦었다. 나는 돌이킬 수 없을 만큼 그 세계에 빠져 있었다. 꿈 일기장을 빼앗겼을 때 그 사실을 확실히 깨달았다.

남건읍에 있는 나라는 인간은 텅 빈 껍데기에 불과했다. 이곳에선 아무 감정도 자극도 느낄 수 없었다. 늘 놀이터가 되어 준 숲도 마법을 잃은 삭막한 장소가 되어 버렸다. 돌아가야 했다. 그럴 수 있다는 확신이 들었다. 도망친 나를 대신해 또 다른 내가 그 세계를 구해야 했다.

소중한 노트를 펼치자 내가 정리해 둔 세 가지 사실이 적혀 있었다.

1. 무르시발은 잠든 자들과 죽은 자들이 가는 사후 세계다.
2. (아직 믿기진 않지만) 나는 그 세계의 황제다.
3. 정체를 알 수 없는 악마가 나의 왕국을 무너뜨리려 한다.

이중 누락된 중요한 사실은 기억나지 않는 꿈속에서 황제인 내가 도망갔다는 것이다. 황제가 악마를 막지 못한다면, 이미 죽은 자들의 영혼과 아직 살아 있는 사람들의 안식처가 사라지고 모두 악마의 지배를 받게 될 것이다. 나 또한 영원히 그 세계를 잃어버리게 될 것이다.

나는 붉은 목걸이를 만지작거렸다. 노트에 적혀 있지 않은 새로운 사실 하나가 마음에 걸렸다.

'헤브론을 믿으면 안 된다.'

그럼에도 불구하고 나는 돌아가야 했다. 남은 쿼러스도 없고 돌아간다 해도 뭘 어떻게 해야 할지 모르겠지만 그래도 반드시 가야 했다. 돌아가고 싶은 이유는 간단했다. 현실보다 무르시블을 더 사랑하기 때문이었다. 무르시블이 곧 무너지고 결국 사라질지도 모른다는 불길한 마음이 고개를 들었다.

나는 눈을 감았다.

'무르시블로 가야 돼. 나를 무르시블에 데려다줘.'

주문처럼, 아니 기도문처럼 이 말을 계속 되뇌이며 새벽까지 몸을 뒤척였다. 그날도, 그다음 날도, 한 달 뒤에도 무르시블은 내게 꿈의 문을 열어 주지 않았다. 하지만 나도 기도를 멈추지 않았다.

'헤브론, 난 무르시블을 구해야 해. 구할 수 있어. 방법이 있을 거야.'

그렇게 두 달이 되어 갈 무렵, 꿈속에서 눈을 떴을 때 마침내 그 세계에 있었다. 잠들기 직전 손에 꼭 쥐고 있던 붉은 목걸이가 여전히 내 손에 들려 있었다.

어디선가 액체처럼 스며든 검은 모래가 사가비시니를 잔인하게 할퀴고 베기 시작했다. 황제는 두 가지 색으로 뒤엉킨 모래 바닷속에서 이리저리 모래와 부딪치고 언덕에 뒹굴었다. 모래 알갱이들은 거대하게 밀집해 황제를 내팽겨 치다가도 반격하려 하면 실체 없이 흩어져 버렸다.

더 이상 공격할 힘도 의지도 황제에게 남아 있지 않았다. 어느 순간 몸을 내맡기자 접전 끝에 우세한 모래가 도망친 황제를 깊은 목구멍 속으로 집어삼켰다. 그리고 미처 상상할 수 없을 만큼 먼 곳으로 데려갔다.

사가비시니가 황제의 몸을 단단한 땅에 내려놓았다.

그 땅의 기운이 조금씩 황제 안으로 스며 들어오자 강하고 새로운 힘이 느껴졌다. 황제는 몸을 일으켜 주변을 살폈다. 어지러운 아지랑이 속에서 세 개의 점이 가까워지더니 서서히 사람의 실루엣으로 변했다.

"무르시블."

현재를 주관하는 아렌의 음성이 들릴 때마다 대지가 부드럽게 울렸다. 황제는 그들이 뿜어내는 강렬한 에너지에 고개를 들 수 없었다.

"우리는 너를 축복한 최초의 시간이다."

길게 늘어진 옷자락이 황제 앞에 멈춰 섰다. 현인들의 몸은 우주처럼 거대해서 황제의 먼지 같은 몸은 작은 음성만으로도 소멸해 버릴 것 같앗다. 황제가 두려움에 엎드리자 이번엔 부드러운 남자의 음성이 들렸다. 과거를 주관하는 툰이었다.

"메피힐티눔의 검은 갈퀴가 온 대륙을 뒤져 너를 찾고 있다. 그러나 그와 싸우려 한다면 너는 반드시 죽을 것이다."

"제가 무엇을 할 수 있는지 알려 주십시오. 저는 아무것도 알지 못합니다. 무르시블에는 악마를 무찌를 무기가 없습니다."

황제가 간절히 호소했다. 온화한 빛이 전신을 감싸자 백성을 버린 죄책감과 슬픔에 몸이 떨려 왔다.

"때가 이르렀으니 황제여, 스스로를 구원하라."

아렌이 말했다.

"무르시블은 자신을 구원한 자들의 땅이며 그들이 곧 무르시블의 진정한 주인이다."

"왜 저를 도와주지 않으십니까?"

"무르시블의 황제는 영원한 영광을 다시 되찾길 원하는가?"

아렌의 음성은 황제가 오랫동안 질병처럼 앓고 있는 '공허'를 꿰뚫었다. 그 질문은 죽음마저 허무한 네가 아직도 그 세계의 황제가 될 자격이 있느냐는 꾸짖음 같았다.

"저 때문에 이 재앙이 생긴 건가요?"

미래의 예언자, 니르안이 차분하고 따뜻한 빛으로 황제의 몸을 감쌌다.

"모든 어둠이 다 적은 아니며 모든 악마를 두려워할 필요도 없다. 그대는 이미 운명에 들어섰으니 두려워하지 마라. 나는 그대가 알지 못하는 동안 그대를 위해 싸우는 이에게 무르시블의 마지막 쿼러스를 주겠다."

"마지막이라니요? 그게 누굽니까?"

발바닥을 끌어당기는 모래알에 황제의 정신이 아찔해졌다. 저항할 새 없이 황제는 뒤틀린 모래 속으로 빨려 들어갔다. 황제는 긴 시간 동안 검은 모래에 팔다리를 결박당한 채 정신없이 끌려갔다. 얼마나 시간이 지났는지는 알 수 없었다.

황제의 머릿속은 죽음에 대한 공포나 불안보다는 아렌의 목소리로 어지러웠다. 스스로 구원하라는 말은 희망이 없다는 말로 들렸다. 이게 내심 네가 원하던 고통이지 않느냐는 책망 같기도 했다. 마치 온 세상에게 버림받은 기분이었다.

황제는 완전히 길을 잃었다. 현인들을 만났으나 아무런 지혜도 얻지 못했다. 지금도 얼마나 시간이 지났는지 모를 만큼 악마의 손아귀에 휘감겨 그에게 끌려가고 있지 않은가. 하지만 그와 단둘이 마주하게 된다면 그 싸움을 피할 생각은 없었다.

검은 모래는 메피힐티눔이 있는 북쪽 땅의 끝, 페론 계곡에 토하듯 황제를 뱉었다. 음험한 기운이 살갗을 덮자 난생처음 느끼는 추위에 몸을 떨었다. 안으로 깊이 들어설수록 바위가 탁한 초록빛을 띠었다. 발을 한 번 떼는 데에도 영원 같은 시간이 흘렀다. 강력한 중력이 발을 잡아당겨 납덩이처럼 몸이 무거웠다. 온도와 무게에 익숙해질 때쯤 절절 끓는 고름 냄새가 진동했다. 이 악취는 금속처럼 견고하고 무겁게 이 무한한 공간을 짓누르기 시작했다.

눈알을 파고드는 악취에 정신이 혼미해졌다. 부패한 살에서 구더기가 부글거리는 환상이 보일 만큼 강력한 냄새였다. 악취가 강해질수록 그것과 맞닿아 있는 황제의 영혼도 으스러질 것 같았다.

그러나 곧 악취를 잊어버릴 만큼 섬뜩함이 밀려왔다. 누구도 이만큼 황제와 가까워질 순 없었다. 주변의 공기가 진동할 만큼 숨을 깊게 들이마시자 검붉은 핏줄로 뒤덮인 악마의 폐가 거대하게 팽창했다.

그대가 왔구나.

악마는 견딜 수 없이 달콤한 향을 맡은 것처럼 황홀한 미소를 지었다. 방금 '두려움'이라는 냄새를 맡았기 때문이다. 그건 황제에게서 나는 악취였다.

6
이방인의 땅 1

'무르시블을 구해야 해. 구할 수 있어. 방법이 있을 거야.'

기도가 어찌나 간절했는지 꿈의 세계에서 눈을 떴을 때도 나는 이 말을 반복하고 있었다. 이방인의 땅에 올 수 있었던 건 누가 훔쳐갈 새라 꽉 쥐고 있던 목걸이 때문이었다. 기적 같은 일이었지만 왠지 헤브론은 날 반길 것 같지 않았다. 무르시블을 구하기 위해서는 내가 필요하지만 날 위험에 빠트릴 수 없다는 이중적인 마음 때문일 것이다.

나는 목걸이를 주머니에 넣고 잠시 바람이 사라진 틈을 타 주위를 살폈다. 해가 사라진 남쪽과는 달리, 이 땅의 하늘은 분홍색과 주황색, 짙은 보라색의 뿌연 빛으로 짓이겨져 있었다.

시간은 얼마나 흐른 걸까? 시간이라는 게 흐르긴 하는 걸까?

폭풍 속을 헤엄치다 낯선 곳에서 깨어난 기분이었다. 이상한 건 이 낯선 곳이 무서울 만큼 낯설게 느껴지지 않는다는 사실이었다.

저승은 깊은 곳이 아니라 넓은 곳이었다. 나는 이름 모를 고원과 산성화된 갈색의 황무지를 지나 탄 냄새가 나는 사막에 발을 디뎠다. 휘몰아치는 모래바람 속에서 멀리 점처럼 보이던 실루엣이 점점 사람의 형태로 빚어졌다.

나는 온 힘을 다해 헤브론의 이름을 불렀다. 위험으로 물든 세계를 등진 채 나를 향해 달려온 그를 꽉 안았다. 그가 너무 보고 싶었다. 다시는 이렇게 안을 수 없을 줄 알았다.

"폐하! 쿼러스도 없이 어떻게?"

"이거 옛날에 네가 나한테 준 목걸이지?"

주머니에서 목걸이를 꺼내 보여 주자 헤브론은 단번에 이해했다.

"맞아요. 하지만……."

"내가 어떻게 이걸 갖고 있었는지 모르겠어."

"꿈에서 간절하게 여긴 물건은 현실 세계로 넘어갈 수 있어요."

"그래? 다시 돌아가면 언제 샀는지 모르는 물건들을 의심해 봐야겠다."

농담을 해도 헤브론은 웃지 않았다. 예상대로 나를 반기면서도 또 걱정하는 눈빛이었다. 헤브론을 믿지 말라는 백지운의 말 때문인지 순간적으로 경계심이 고개를 들었다.

꿈 일기장을 찾아 준 백지운이 꿈속에서도 고마웠다. 하지만 백지운을 포함한 세계야말로 덧없는 꿈처럼 느껴졌다. 내가 지겹게 다녔던 산길과 학교, 보리, 아빠, 그리고 중학생이었던 나까지도.

'나는 이제야 진짜 꿈에서 깬 거야. 이게 원래 나의 현실이었어.'

"헤브론, 걱정하지 마. 널 도와서 무르시블을 구할 거야. 만약 실패하더라도 난 이 세계와 함께할 거야."

헤브론의 표정이 무거워졌다.

"혹시 넌 내가 돌아오지 않길 바랐던 거야?"

"그 반대입니다. 언제나 저는 폐하를……. 하지만 걱정됩니다. 여기서부터 이방인의 영역이라서요. 더 구체적인 상황은 저도 모릅니다. 혹시 누군가를 만나더라도 폐하를 알아보진 못하겠지만 너무 위험하고 불결한 자들입니다."

"왜 이방인들은 무르시블에 들어오지 않지?"

"그럴 자격이 없으니까요. 지상에서 영혼에 지워지지 않는 악취를 묻히고 온 자들은 모두 이 자드킬의 소굴로 들어가게 됩니다."

"악취라면 '죄' 같은 건가?"

"맞습니다. 살인, 강도, 기만, 배신 등 타인에게 큰 상처를 입혀 속죄받을 수 없는 죄들이죠."

'배신'이라는 단어가 귀에 꽂혔다.

"폐하, 절 믿으십니까?"

헤브론이 물었다. 느낌상 그가 내게 이 질문을 한 건 처음이 아니었다. 언젠가 나는 이렇게 답했다.

'너에 대한 믿음에 이 성전을 걸어도 좋다.'

그러나 지금 내 대답이 늦어지자 헤브론의 얼굴에 순간적으로 질은 그림자가 드리웠다.

"헤브론. 왜 사제가 된 거야?"

"영원한 땅의 존엄을 섬기는 것은 사제가 품을 수 있는 가장 큰 영광이자 유일한 행복입니다."

"그런 뻔한 답 말고."

헤브론이 힘없이 웃었다.

"아주 어렸을 때, 폐하께서 저를 구해 주셨거든요."

"내가? 무슨 잘못이라도 했어?"

"폐하께서 무척 아끼시던 실리온이라는 보검이 있었는데 거기에 박힌 보석이 아름다워 몰래 손으로 만지고 말았습니다. 신성한 검에 손을 대는 건 신성 모독에 해당하는 중죄로, 어린아이라도 벌을 피할 수 없어요."

"그게 다야? 그냥 보석 한 번 만졌다고 추방된다고?"

"무르시블의 보석은 단순히 장신구가 아니라 신성한 힘을 지니고 있어요. 저는 추방되기 전에 성전의 모든 사람들 앞에서 지은 죄를 고백해야 했어요. 그런데……."

"그런데?"

"제 죄목을 들은 폐하께서 검을 자세히 살펴야겠다며 홍보석을 들여다보시다가 실수로 떨어트리셨어요. 그 정도로 깨질 검이 아닌데 그 자리에서 실리온은 산산조각이 났지요. 그러니까 그건 실수가 아니었어요."

헤브론이 옅은 미소를 지었다.

"그러곤 말씀하셨어요. '이 아이를 추방시키는 것은 이제 의미가 없다.'라고요. 그 한마디에 저의 추방이 철회됐어요."

"그래서 그 이후로 검을 잡는 사제가 된 거야?"

"네. 의무가 아니라요."

"그럼 나도 가르쳐 줘."

헤브론은 이 말을 내게서 처음 들어 본 게 아니라는 듯 웃었다.

"가르쳐 드릴 수는 있지만 대련은 못 합니다."

"왜? 그게 핵심이잖아."

헤브론이 난감한 표정을 지었다.

"저는 훈련으로도 폐하를 공격할 수가 없습니다."

그 말에 잠시 멍했던 기억이 났다. 기억은 감정보다 늘 한 발 늦게 찾아왔다. 그때나 지금이나 헤브론에 대한 느낌은 같았다. 텅 빈 것 같은 가슴에서 갑자기 심장의 무게가 느껴졌다. 오직 뜨겁고 단단한 그 심장의 무게만이 내 몸의 전부처럼 느껴졌다.

헤브론은 제국 최고의 검술사였다. 자신의 키만 한 장검을 리드미컬하고 우아하게 다룰 줄 알았으며 강인하면서도 날렵해 맨

80

몸 전투 실력 또한 뛰어났다. 그는 검을 최상의 무기로 활용하는데 그치지 않고 적의 허를 찌르기 위해 자기 자신을 섬세하게 벼린 하나의 검으로 만들었다.

검술은 내 취미이자 특기이기도 했다. 좋아하는 이유는 간단했다. 일단 사제들이 멋있고, 그들이 입는 정복도 끝내주게 멋있기 때문이다. 그래서 나는 몰래 사제복을 입고 황실 훈련장에 숨어 들어가곤 했다. 착한 사제 생도들은 다들 내가 누군지 알면서도 쉬쉬하며 내 수준에 맞춰 상대해 주었다.

"이번엔 나랑 싸워요! 아니, 나랑 싸우자!"

"아냐, 내 차례야!"

나랑 겨뤄 보고 싶어서 줄을 선 생도들과는 달리 헤브론은 늘 나와 거리를 두었다.

"스승님! 폐하께서 쉐마와 이레아 뒤에 또 숨어 계십니다."

내가 훈련장에 숨어들 때마다 헤브론은 아크라낙 주교에게 고자질을 했다. 헤브론과 눈을 마주친 나는 소리 없이 입술로만 말했다.

'끝나고 나 좀 봐.'

장난으로 한 말이었지만 수업이 끝나자 정말로 헤브론이 수도원 뒤쪽 후문으로 왔다. 다른 생도들도 굉장한 싸움이 벌어지는 줄 알고 몰려들었다.

"무슨 일이야?"

"폐하가 헤브론을 패신대."

"헐, 대박."

"놓치기 전에 빨리 가자."

나는 기대 어린 시선들을 뒤로한 채 헤브론을 수도원 본당 안에 있는 사제관으로 끌고 들어갔다.

"왜 자꾸 날 이르는 거야?"

"폐하가 오셨다는 걸 모르는 사람은 아무도 없어요. 이미 주교님도 다 알고 계세요."

"진짜?"

진심으로 놀라 물었다.

"진짜예요."

"그래도 이르지 마! 너무 얄밉잖아. 누구 때문에 난 아끼는 검도 부러트렸는데."

"송구합니다. 하지만 여긴 위험하니 오시면 안 됩니다. 무르시블에서 주조한 검은 폐하를 해칠 수도 있으니까요."

"검술을 가르쳐 주면 안 올게. 네가 그렇게 빠르고 날카로운 공격 기술을 가졌다며. 쉬는 날 대련하자."

"그건……."

"설마 그것도 안 된다고 하려고? 네 수준에 너무 못 미쳐서 그래?"

"그게 아니라 저는…… 폐하를 공격할 수가 없습니다. 그게 훈련이라도요."

"그런 바보 같은 핑계가 어딨냐."

"죄송합니다."

헤브론이 유일했다. 나를 작은 칼에도 다칠 수 있는 존재로 보는 사람은. 사실 그럴 이유가 전혀 없는데도 헤브론은 늘 그랬다. 나는 그가 보란 듯이 빠른 속도로 다양한 검술을 익혔고 수도원에서 가장 덩치가 큰 쉐마와 흥미진진한 대결을 펼치기도 했다. 날 응원하며 환호하는 사제들 중에서 헤브론만이 조마조마한 눈빛으로 나를 쳐다보던 모습이 떠올랐다. 여차하면 뛰어들어 나 대신 쉐마를 벨 기세였다.

"지금도 죄송하게 생각합니다. 저 때문에 귀한 검을 부러트리시게 해서."

헤브론의 말에 속으로 대답했다.

'그까짓 검. 얼마든지 부러트리지. 무르시블에서 다시는 나지 않을 보석으로 만들었다 해도 망설이지 않을 것이다. 널 구하는 일인데.'

"근데 너답지 않다. 몰래 검을 만진 것도 그렇고."

"어릴 땐 꽤 거칠었거든요. 기억이 다 돌아오면 처음에 제가 얼마나 폐하를 무례하게 대했는지도 알게 되실 겁니다."

헤브론이 수줍게 웃었다.

"네가? 날 무례하게 대했다고? 그건 진짜 못 믿겠다."

"폐하뿐 아니라 주변에 있는 모든 사람한테 그랬죠."

"자세히 얘기해 봐."

"나중에 말씀드리겠습니다. 아니, 그냥 잊으시는 게 좋아요."

우리는 다시 걸었다. 풀 한 포기 나지 않는 저주의 땅이 끝도 없이 펼쳐졌다. 방향을 알 수 없는 지평선에선 길을 잃기 쉬웠다. 하지만 내 코를 나침반 삼아 미세하게 흐르는 악취를 역으로 추적해 나갔다. 무르시블에서 멀어질수록 악취뿐 아니라 빛의 세기가 강해지는 게 아이러니했다. 하지만 그 빛은 보이지 않는 덫이 숨겨진 불길하고 불쾌한 빛이었다.

"왜 다른 사람들은 무르시블 꿈을 꾸지 않는 거야? 내 주변 사람들은 이런 얘길 전혀 안 하거든."

"꿈을 꾸는 모든 사람들은 잠든 동안 무르시블에 있어요. 다만 기억하지 못할 뿐이죠. 어떤 드리머들은 자신이 꾼 꿈을 선명히 기억하기도 하지만 그건 아주 일부일 뿐이에요."

"아쉽네."

하지만 지금 내가 보고 있는 광경은 굳이 꿈 밖에서 기억하고 싶지 않았다. '해골'이라는 뜻의 자드킬 사막은 낮에는 눈알이 바싹 마를 정도로 뜨겁고 밤에는 이가 덜덜 떨릴 만큼 기온이 내려갔다. 푹 패인 골짜기를 기어 내려가다가도 정신을 차려 보면 어느새 능선을 타고 있는 나를 발견했다. 그런 희한한 지형은 일주일 이상 이어졌다. 물론 그 일주일이라는 것도 정확한 시간은 아니었다.

숨이 쉬어지지 않는 더위가 찾아오거나 심각한 바람이 불면 헤브론은 그곳이 어디든 노련한 솜씨로 텐트를 쳤다. 텐트에는 위장 기능이 있어 주변의 돌이나 모래 색깔과 질감을 그대로 흡수했다.

갑자기 마른하늘에 집채만 한 번개가 연이어 내리치자 우리는 텐트 안에 몸을 숨겼다. 헤브론은 밖을 지키며 자겠다고 했지만 물론 이를 허락하지 않았다. 본격적인 여정이 시작되기 전 나는 검고 긴 머리카락을 잘랐다. 최대한 눈에 띄지 않기 위해 상하의가 통으로 짜인 그의 옷도 빌려 입었다.

"폐하, 드십시오."

헤브론이 정성스럽게 자른 하난을 접시에 담아 내밀었다. 하난은 성전의 공중 정원에서만 열리는 쿼러스의 열매로 기운 회복에 좋은 신성한 과실이었다. 그는 성전을 떠나기 전 일곱 개의 하난을 챙겨 나와 지금까지 내게 세 개의 하난을 먹였다.

"나무가 시들어서 이게 전부라며. 아껴 먹어야 하는 거 아니야?"

"썩기 전에 빨리 드셔야 합니다. 하난은 원래 썩지 않는 과일이지만 폐하가 제국을 떠난 뒤로 많은 것들이 바뀌었어요."

헤브론은 좀 전에 넘어져서 쓸린 내 무릎을 살폈다. 거센 바람에 밀려 엎어져 생긴 상처였다.

"그냥 계속 천으로 감싸면 안 돼?"

"여기선 상처가 아물지 않아요. 드셔야 합니다. 기력을 위해서라도요.”

"너는?"

"이방인들의 죄가 뿜어내는 에너지는 저보다 폐하에게 더 취약합니다."

"지금은 괜찮아. 안 먹을래."

"제발요.”

장난처럼 한 말에 너무 진지한 반응이 돌아왔다. 이렇게 나를 걱정하는 헤브론이 정말 배신자라고? 대체 왜, 언제부터 그런 마음을 먹은 걸까. 백지운의 말이 사실이라면 이때가 헤브론이 나를 해칠 수 있는 절호의 기회였다. 아니, 기회는 언제나 널려 있었다. 당장 오늘 밤이나 내일 아침에도 그는 저 장검으로 나를 찌를 수 있었다.

아직 때가 아닌 걸까? 하지만 그런 생각만으로도 너무 가슴이 아팠다. 나를 해칠 리가 없었다. 헤브론을 믿을 수 있는 가장 확실한 증거는 '냄새'였다. 그에게선 어떤 악취도 나지 않았다. 우습지만 그 단순한 사실이 나를 안심시켰다.

향긋한 맛이 난다던 하난은 물이 많은 무를 씹는 것처럼 특별한 맛이 나지 않았다. 이 땅의 영향인 것 같았다. 다행히 효능은 남아 있는지 무릎에 난 쓸린 상처가 말끔하게 아물었다. 팔다리에 기운도 차오르는 기분이었다. 하지만 기력은 금세 다시 떨어졌다.

"괜찮으십니까?"

두 팔을 몸에 감은 채 오들오들 떨고 있는 내게 헤브론이 조금 더 가까이 다가왔다. 길게 자란 머리카락 사이로 깊은 눈매가 더 도드라져 보였다. 언제나 호수에 반쯤 잠긴 듯한 눈동자는 너무 깊고 맑아서 오래 바라볼 수 없었다. 그 눈에 비친 내 모습을 보는 게 두렵고 싫었다.

"몸에서 한기가 느껴집니다."

팔에 닿은 헤브론의 손은 무척 따뜻했다. 그 전에는 꿈에서 온도를 느껴 본 적이 없었다. 하지만 지금은 추위가 생생하게 느껴졌다. 이 땅의 저주가 내 체온을 시시각각 빼앗고 있었다.

"송구하지만 허락해 주시겠습니까?"

"뭘?"

헤브론이 팔을 벌렸다.

"송구할 것까지야……."

나는 쑥스러워 고개를 살짝 숙였다. 헤브론은 가까이 다가와 자신과 동일한 체온이 될 때까지 나를 안았다. 뭐라고 더 쫑알거리기 전에 이대로 빨리 나를 재우고 싶어하는 것 같았다.

"난 아기가 아니야."

당황할 거라 예상했지만 헤브론은 말없이 웃었다. 그게 더 굴욕적이었다.

"아기처럼 대하지 말라고."

"네, 폐하."

"참. 우리 연습하기로 했지? 폐하라고 안 부르고 존댓말도 안 하기로. 기억나?"

"네, 하지만……."

"내 안전을 위해서야. 그놈의 폐하는 좀 잊어버려. 내 이름은 '델라'잖아. 네가 지어 준 이름. 지금 한번 불러 봐."

헤브론은 난감한 얼굴로 망설였다.

"꼭 필요한 순간에 부르면 안 될까요?"

"우리 둘이 있을 때도 그렇게 불러야 돼. 그래야 실수를 안 하지."

신신당부를 하자 헤브론은 죽기보다 힘든 표정으로 "델……라." 를 내뱉었다.

"다시."

"제가 어떻게."

"진짜 내 이름도 아닌데 뭐 어때?"

나는 헤브론의 얼굴을 내 쪽으로 돌렸다. 그리고 아마도 영원에 가까운 시간 동안 그를 신뢰했을 나를 떠올렸다. '성전을 걸 만큼' 그를 믿었다는 걸 기억이 증명하고 있었다. 그 기억을 증명할 느낌도 곧 찾을 수 있을 것이다.

"그보다 여쭤 보고 싶은 게 있습니다."

"뭔데?"

말을 돌리려는 헤브론의 속셈을 알면서도 한 번은 넘어가 주기로 했다.

"이 꿈 밖에서 폐하는 잘 지내시는지 늘 그게 궁금했습니다."

순간 내가 퀭한 눈으로 산길을 걷는 모습과 급식실에서 혼자 밥 먹는 모습, 화장실에서 몰래 흘린 눈물 등이 빠르게 스쳐 지나갔다. 꿈 일기장 사건이 일어나기 전까지는 하루 종일 말 한마디 안 하는 날도 많았다. 그 모든 장면들이 우울한 영화처럼 재생됐다. 하지만 헤브론에게 굳이 그런 이야길 하고 싶진 않았다.

"응, 뭐…… 잘 지내는 편이야."

"거기선 누가 폐하를 돌봐 드립니까?"

돌본다는 말에 작은 웃음이 났다.

"거기에 하인이나 시종 같은 건 없어. 난 거의 혼자 다녀."

"친구는요? 폐하는 즐겁고 매력적인 분이시니 분명 따르는 친구들도 많으시겠지요?"

"딱히."

헤브론이 약간 멈칫하는 게 느껴졌다.

"혼자가 편해. 일부러 누구 비위 맞추거나 쓸데없는 고민을 할 필요도 없으니까."

"그렇군요."

"진짜라니까."

"그럼 외로울 땐 누구에게 의지하시죠?"

"보리랑 놀아. 아, 보리는 엄청 크고 똑똑한 셰퍼드인데 나한테 제일 소중한 친구야. 매일 숲에서 같이 놀고 같이 먹고. 아빠가 허락만 하면 내 방에서 같이 잘 수도 있을 텐데."

뭐든지 털어놓고 싶게 만드는 얼굴을 보며 나는 조금 더 솔직해져 보기로 했다.

"여기선 내가 사랑받는 존재였는지 몰라도 꿈 밖에선 그냥 평범한 학생일 뿐이야. 아니, 평범한 학생도 아니지. 난 그냥 아무에게도 관심을 주지 않고 아무것도 느끼지 않으면서 살고 있어. 외로움이나 슬픔도 이젠 거의 느껴지지 않아."

"가장 마지막으로 그런 감정을 느낀 적은 언제였죠?"

"엄마가 떠났을 때."

나는 아무렇지 않게 대답했다. 정확히 말하면 아빠한테 엄마가 멀리 떠났다는 말을 들었을 때였다. 시간이 좀 더 지나 열두 살 때 그 말의 뜻을 알았다. 그 전까지는 엄마가 멀리 갔다기에 잠시 여행을 떠난 줄로만 알았다.

진짜로 엄마에게 버림받은 사실을 실감한 건 초등학교 5학년 생일 때였다. 아빠가 선물 대신 큰 맘 먹고 사 준 초콜릿 케이크에 빨간 초를 꽂는 순간, 기억조차 못하는 엄마 얼굴이 떠올랐다. 기뻐해야 할 그 순간에 말이다.

지금까지 내가 받지 못했던, 그리고 앞으로도 영원히 받을 수 없는 엄마의 선물들이 떠올랐다. 그건 끊임없이 버림받는 기분이었다. 엄마는 그저 한 번 날 버리고 간 게 아니었다. 앞으로 내 모든 생일, 모든 크리스마스마다 나는 계속 상처받을 것이다.

"나도 알아. 뉴스만 봐도 세상에 얼마나 나쁜 엄마들이 많은지. 하지만 엄마라는 존재를 애초에 한 번도 가지지 못한 나 같은 애들은 엄마에 대한 환상을 가질 수밖에 없어. 나쁜 엄마를 가진 애들도 자신에겐 없는, 진짜 좋은 엄마를 상상하듯이⋯⋯. 가끔 궁금해. 지금도 어디선가 뭔가를 하고 있을 엄마가 가끔 내 생각을 하는지. 길거리나 식당에서 내 또래의 여자애를 보면 날 떠올리는지 말이야."

차라리 나한테 엄마가 일찍 돌아가셨다고 말해 줬다면 마음껏 그리워라도 할 수 있을 텐데. 가끔, 아주 가끔 영화나 드라마에서 사이좋은 모녀가 데이트를 하는 장면이 나오면 볼썽사납게 눈물이 솟구쳤다. 이건 불공평한 감정이었다. 엄마가 날 버렸으니 나도 엄마를 잊고 아니, 없어도 된다는 듯 아무렇지 않게 살아야 공평한 거니까. 그래야 지지 않는 거니까.

하지만 애초에 감정은 불공평한 건지도 몰랐다. 사람의 마음은 균형을 이루기보단 어느 한쪽으로 약간씩 기울어져 있으니까. 엄마도 나보다 더 중요한 곳에 마음이 기울어 떠난 것처럼.

"왜 우릴 떠난 건지 아빠한테 물어본 적도 없어. 대답을 듣는 게 무서웠거든. 그 이유가 뭐든지 간에 평생 기억에 남을 것 같아서. 이상하지 않아? 내가 가장 싫어하는 사람이 내 유일한 약점이 된다는 게. 근데 악몽으로도 엄마 꿈을 꾼 적이 없어. 현실에서 고통스러운 기억이나 감정은 꼭 꿈에 나타나잖아."

차분히 내 말을 듣던 헤브론이 무겁게 입을 열었다.

"꿈이 되지 못하는 꿈들이 있어요. 그걸 '거부된 꿈'이라고 해요."

"거부된 꿈?"

"무르시블에 닿기도 전에 사라지는 꿈들이에요. 어떤 현실은 드리머의 방해 때문에 꿈으로 실현되지 못하죠."

"드리머가 자신의 꿈을 방해한다고? 왜?"

"어떤 고통스러운 현실은 꿈으로도 겪고 싶지 않으니까요. 모든 드리머는 눈을 뜬 동안 '현실'이라는 꿈을 꾸고 있어요. 그 꿈은 고통스럽기도 하고 대부분 공허해서 악몽처럼 느껴지죠. 하지만 꿈을 꾼다는 건 그날의 현실을 치유하는 행위이기도 해요. 그런 점에서 거부된 꿈은 무척 위험하죠. 극히 일부긴 하지만, 자신의 현실을 파괴하면서까지 계속 꿈을 파고드는 드리머들도 있어요. 무르시블에 속해 있지만 다섯 대륙 중 어디에서도 찾을 수 없는 '실종자'들이죠."

"찾을 수가 없어? 진짜로 어디 있는 건데?"

"그건 아무도 몰라요. 들리는 소문으로는 실종된 자신조차 알 수 없는 깊고 어두운 곳이래요."

"나 말고도 거부된 꿈을 만드는 드리머들이 많아?"

"수없이요. 하지만 그들이 전부 실종자가 되는 건 아니에요."

대답하는 헤브론의 표정이 슬픈 빛을 띠었다.

"이제 알겠지? 내가 얼마나 재미없게 사는지. 그래도 괜찮아. 어차피 무르시블 밖의 세상은 모든 게 무의미해. 친구도, 공부도, 나도, 전부 다."

"외람된 말씀이지만 그렇지 않습니다, 폐하."

"왜 그렇게 생각해?"

"의미를 따지는 것이야말로 세상에서 가장 무의미한 일이에요. 폐하 자체가 이미 온 세상의 의미니까요. 어느 곳에 계시든 그 사실은 변하지 않습니다."

잿빛을 두른 녹색의 신비로운 눈동자가 단단해졌다. 너무 확신에 찬 표정이라 가슴이 먹먹했다.

"넌 왜…… 내가 의미 있는 사람이라고 생각해? 황제라서?"

"그렇게 말씀드릴 수도 있겠지만 사실은…… 아무런 이유가 없어요. 정말로 의미에는 아무런 이유가 없어요. 폐하가 여기 '있다'는 사실보다 더 큰 의미나 이유는 찾을 수 없습니다. 예전에 누가 저한테 가르쳐 준 말이 있어요. 살아 있는 건 그냥 살아 있어서 중요한 거라고."

"누가?"

"어떤 진지한 꼬마가요."

씩 웃는 헤브론의 눈이 빛났다.

"난 이미 너도 버리고 나라도 버렸어. 또 다른 나이긴 하지만 어쨌든 전부 나잖아. 내가 원망스럽지 않아?"

"두려우셨겠지요. 그것도 오랫동안. 그 두려움을 나눌 사람이 없어 외로우셨을 거고요."

"왕은 그러면 안 되잖아. 이런 상황에서는 더더욱. 날 이렇게 만든 악마의 정체가 대체 뭘까? 왜 내가 태어나기 전에 누군가 죽여버리지 않은 걸까? 그럼 전쟁도 일어나지 않았을 텐데."

그 말을 하면서도 스스로가 비겁하게 느껴져 눈을 찌푸렸다.

"한심해. 난 너무⋯⋯."

"뉴메르의 보석을 생각해 보세요. 막 태어난 원석보다 연약한건 없죠. 하지만 그 연약함을 비난하는 사람은 아무도 없어요. 이세상에 연약하지 않은 고귀함은 없으니까요. 슬픔이 없는 순수함도 없고요. 슬픔은 신성한 감정이에요. 사랑처럼."

기억을 회상하던 헤브론의 눈이 다시 나를 향했다. 뭔가 더 할말이 있는 것 같았지만 입을 닫았다. 그러곤 중지 손가락에 있던로열 블루 토파즈 반지를 내 엄지손가락에 끼워 주었다. 변함없는충성과 책임감을 상징하는 대사제의 반지였다. 황제로부터 받은영광과 은혜를 상징하는 명예로운 반지였기에 대사제는 어떤 경우에도 그 반지를 빼지 않았다.

"폐하는 자신의 고귀함을 증명할 필요가 없습니다. 제가 이미다 알고 있으니까요. 폐하께서 그렇게 성전을 떠난 것도 분명히 이유가 있었을 겁니다."

헤브론은 반지와 함께 자신의 전부를 내게 주었다. 마치 모든걸 잃어도 좋으니 자신의 모든 것을 믿어 달라는 듯이. 반지를 쓰다듬자 마음 깊이 자리한 용기와 희망이 샘솟는 기분이 들었다.

"이제 그만 자야지. 델라."

"무엄하다."

헤브론이 웃자 마음이 한결 편해졌다. 램프의 조도를 낮추자 텐트 안이 훨씬 아늑해졌다. 나는 그의 왼편에 누워 잠을 기다렸다.

꿈속에서도 꿈을 꿀 수 있을까? 그렇다면 그 꿈의 꿈에서도 나는 헤브론에 대한 꿈을 꾸고 싶었다. 내가 잘 자는지 엉거주춤한 자세로 지켜보던 헤브론은 아주 천천히 오른쪽에 누웠다. 하지만 온몸에 긴장한 힘이 들어갔다는 걸 느낄 수 있었다. 그의 시선은 여전히 내 곱게 감긴 두 눈 위에 머물러 있었다. 그 아래에 자리한 코, 입매…… 아니, 아마도 그러길 바라는 내 착각일 것이다.

몽글한 느낌에 눈을 떠 보니 내 얼굴이 헤브론의 어깨에 파묻혀 있었다. 평소 험한 잠버릇이 나온 것이다. 다행히 그의 가슴에선 평온한 숨이 오르내렸고 머릿결에선 싱그러운 포도 냄새가 났다. 그를 깨울까 봐 꼼짝하지 않고 다시 눈을 감았다. 하지만 온몸이 간지러운 느낌에 좀처럼 다시 잠들 수가 없었다.

"……폐하."

"미안. 내가 깨운 거야?"

고개를 올려 헤브론을 바라봤다. 짙은 속눈썹이 내 코에 닿을 듯 가까웠다. 다시 볼 수 없을 것만 같은 불안이 눈앞에 있는 그를 더욱 보고 싶게 만들었다.

"만약에 지금 내가 꿈에서 깨면…… 넌 여기에 혼자 남는 거야? 무섭지 않아?"

"그런 사사로운 것까지 신경 쓰지 않으셔도 됩니다."

"잠을 못 자는 건 내가 혹시 사라질까 봐 그런 거지?"

헤브론은 대답 대신 작은 숨을 내쉬었다.

"진짜 우리가 처음 만났을 때 난 어땠어? 처음에 날 무례하게 대했다고 했잖아. 그때 얘기를 해 줘."

"하지만…… 그 얘기는 폐하를 우울하게 할 겁니다. 빨리 주무셔야 체력이 버틸 수 있어요."

"오늘 밤이 우리의 마지막일 수도 있잖아. 난 창피해도 내 얘길 잔뜩 털어놨는데 치사하게……. 듣다가 졸리면 잘게."

할 수 없다는 듯 헤브론이 자세를 고쳐 비스듬히 앉았다.

"저한테 왜 사제가 됐냐고 물으셨지요. 사실 폐하를 만난 건 제가 실리온을 만지기 훨씬 전이었어요. 그때 전 '우울의 늪'에 빠져 있었어요."

헤브론이 편안하고 나지막한 목소리로 말했다. 그의 봄비 같은 목소리가 이 세계를 곧 떠나 버릴지도 모를 나를 자꾸만 붙들었다.

"네가? 왜?"

살짝 몸이 나른했다. 하지만 다음 말을 듣는 순간 남아 있던 잠이 모두 달아나 버렸다.

"이 꿈에서 깨면 죽어야겠다고 생각했거든요."

7

무르시블의 소년

×

헤브론이 들려주는

무르시블

이야기

×

드리머는 왜 꿈속에서 죽을 수 없을까. 이 망할 꿈속에서조차 나는 왜 죽지 못하는 걸까.

꿈속에서만큼은 타고 있던 차나 비행기가 추락해서 산산조각이 나도 절대로 죽지 않는다. 절벽 아래로 떨어지거나 달려오는 열차에 뛰어들어도 마찬가지다. 놀라서 깰 뿐이지. 나는 이 사실을 수차례 시험을 통해 알아냈다.

나는 오늘이든 내일이든 살고 싶지 않다. 이런 마음이 들지 않게 어제 죽었으면 좋았을 텐데. 기억은 안 나지만 나는 애초에 태어나고 싶지 않았던 것 같다.

'아무 걱정 없는 네 나이에 무슨 그런 생각을 하냐'고 말하는 인간들은 그냥 좀 닥쳤으면 좋겠다. 죽기 적당한 나이가 대체 언제라고. 사람들은 나이를 보고 그 사람이 겪고 있는 고통을 쉽게 과소평가한다. 하지만 그건 죽고 싶을 만큼 슬픈 일은 어른들한테나 벌어진다는 거랑 똑같다. 멍청한 말이라는 뜻이다.

한기에 몸이 부르르 떨렸다. 내 안에는 녹지 않는 고드름이 매달려 있었다. 누군가 살짝이라도 이 얼음을 건드리는 날엔 한없이 추위에 떨어야 했다. 한평생 추위에 떨며 삶보다 죽음을 꿈꿨던 내게 무르시블은 유일한 안식처였다. 하지만 이 광대한 세계에 대해 내가 아는 건 극히 일부였다. 내가 있는 곳은 이 어둡고 축축한 늪지대였기 때문이다. 아니, 어제는 다른 곳에 있었다.

화산이 폭발하기 직전인 거대한 산 밑이었다. 그 도시에는 나를 포함해 수많은 사람들이 있었는데 다들 그걸 구경하느라 멍한 표정이었다. 왜 구경이나 하고 있냐고 당장 도망가야 한다고 외쳤지만, 내 말에 귀 기울이는 사람은 아무도 없었다.

어느새 나는 아무것도 모르는 어린아이 하나를 들쳐 메고 군중을 헤치며 반대쪽 시내를 향해 죽어라 달리고 있었다. 용암으로 이글거리는 돌이 하나둘 떨어지는데도 사람들은 구경만 할 뿐, 도망가지 않았다. 열심히 달리고 있던 나는 여전히 제자리였다. 아무리 다리를 넓게 벌려도 도무지 앞으로 나아가지지 않았다. 곧 죽는다는 긴장감에 심장이 녹아내리는 기분이었다.

지금 난 차가운 진흙 바닥에 얼굴을 묻고 있다. 숨을 쉴 필요도, 생각할 이유도 없이 그저 나를 진창에 빠트리고 또 빠트렸다.

"또 여기 있네? 이봐, 고개 좀 들어 봐."

설마 하는 사이 들리는 익숙한 목소리. 히세라는 이름의 빌어먹을 영감탱이였다. 그는 여기서 종종 마주치는, 슬픔과 불안의 땅을 배회하는 무르시블의 시민이었다. 한번 입을 열면 좀처럼 닫치는 법이 없어서 여러모로 성가신 존재였다. 어쩌다 만나는 사람에겐 죄다 말을 걸고 다니는 모양이었다.

듣고 싶지 않았던 히세의 설명에 따르면 '무르시블의 백성'은 처음부터 이 땅에서 태어나고 자란 영혼을 뜻했다. '시민'은 죽은 드리머를, '드리머'는 나처럼 잠들었을 때만 이 땅에 오는 영혼이었다.

히세 저 영감은 드리머일 때도 이 눅눅한 땅에만 있더니 죽어서도 이곳에 대한 향수를 버리지 못한 모양이었다. 황제니, 사제니 하는 저 먼 세상 일이나 떠들어 대는 대머리에 배만 튀어나온 영감탱이. 누가 좀 납치해서 영원히 떠들 수 없는 감옥에 가뒀으면 좋겠다.

"귀찮게 하지 말고 꺼져."

내가 욕을 해도 히세는 딱히 기분 나빠 하지 않았다. 오히려 이런 반응을 더 재밌어 하는 듯했다.

"이봐, 내가 어떻게 죽었는지 말했었나?"

"이미 수십 번 말했지만 관심 없어."

예상대로 히세는 아랑곳 않고 말을 이어 갔다.

"한평생 건강하게 살다가 갑자기 한밤중에 심장마비가 왔지 뭐야. 건강 검진을 받을 때마다 분명히 이상 없다고 했거든. 망할 의사 놈들. 그동안 내가 병원에 갖다 바친 돈이 얼만데. 진짜 어이없지?"

히세가 쉰 목소리로 킬킬거렸다.

"어이없게 죽은 사람치고 너무 신나 보이는데."

"맞아! 망할 놈의 세상, 빨리 하직하고 싶었거든! 그놈의 돈, 돈거리는 가족도 죽을 만큼 지겨웠어. 근데 막상 죽는 건 또 무서워서 조금이라도 어디가 아프면 꼬박꼬박 병원엘 갔지만 말이야. 이렇게 한적한 곳에서 마음껏 우울할 수 있다는 건 참 감사한 일이야. 적어도 '늙어 죽을 때까지 이러고 있으면 어떡하지?' 같은 바보스런 고민은 안 해도 되니까. 이상하지. 마음껏 우울하면 덜 우울해진다는 게. 적어도 우리 아들은 내 보험금으로 잘살고 있을 거야. 하고 싶었던 공부도 마음껏 할 수 있겠지. 그 생각하니까 또 우울하네. 역시 난 여길 벗어날 수 없나 봐."

"그럼 하던 거나 계속해. 나한테 말 걸지 말고."

히세는 내가 머리를 박고 있는 수렁에 가까이 다가와 속삭였다.

"자, 이걸 줄 테니 좀 더 즐거운 곳으로 가 봐."

진흙으로 얼룩진 얼굴을 들자 히세의 손바닥 안에서 노란색 보석이 반짝였다.

"황제께서 내게 베풀어 주신 보석이야. '간절한 희망'을 주지. 뉴메르에 가면 너에게 가장 잘 맞는 보석을 얻을 수 있어. 지금은 이걸 갖고 다른 대륙으로 가. 손에 쥐면 그 진창에서 두 다리를 빼낼 힘이 생길 거야. 아주 간단해. 환희나 사랑의 대륙이 싫으면 차라리 분노의 대륙에라도 가. 카프메아 왕께선 영혼의 정화를 위해 분노가 필요한 영혼들을 받아 주시니까."

히세가 눈앞에 보석을 들이미는 순간 나는 고개를 돌렸다.

"필요 없어."

희망? 나는 희망을 바랄 만큼의 희망조차 없었다.

"무르시블은 이게 전부가 아니야. 난 네가……."

"닥쳐! 꺼지라는 소리 못 들었어? 다시는 나한테 말 걸지 마! 그렇게 말할 사람이 없어서 외로우면 뒈져 버려!"

나는 히세의 손에서 보석을 낚아채 안개가 자욱한 수풀 너머로 던져 버렸다. 벙찐 히세가 씁쓸하게 웃었다.

"'자살하면 죽여 버린다'도 아니고 죽은 사람한테 또 뒈지라니. 웃기는 놈이야. 조금만 덜 우울하면 진짜 재밌는 놈일 텐데."

멀리 걸어간 히세가 어디론가로 사라지자마자 나는 다시 검은 물에 얼굴을 처박았다. 서서히, 아주 조금씩 마음의 통증이 사라지고 있었다. 아니, 사라진다기보다 일시적으로 마비시킨다는 게 정확할 것이다. 아무리 시간이 오래 흘러도 이 '아무것도 느낄 수 없는' 감각에서 빠져나오고 싶지 않았다. 그럴 자신이 있었다. 또 누가 쓸데없이 방해만 하지 않는다면…….

7 ✦ 무르시블의 밤

아예 옆으로 드러누운 순간 웬 처음 보는 여자애가 물끄러미 나를 바라보고 있었다. 모자 달린 옷으로 머리와 눈까지 가린, 신기할 만큼 보잘것없는 애였다. 미동도 않고 쳐다보는 걸 보니 아마도 꽤 오랜 시간 이렇게 날 관찰한 듯했다. 그 자체로 짜증이 나서 한숨이 나왔다. 차라리 히세가 다시 오는 게 나았다.

"아직 멀었어? 그렇게 한다고 죽진 않아."

뭘 안다고 저런 질문을 하지?

"우리 시간으로 벌써 몇 년이나 흘렀어. 넌 오늘도, 어제도, 작년에도 여기 있었지? 아마 내일이랑 내년에도 있을 거고. 우울한 게 지겹지 않아?"

"너, 히세가 보내서 왔냐?"

그 애는 미소 띤 얼굴로 고개를 저었다.

"그럼 그냥 날 좀 가만히 내버려둬. 몇 년이든 몇 시간이든 관심 갖지 말고 꺼지라고!"

겁을 주려고 소리쳤지만 자리를 옮길 생각은 전혀 없어 보였다. 내가 험악한 표정을 지을수록 그 애는 여유로운 미소를 지었다.

"가라니까?"

"왜? 나도 이 늪이 필요해."

"하."

나는 다시 고개를 처박았다. 의식하지 않으려 했지만 도저히 그럴 수가 없었다.

"왜 엘딤을 거부한 거야?"

소녀는 기다렸다는 듯 물었다. 그때 처음으로 그 애의 눈을 보았다. 모자 밑으로 살짝 드러난 눈은 태어나 처음으로 눈을 뜬 사람처럼 맑고 환했다. 모든 게 처음이고, 그래서 눈에 들어오는 모든 게 중요하다는 눈빛. 소녀는 온 우주의 생명체는 나밖에 없다는 듯 바라보고 있었다.

"뭐? 뭐라고?"

"히세가 주려던 보석 말이야. 간절한 희망. 꼬마별의 조각으로 만든 귀한 보석인데 왜 안 받았어?"

"너 그 노인이랑 아는 사이지? 그걸 어떻게 알았어?"

내가 신경질스럽게 물었지만 소녀는 전혀 겁을 먹지 않았다.

"이 땅에서 일어나는 건 다 알아. 히세는 우울하고 아름다운 영혼을 가졌어. 무르시블이 사랑하는 시민이지. 조만간 그는 여길 떠나 일사비르 왕의 땅으로 가게 될 거야. 환희의 대륙 말이야. 우울은 '우울'이라는 감정을 외면하는 게 아니라 오히려 충분히 그 감정을 앓은 사람에게 이곳을 떠날 수 있는 힘을 주거든. 그게 이 땅이 지닌 힘이야. 여길 수호하는 헬니본 왕의 힘이기도 하지. 이제 히세의 슬픔은 끝났어. 자신은 아직 그 사실을 모르지만 곧 깨닫게 될 거야."

"그러든지 말든지. 근데 넌 뭐야? 그 대단한 황제의 시녀라도 돼?"

"시녀? 그런 건 없어. 사제면 몰라도."

"사제는 무슨. 개오글거리네. 황제가 신이냐?"

"어떤 면에서는 그렇지. 이 땅과 함께 만들어진 유일무이한 존재니까."

"사제는 예언에 나오는 그 전쟁이 벌어질 때를 대비해서 양성된 거라며. 황제를 지키기 위해서. 누군가에게 보호받아야 하는 연약한 존재가 어떻게 신이냐?"

"제국 백성과 시민들을 위해서이기도 하지만……. 흠, 그러네. 네 말이 맞아. 황제는 연약해. 황제라는 이름만 거창하지. 그래선 안 되는데……. 근데 너 황제에 대해 꽤 많은 걸 알고 있네?"

"히세가 입을 닥치지 않아서 말이야. 자기는 수다를 떨어야 덜 우울해진다면서. 그 인간 때문에 알고 싶지 않아도 알게 된 것들이 많아. 짜증나게."

"넌 왜 여기에 있는 거야? 그것도 이렇게 오래."

대뜸 아픈 곳을 찌르는 질문에 화를 내야 할지 당황해야 할지 판단이 서지 않았다.

"알 거 없어."

그러자 소녀는 벌떡 자리에서 일어나 손을 뻗었다.

"같이 갈 데가 있어."

"어딜?"

"그냥 잡아. 내가 지켜 줄게."

지켜 준다는 말에 나는 콧방귀를 뀌었다.

"너 같은 어린애가 어떻게? 뭘 지켜 준다는 건데?"

"곧 알게 될 거야."

나는 소녀의 창백한 손과 내 눈물로 얼룩진 늪을 번갈아 봤다. 조금 더 머물고 싶은 마음이 있었지만 소녀의 목소리에 뜻하지 않은 힘이 생겼다. 무엇보다 다시 꺼지라고 외친 뒤 머리를 처박을 타이밍을 놓쳐 버렸다.

"같이 갈 거지?"

소녀는 내 더럽고 슬픈 손을 아무렇지 않게 잡았다. 그러곤 엄청난 힘으로 늪에 깊이 빠진 내 다리를 끌어냈다. 허둥대며 균형을 잡는 내게 딱 붙어서 적응이 될 때까지 기다려 주었다.

"넌 무르시블 백성이야, 시민이야? 아니면 드리머?"

눈을 감고 숨을 고르는 동안 내가 물었다.

"나는 별이야. 죽거나 다치지 않는 불멸의 별. 모두에게 빛을 나눠 줄 수 있게 가장 높은 하늘에 걸려 있어야 하지. 그래서 널 발견할 수 있었어."

"너, 미쳤구나."

나는 실눈 사이로 웃고 있는 소녀를 봤다. 아무래도 정신적으로 문제가 있는 백성이나 시민이 틀림없었다. 아니면 허풍 떨길 좋아하는 드리머거나. 정말 미친 것보다는 그 편이 나았다. 나는 소녀가 건넨 손수건에 더러운 얼굴을 닦았다.

"황제가 네 말을 들으면 신성 모독이라고 할걸."

신성 모독이라는 단어의 뜻을 모르는지 여전히 해맑은 얼굴이었다.

"조금 돌아가도 되지? 난 저길 건너는 게 좋아. 한 번도 질린 적이 없어."

소녀가 말했다.

우울의 늪지대에서 희미한 빛이 보이는 곳으로 조금 걸어가니 질식할 것 같은 눈물의 대양이 펼쳐졌다. 저 많은 눈물이 전부 슬픔의 영토였다. 바다의 물은 너무 무거워서 파도는커녕 잔물결도 일지 않았다. 그래서 바다라기보다는 엄청나게 크고 넓은 호수 같았다. 내 보잘것없는 슬픔도 꽤 오랫동안 이 바다에 기생하고 있었다. 끝나지 않을 줄 알았던 그 시간들이 웬 이상한 어린애 때문에 이렇게 갑자기 끝나 버려 묘한 기분이 들었다.

보라색 자수정이 곱게 펼쳐진 바닷가에는 그곳을 떠나고 싶은 자만 볼 수 있는 폭이 좁은 통나무배가 있었다. 소녀가 손을 뻗자 희미했던 배의 형체가 또렷해졌다.

나는 어리둥절한 표정으로 내 앞에 앉은 여자애를 따라 긴 노를 번갈아 저었다. 길고 좁은 배는 수많은 사람들의 눈물을 가로질러 천천히 앞으로 나아갔다. 노 젓는 소리 외에는 아무것도 존재하지 않는 듯한 조용함에 잠시 마음이 평화로워졌다.

"저건 뭐야?"

등이 뜨거워서 뒤를 바라보자 강 너머로 활활 치솟는 불길이 보였다. 네다섯 개의 불기둥이 땅 이곳저곳에서 솟아나고 있었다.

"저 땅에 있는 동안 불 같은 건 한 번도 못 봤는데."

"저것도 슬픔이야."

앞에서 소녀가 노를 저으며 말했다.

"누군가의 슬픔은 물이 아니라 불 같아서 온 영혼을 적시는 대신 남김없이 태우기도 해."

"드리머가 불타서 죽는 거야?"

소녀가 어이없다는 듯 "흐." 하고 웃었다.

"드리머의 슬픔이 죽는 거지. 물이든 불이든 슬픔은 매일매일 또 생기겠지만. 드리머가 살아 있는 동안 말이야."

캡슐이 기다리는 은색 승강장은 눈물에 반쯤 잠겨 있었다. 올라탄 우리 몸도 젖어 있었지만 번개 같은 속도로 캡슐이 출발하자 흥건한 눈물이 깨끗하게 말랐다.

"어디로 가는 거야?"

소녀에게 물었다. 소녀는 모자를 벗고 하늘을 올려다보는 중이었다. 잿빛으로 굳어 있던 하늘은 온데간데없이 대륙과 대륙을 건널수록 빠르게 색깔이 변하고 있었다. 태양처럼 큰 별과 별처럼 반짝이는 무지개와 거기서 떨어지는 또 다른 무지개가 서로 겹치며 어지럽게 움직였다.

"배고프지 않아? 힘을 내야 하니까 이거 먹어."

그러고 보니 허기가 졌다. 표정을 읽은 소녀는 회색 주머니에서 뭔가를 꺼내 건넸다. 얇은 실크를 벗기자 딱딱하고 길쭉한 결정체가 보였다.

"뭐야? 왜 이렇게 뜨거워?"

결정체를 두 손에 번갈아 가며 만졌다.

"떨어진 지 얼마 안 된 꼬리별이라서 그래. 먹으면 정신이 맑아질 거야."

나는 도저히 삼켜지지 않을 것 같은 별의 꼬리를 반신반의하며 입안에 넣었다. 날카로운 모서리는 혀에 닿자마자 푹신한 마시멜로처럼 변해 그대로 액체처럼 녹았다. 박하사탕을 먹은 것처럼 화한 기운이 돌더니 끝 맛은 달콤하면서 고소했다. 액체라는 게 믿을 수 없을 만큼 배도 불렀다. 마치 고기를 먹은 것 같은 포만감이었다.

방금 전까지 온몸을 짓누르는 우울에 눈도 제대로 뜨지 못했던 나는 맑고 또렷한 시야로 이제야 무르시블과 소녀를 제대로 볼 수 있게 됐다. 몸의 대부분을 망토로 가리고 있어 전부는 보지 못했지만 소녀의 눈동자만큼은 내 머리에 각인되어 있었다. 우울보다 깊고 빛보다 환한, 공존할 수 없는 두 개의 빛이 그 안에 담겨 있었다.

너무 안락해서 속도를 체감하지 못할 뿐, 로켓보다 빠른 캡슐은 예측할 수 없는 방향으로 부드럽고도 간결하게 움직였다. 한 터널을 지나는 순간 갑자기 캡슐 안에 있던 사람들이 웃음을 터트렸는데 알고 보니 공중에서 줄지어 유니콘을 타고 있던 한 드리머의 엉덩이가 거대한 민트 아이스크림 위로 떨어진 것이었다. 사방으로 튄 아이스크림이 지나가던 수십 대의 캡슐과 도무지 존재의 이유를 알 수 없는 연보라색 당나귀 등에 튀었다.

아, 어떤 할 일 없는 놈이 꿈에서 당나귀가 되고 싶었나보군.

나는 늪에 빠지기 전, 안개가 자욱한 헬니본에 있었다. 그곳엔 드리머라면 누구나 한 번쯤 떨어지는 '성장의 절벽'이 있었다. 그 절벽은 성장통을 겪는 사춘기 드리머들의 필수 코스였다.

매일 밤 수많은 청소년 드리머들이 비명을 지르며 성장의 절벽에서 떨어졌는데, 몸이 돌무덤에 닿기 직전 어깻죽지에서 날개가 돋아나 다시 하늘로 치솟았다. 그때 오줌을 지린 드리머들은 잠에서 깼다. 하지만 대다수의 드리머는 절벽을 발아래 두고 무사히 하늘을 훨훨 날았다. 그 모습이 꼭 천사들의 행진을 보는 것 같았다.

일사비르는 한심한 꿈을 꾸는 드리머들로 가득했다. 엉덩이 모양의 젤리, 거울을 보며 화장을 하는 용, 하다못해 돌멩이가 된 드리머도 있었다. 초콜릿 기둥에 거대한 트램펄린을 달아 놓고 우주까지 높이 방방 뛰어오른 아이들이 꺄악 즐거운 비명을 질렀다.

태평한 인간들. 삶이 아주 즐겁구나.

속으로 구시렁거리는 동안 유리 도시 실론을 가로지른 캡슐이 종착역에 도착했다. 나는 내리자마자 서로에게 팔을 두르고 있는 세 명의 거인에게 시선을 빼앗겼다. 아래에서 올려다보기에도 까마득한 높이에, 세 현자들의 무릎만 간신히 보였다. 현자들의 동상은 몸을 이룬 작은 입자들이 끊임없이 움직여 그 자체로 살아 있는 듯한 위엄을 과시했다. 그 중심에 두 날개가 겹친 모양의 성전이 경이로운 아름다움을 자아내고 있었다.

"잠깐만. 설마 여기 들어가려는 거야?"

아무렇지 않게 성전 쪽으로 걸어가는 소녀를 불러 세웠다.

"왜?"

"여긴…… 황제가 있는 곳이잖아. 황제를 지키는 무서운 사제들도 있고. 나 같은 사람은 들어갈 수 없어."

"누가 그래?"

"상식이지. 그건."

"아까는 황제가 별거냐고 했잖아. 그런 게 무슨 신이냐고."

"그렇게까지 막말은 안 했어."

"응, 아니야. 분명히 그렇게 말했어."

소녀는 진지하게 기억을 더듬었다.

"아무튼 안 돼. 불편하고 싫어."

"알았어. 그럼 돌아서 뒤뜰로 가면 돼."

"거기 왜 가려는 건데?"

"네 마음의 얼음을 없애 주려고."

소녀의 말은 '널 구원해 주려고'라는 말로 들렸다. 가슴이 철렁했다. 살면서 아무에게도 털어놓지 못한 비밀을 저 애는 어떻게 알고 있는 거지?

구원이라니. 누가 그딴 걸 원한다고 했나?

구원 같은 건 내가 바란 적도, 감히 바랄 수도 없는 일이었다. 당황해서 끌려가는 사이 덤불로 뒤엉킨 비밀스러운 몇 개의 수풀과 통로를 지나 뒤뜰에 도착했다. 물론 통로를 나오자마자 칼을 찬 사제들이 철벽같이 성전의 사방을 지키고 있었지만 어떤 일인지 우리를 보고도 막아서는 이가 없었다.

"어서 와. 기다리고 있어."

소녀가 손짓했다. 뜰 중앙에 흰색 나뭇잎과 꽃으로 하늘을 떠받치고 있는 거대한 쿼러스가 있었다. 머리카락처럼 길게 늘어진 가지마다 별 조각들이 반짝였다. 그 아래에는 라일락과 산수유 꽃밭이 펼쳐져 있었는데 황금색 눈동자를 가진 동물이 어떤 아이를 등에 태운 채 뛰놀고 있었다.

꽃에 파묻혀 얼굴 일부가 보이지 않았지만 나는 단번에 그 미소를 알아볼 수 있었다. 하지만 믿을 수 없어서 말이 나오지 않았다.

나에게 이럴 자격이 있나? 동생을 다시 만날 자격이…….

인기척을 느낀 소녀가 천천히 돌아봤다. 맑은 물에 씻긴 해사한 얼굴로 내 이름을 불렀다.

"여기 있었구나."

마지막으로 봤던 피범벅이 된 모습이 떠올라 나는 멀쩡한 소녀를 보고 또 봤다. 틀림없이 일 년 전 죽은 내 동생이었다. 그 애를 안고 화산을 피해 미친 듯이 달렸던 꿈이 생각났다. 하지만 그 꿈에서조차 나는 한 번도 그 애를 구해 주지 못했다.

맞벌이를 하는 부모님을 대신해 동생을 보살피는 건 내 일이었다. 동생은 말도 안 될 만큼 착하고 똑똑한 아이였다. 가족 곁을 빨리 떠날 줄 알고 그렇게 착하게 굴었나 보다.

놀이터에서 내가 한눈을 판 사이 도로변에 공을 주우러 나간 동생은 대낮에 인도로 돌진한 음주 운전 차에 치여 너무 일찍 천사가 되고 말았다.

피로 젖은 꽃무늬 옷을 본 순간 차라리 기절하길 바랐지만 정신은 너무 멀쩡했다. 방금 전까지 모래성을 쌓던 작은 손이 스쿨존 위에 힘없이 널브러져 있었다. 이렇게 작은 아이가 죽는 건 말이 안 되는 일이었다.

119 구급차와 경찰차의 날카로운 사이렌 소리와 어지러운 점멸등, 사람들의 웅성거림 속에서 숨이 가빠졌다. 그 순간에는 슬픈 게 아니라 어처구니가 없었다. 이게 정말 현실인가 싶었다. 하지만 현실이 맞는다는 듯, 아무리 몸을 흔들어도 동생의 꼭 감은 눈은 잠에서 깨지 않았다.

동생의 허망한 죽음 이후 엄마는 육신이라는 껍데기만 남은 사람처럼 온종일 넋이 나가 있었다.

나는 음주 운전을 한 사람보다 내 자신이 더 흉악한 범죄자처럼 느껴졌다. 아빠는 남은 가족들을 위해서라도 제발 정신을 차리라며 엄마에게 소리쳤고 이렇게 부모님 둘이 심각한 싸움을 벌이는 동안 나는 전쟁터에 나간 군인처럼 두려움에 떨었다.

얼마 후 별거에 들어간 부모님 집을 양쪽으로 오가다가 결국엔 외할머니 손에 맡겨졌다. 정든 집과 친구들을 떠나 먼 경기도로 전학도 갔다. 하지만 이 모든 건 동생이 겪은 일에 비하면 아무것도 아니었다.

"카리스타는 오늘 에이모리브 왕이 다스리는 땅으로 갈 거야. 사랑이 아주 많이 필요하거든."

날 성전으로 데리고 온 소녀가 부드럽게 말했다.

"카리스타?"

"황제가 지은 이름이야. 고대 예언자들의 언어로 '빛나는 사랑'이라는 뜻이지. 카리스타는 호기심이 많고 용감한 성격을 가졌어. 여기 있으면서 보고 싶은 오빠 얘기도 많이 해 줬는데. 네가 있었으면 좋았을 거야. 하지만 너에겐 애도할 시간이 필요했다는 걸 카리스타도 나도 잘 알고 있어."

카리스타는 작은 손가락으로 내 얼굴에 흐르는 눈물을 닦아 주었다.

"이제…… 아프지 않아?"

"안 아파. 오빠도 아프지 마."

"미안해. 전부 다…… 내 잘못이야."

"보고 싶었어."

"아빠…… 엄마가…… 많이 보고 싶어 하셔."

7 ✦ 마음지불이 소년

x

"나 대신 위로해 줘."

"그러고 싶었는데…… 그럴 수가 없었어. 널 잃은 건…… 과거에도 지금도 있을 수 없는 일이야. 다시 그 시간으로 돌아갈 수 없다는 건 알지만 제발, 제발 죽지 마. 부탁이야."

나는 부모님 대신 동생의 작은 어깨를 안았다.

"나 대신 살면 안 될까? 내가 영원히 벌을 받을게. 어떤 벌이든 말이야. 황제를 만나서 빌어 볼게."

"무르시블에서 난 지금 살아 있잖아. 그래서 정말 행복해. 슬픔이나 고통이 뭔지 사실은 잘 모르겠어."

슬픔과 고통이 뭔지 모르겠다는 말에 위안을 얻은 나는 고개를 끄덕였다. 내 죄는 그대로였지만 카리스타가 천국에 있어 다행이었다. 검은 동물이 동생의 뺨을 핥았다.

"귀엽지? 얘 이름은 타르스야. 땅에선 표범처럼 빠르고 하늘에선 어떤 새보다 더 높게 날 수 있어."

카리스타의 말을 알아듣는지 타르스가 큰 눈동자를 깜빡이며 동생에게 몸을 기댔다.

"있잖아, 사랑의 땅에 가면 나도 오빠처럼 키가 쑥쑥 클 거래. 말도 더 잘하고 생각도 더 깊어지고. 어른이 될 거래."

동생이 품 안에서 웃는 게 느껴졌다.

"여기서 영원히 너랑 같이 있고 싶어. 그래도 되지?"

"꿈꾸는 동안엔 그럴 수 있을 거야. 오빠가 잠에 들기만 하면 우린 언제나 만날 수 있어. 지금처럼."

카리스타의 심장에서 흘러나온 사랑이 천천히 내 가슴을 물들였다. 날카롭게 매달린 고드름에서 물이 떨어질 만큼 따뜻했다. 동생이 죽은 슬픔도 그 생명을 앗아 간 자책도 함께 조금씩 녹아내렸다. 한평생은 더 고통스러워해야 할 상처가 사라지고 있다는 게 믿어지지 않았다. 하지만 아직은 그래선 안 될 것 같았다. 나는 더 오래 벌을 받아야 했다.

"성전에 들어가자. 황제 폐하가 우리를 위해서 연회를 열어 주셨어."

"뭐?"

"다들 오빠가 오기만을 기다렸다고. 빨리 와."

카리스타는 제 옷에 새겨진 금빛 나비처럼 성전을 향해 폴폴 날아갔다. 굳게 닫혀 있던 문은 날개를 펼치듯 양옆으로 천천히 열렸다. 그 안을 가득 채운 빛이 살짝 닿는 것만으로 정신이 몽롱해졌다. 그 강렬한 빛 때문에 카리스타의 실루엣이 잠시 흐려졌다. 동생을 놓치지 않기 위해 그녀의 작은 걸음을 따라 걸으며 시시각각 투명한 빛으로 물결치는 성전의 날개 속으로 들어섰다.

"불멸의 빛이신 황제 폐하를 뵙습니다."

모래알처럼 수많은 백성과 시민들이 일제히 몸을 낮춰 머리를 숙였다. 경외감으로 가득한 목소리에 전율이 일었다.

뭐라고? 불멸? 내가? 당황스러웠지만 그건 나를 향한 목소리가 아니었다. 나는 설마하며 뒤를 돌아봤다. 보잘것없는 망토를 걸친 소녀가 다섯 왕들에게 둘러싸여 있었다. 순간 그들의 후광에 눈을 뜰 수 없었다. 환희의 대륙을 수호하는 일사비르, 불안의 헬니본, 슬픔의 비탄젤, 분노의 카프메아, 사랑의 에이모리브 왕이 각 대륙을 상징하는 보석으로 만든 정교한 관을 쓰고 있었다. 무르시블처럼 왕들의 이름은 곧 대륙의 이름이었다.

다섯 왕들의 키는 3미터를 훌쩍 넘을 만큼 무척이나 컸고 남자인지 여자인지 성별을 알 수 없었다. 좌우로 흔들리는 빛에 따라 양쪽 성을 오가는 얼굴은 더없이 섬세하고 아름다웠다. 그들 사이에서 밝게 빛나는 존재와 눈이 마주치자 소녀는 부드럽게 미소 지었다.

"헤브론, 성전에 온 걸 환영한다."

그러자 모든 이의 시선이 나를 향했다. 소녀의 미소에 사방이 은은한 진주빛으로 밝아졌다. 나는 바보 같은 얼굴로 멍하니 소녀를 바라봤다. 내 눈이 잘못된 걸까. 늪에서 봤던 어린애는 없었다. 그녀는 신, 이곳은 성전이었다.

황제의 왼편에 서 있던 대제사장이 그녀의 길고 우아한 머리 위에 사파이어와 백금으로 장식된 관을 씌웠다. 망토에 가려진 옷은 뉴메르의 순금으로 뒤덮여 있었다. 금은 황제만이 가질 수 있는 보석이었다.

황제는 내가 감히 바라볼 수조차 없는 연단 위에 올라가 힘찬

빛을 발산하는 보좌에 앉았다. 성전의 완전무결함도 그녀의 아름다움에는 미치지 못했다.

어느새 왕들의 키만큼 커진 타르스가 우아하게 걸어가 황제의 발아래 앉았다. 그녀가 천천히 오른손을 들자 저마다 다양한 보석을 단 채 성전과 그녀의 아름다움에 탄식하던 좌중이 잠잠해졌다.

"새로운 시민들을 맞이하게 된 오늘은 무르시블의 기쁜 날이다. 무르시블은 거룩한 평화와 영원한 안식으로 수고한 그대들의 영혼을 위로할 것이다. 다섯 대륙의 왕 또한 나를 섬기듯 모든 영혼을 귀하게 여길 것이다."

황제는 카리스타를 비롯한 세계 각국의 수많은 시민들을 환영하며 이 순간부터 그들의 아픔이 영원히 끝났음을 선포했다. 자살, 지진, 테러, 질병, 전쟁 등으로 죽임당한 다양한 인종의 시민들이 바닷가의 모래알보다 많았다.

죽음의 순간을 넘어 무르시블에 도착한 시민들의 얼굴엔 카리스타와 마찬가지로 내가 흉내 낼 수조차 없는 찬란한 생명이 깃들어 있었다. 생전에 그들이 겪은 전쟁이나 병 이름은 중요하지 않았다. 애초에 그들이 겪은 고통과 상실은 나와 비교할 수 없었다. 적어도 나는 살아 있었으니까.

누군가 옆에서 등을 두드려 돌아보니 낯익은 얼굴이 보였다. 히세였다. 바로 옆에 있으면서도 단번에 알아보지 못한 건 그가 빛나는 청년의 모습을 하고 있기 때문이었다. 그러고 보니 시민들 중

무르시블의 여정 +

7

에는 내가 아는 나라의 대통령도 있었고 유명한 작가와 영화배우, 인권 운동가들도 보였다.

"여기서 다시 보게 되다니 반가워. 동생과 함께 왔구나. 똘망똘망한 눈이 너랑 똑같이 생겼네."

카리스타와 눈을 마주친 히세가 밝게 웃었다.

"황제를 만났지?"

내가 놀란 얼굴로 끄덕였다.

"그럴 줄 알았어. 너 같은 똥고집은 황제만이 움직일 수 있으니까."

"황제는 평소에도 아무 데나 돌아다니면서 막 구해 주나 보지?"

내 말에 히세가 피식 웃었다.

"글쎄. 대륙의 이곳저곳을 자유롭게 쏘다니시긴 하지. 물론 변장할 때가 많아서 드리머들은 대부분 황제를 만나도 알아볼 수 없어. 심지어 시민인 나 역시 처음엔 그분이 누구인지 몰랐어. 나처럼 대화하길 좋아하는 드리머인 줄 알았지. 호기심이 많은 우리 황제는 성전 문을 닫지 않아. 이곳은 늘 열려 있어. 무르시블엔 지금 이 순간에도 시민들이 들어오고 있거든. 오래전에 이곳에 왔지만 슬픔, 분노, 불안의 대륙에 오래 머무르다 다른 대륙으로 떠나게 된 시민들도 언제나 축복해 주시지."

갑자기 마음이 어두워지자 황제는 아름다운 소녀에서 다시 아무것도 모르는 꼬마처럼 보였다.

"저 어린애가 거대한 제국의 황제라니…… 슬픔도, 고통도 모르는 애일 뿐인데……."

"황제는 이 땅에 닿는 모든 꿈과 모든 백성의 감정을 자신의 것처럼 잘 알고 있어. 무르시블 제국이 곧 그녀니까. 아직 넌 드리머지만 언젠간 이 땅의 시민이 되겠지. 그래서 황제와 함께 영원히 살게 될 거야."

"난 살고 싶지 않아. 영원히 행복하게 살 자격도 없고."

"무르시블에서 그런 말을 하는 사람은 처음 봐."

놀란 히세는 내 앞에 서 있는 카리스타를 나와 번갈아 봤다. 그의 표정이 뭘 의미하는지 알았다. 하지만 동생의 행복과는 상관없이 여전히 나는 그녀의 한 번뿐인 생명을 앗아간 죄인이었다. 동생을 만난 덕분에 통증이 많이 사그라졌지만 나는 뾰족한 얼음처럼 날 찌르는 고통만큼은 섣불리 없애 버리고 싶지 않았다. 영원히 카리스타와 이곳에서 살고 싶었다. 모든 기억을 잊은 채 사라지고 싶기도 했다. 동생도, 부모님도, 나조차도 아직 태어나지 않은 상처 없는 곳에서 눈을 감고 싶었다.

"아름답고 거룩한 황제 폐하, 영원히 우리를 다스리소서!"

히세와 카리스타, 각 대륙으로 떠날 준비가 된 시민들이 황제를 향해 목소리를 높였다. 홀가분한 얼굴로 발걸음을 옮기려던 히세는 마지막으로 내게 말했다.

"만나서 반가웠어. 아마 우린 또 보게 될 거야. 다음에 볼 땐 친구가 될지도 모르지. 널 위해서 살고 싶지 않다면 황제를 위해서 살아 봐. 황제를 지키는 건 우리 모두를 지키는 거나 다름없으니까."

히세는 황제의 연단 양쪽에 서 있는 사제들을 가리켰다.

"누군가를 위해 살다 보면 삶은 또 살아질 거야. 그러니까 포기하지 마. 어쨌든 너에게 주어진 삶이잖아. 여기 있는 모두가 살고 싶어했던 소중한 시간이지. 안 그래?"

나는 살짝 웃으며 히세가 내민 손을 잡았다.

"행복하길 바라. 험한 말을 한 건 미안했어."

환하게 웃는 얼굴로 히세는 빛을 향해 사라졌다.

"카리스타, 갈 준비됐어?"

카리스타는 자신이 떠나면 또 내가 혼자 남아 슬퍼할까 봐 망설이고 있었다.

"같이 가자. 드리머들도 갈 수 있는 곳이잖아."

"먼저 가 있어. 다음에 만나면…… 키도 훨씬 커지고 말도 더 잘하는 어른이 되어 있겠지? 그때까지 나도…… 열심히 자라 볼게."

나는 카리스타를 안심시키기 위해 애써 밝은 미소를 지었다. 성전 높은 곳에 매달린 별이 멀리서 카리스타와 나를 지켜보고 있었다. 모든 시민들이 성전을 떠나는 마지막 순간까지 무르시블은 따뜻한 눈길로 그들을 살폈다.

문득 궁금해졌다. 저 눈빛 속에 '우울'을 발견한 사람은 나뿐인가? 모두들 황제의 영원한 아름다움과 전능함은 찬양하면서 왜 그 너머에 있는 어둠은 보지 못하는 거지? 그냥 내 착각인가? 내가 우울해서 다른 사람도 우울하게 보이는 걸까?

황제는 성전 중앙을 가로질러 내게 걸어왔다. 그녀 곁에 선 사제들이 긴장하는 게 느껴졌다. 나는 고개를 숙여야 할지 어찌해야 할지 몰라 엉거주춤한 자세로 서 있었다.

"왜 내 이름이……"

반말을 하려다가 사방에서 날 주시하고 있는 사제들의 시선이 느껴져 공손하게 손을 모았다.

"폐하, 왜 제 이름이……"

"헤브론이냐고?"

황제가 끼어들었다.

"네 이름은 '초월'이라는 뜻이야. 넌 네가 가진 고통을 초월해 자유로워질 거야. 하지만 아직은 그럴 수 없다는 걸 알아. 그러고 싶지 않겠지. 괜찮아. 그때까지 이 세계는 널 기다릴 테니까."

"그냥 절…… 죽여 주실 순 없나요? 황제니까, 아니…… 황제께선 그럴 힘을 갖고 계시지 않나요?"

황제는 슬픈 얼굴로 차가운 내 손을 잡았다.

"난 억지로 누군가의 생명을 거둘 수 없어. 악몽을 꾸는 사람의 꿈을 멋대로 깰 수 없고. 그건 내게 주어진 능력 밖의 일이야."

"그렇군요."

실망감에 차가운 목소리가 나왔다.

"그럼 언젠가 죽을 때까지 기다려야겠네요. 어차피 살아 있을 만큼 중요한 존재도 아닌데."

"헤브론, 지금 살아 있다는 건 네가 살아야 할 존재라서 그래."

"제가 태어나지 않았다면 동생이 죽는 일도 없었을 거예요."

"아니, 그래도 넌 태어나야만 했어."

그 말에 가슴이 먹먹해졌다.

"왜죠?"

"미안해. 그 말이 널 아프게 한다는 걸 알아. 하지만 지금 내 앞에 서 있는 네가 유일한 답이야. 여기 머무는 동안 하고 싶은 게 뭐든 해 봐. 다른 부탁이 있으면 얼마든지 들어줄게."

나는 굳은 표정으로 말했다.

"사제가 되고 싶습니다."

"나에게 헌신하겠다고?"

황제가 의아한 표정으로 물었다. 사제가 되는 건 영광스러운 일이지만 그 과정 자체가 고단하고 험난한 일이라는 설명도 덧붙였다.

"폐하를 지키는 건 곧 제국을 지키는 일이라 들었습니다. 폐하 같은 분을 지켜야 할 만큼 대단한 위험이 뭔지 아직은 모르겠지만요. 하지만 제 목숨을 걸고 폐하를 지키고 싶습니다. 그래야 이 세계에 있는 제 동생도 지킬 수 있으니까요. 아무리 힘들어도 괜찮습니다. 뭐든지 하겠습니다."

"동생의 죽음에 대해…… 속죄를 하려는 거야?"

"어떻게 생각하셔도 좋습니다."

잠시 고민하던 황제는 내 굳은 얼굴을 보더니 입을 열었다.

"칸디눌."

황제의 부름에 즉각 키가 크고 건장한 사제 한 명이 다가와 고개를 숙였다.

"부르셨습니까, 폐하."

"헤브론을 아크라낙 주교에게 데려가."

"외람되오나 폐하, 드리머가 사제가 되는 건 전례가 없는 일입니다."

황제는 나만 뚫어지게 쳐다보며 덧붙여 말했다.

"가서 이 말을 전해. 가장 뛰어난 사제가 될 소년을 찾았다고."

그 길로 나는 수도원에 들어가 무르시블에서의 어린 시절을 전부 바쳤다. 치열하게 검술을 익히고 훈련하는 동안엔 슬픔이나 우울도 잠시 잊혀졌다. 현실에서보다 내 마음을 더 잘 알아주는 친한 친구들도 몇 명 사귀었다.

현실에서처럼 이곳에서 키와 마음이 자라는 동안 많은 변화가 있었다. 나 같은 말단 생도는 성전에 들어갈 일이 없어 직접 황제를 볼 기회는 거의 없었지만 그녀에 대한 소문은 늘 무성했다.

예전에 또래 생도들과 칼싸움하길 좋아했던 무르시블은 더욱 아름답고 지혜로워졌으며, 가끔 알 수 없는 수심에 잠긴다고도 했다. 나를 제외한 모두를 속일 수 있던 작은 어둠이 어느덧 주변 사람들도 눈치챌 만큼 자라난 모양이었다.

하지만 요즘 들어 황제보다 사람들 입에 더 오르내리는 건 예언에 대한 불길한 소문이었다. 언제부턴가 무르시블의 하늘이 조금씩 흐려지더니 어떤 검은 구름은 드리머의 꿈으로도 지울 수 없었다. 수많은 별의 일부가 사라지기 시작했고 제국 곳곳에서 크고 작은 지진이 발생했다. 하지만 이런 일은 제국 역사에서 부분적으로 있어 온 일이고 크게 걱정할 일은 아니라며 아직은 다들 안심하는 분위기였다.

생도 훈련 기간 동안 아크라낙 주교에게 귀에 딱지가 앉게 들어온 건 '그것'과 관련된 예언이었다. 예언에 따르면 누구도 저항할 수 없는 어둠이 황제와 이 세계를 위험에 빠트릴 것이다. 백성들은 그녀가 어둠을 물리칠 것을 굳게 믿고 있었으나 대제사장 엘리고스는 혹시 모를 위험에 대비해 최측근에서 황제를 지킬 근위 사제들을 양성했다.

근위 사제는 7급부터 1급 대사제로 나뉘었다. 1급부터 3급 사제들은 최정예 특전사로 '유라드'라고 불렸다. 군 지휘 권한을 가진 유라드 사제들은 대부분 3대 명문가인 앗키럼과 타니쿠스, 레살 가문에서 선출됐다.

"황제 폐하를 보전하는 일을 수행함에 있어 모든 과정과 그 궁극적 목표를 영혼에 새겨야 한다. 오늘 열리는 사제 승급 시험은 기마궁술이다. 지금부터 검술과 조마 훈련에서 우수한 성적을 거둔 순서대로 호명하겠다."

황궁 부속 사격장에 총 서른다섯 명의 6급 사제들이 모였다. 이중에 올해 5급으로 승급할 사제는 다섯 명뿐이었다. 1차 시험을 만점으로 통과한 나는 중간 대기 시간을 틈타 황실 도서관으로 향했다.

"헤브론, 이 재수 없는 놈."

계단 밑에서 욕설이 들려왔다.

"사격이랑 검술은 그렇다 치고. 어떻게 또 서류 심사를 통과했을까? 사제는 무르시블 순혈 백성에게만 주어진 고유한 직위인데. 애초에 금방 나가떨어질 줄 알았더니."

"황제가 편애하잖아."

지스골이 수족처럼 부리는 케락이 대답했다.

"그 얼굴도 못 보는 황제?"

지스골이 비아냥거렸다.

"하고 싶은 말이 있으면 시험 끝나고 해라. 얼마든지 들어줄 테니."

내 목소리에 깜짝 놀란 지스골이 계단을 올려다봤다. 그는 앗키럼 가문 출신으로, 앗키럼 장로의 직계 손자였다.

"가문의 명예 때문에 사제가 된 거라면 지금이라도 그만둬. 아니. 실력대로라면 어차피 실격인가."

"너 이 자식!"

계단을 올라와 덤벼드는 지스골과 몸싸움을 벌였다. 그러는 사이 케락이 친한 일당들을 불러와 황실 밖 어딘지도 모르는 외벽에 나를 던졌다.

"어딜 다쳐야 시험을 못 볼까? 머리라도 한 대 쳐 줄까? 넌 드리머니까."

지스골이 비열한 웃음을 흘렸다.

"소용없어. 꿈에서 깼다가 돌아오는 건 너 같은 놈들은 눈치채지도 못할 만큼 순식간에 벌어지는 일이니까."

"그래? 드리머는 꿈에서 다쳐도 돌아올 땐 멀쩡하다던데. 한번 실험해 봐도 되지?"

지스골이 사제복 안주머니에서 날렵한 칼을 꺼내 위협했다. 케락 무리가 억지로 날 일으켜 양팔을 붙잡았다.

"눈을 잃고 싶지 않으면 자진 포기해."

"범죄를 저지르고도 무사할 것 같아? 대체 왜 이렇게까지 하는 거야?"

"다섯 명 안에 들기에 내가 살짝 실력이 부족해서 말이야. 너만 없으면 돼. 5급 사제부터는 멀리서나마 황제를 보필할 수 있으니 당연히 그 영광은 우리 가문이 얻어야지. 너 같은 근본도 없는 천박한 드리머는 황제 곁에 있으면 안 돼. 그건 범죄야."

지스골의 무릎에 걷어차인 나는 새빨간 피를 돌바닥에 내뱉었다.

"천박한 드리머? 와, 내가 제대로 들은 거 맞지? 지금."

지스골의 등 뒤로 반가운 얼굴이 보였다. 미할이 지스골의 미간을 향해 활시위를 당기고 있었다. 타니쿠스 가문에서 선출된 미할은 생도 시절부터 나와 같은 방을 쓰는 가장 친한 친구였다. 그는 지스골이 순혈 백성 운운하며 나를 괴롭힐 때도 지금처럼 내 곁을 지켜 줬다. 미할은 검술과 궁술 모두에서 탁월한 실력을 갖춘 몇 안 되는 사제였는데, 곱상한 외모와는 달리 입이 험해서 불의를 보면 쌍욕을 내뱉는 다혈질이었다.

"이런 개⋯⋯."

사제복을 입고 한 번만 더 욕을 하면 쫓아낸다던 주교의 경고가 떠올랐는지 미할이 간신히 욕을 삼켰다.

"왜 이렇게 안 오나 했더니 여기 붙잡혀 있었냐? 다들 무기 내려놓고 꺼져. 대가리 뚫리고 싶으면 그대로 있던지."

"한심한 새끼. 우리가 너희 두 명을 못 이길 것 같아?"

지스골이 발끈하며 미할에게 다가갔다.

"멍청아. 누가 다 상대하겠대? 난 너만 쏠 거야. 주인이 쓰러지면 개들은 알아서 흩어질 테니까."

미할의 활시위가 팽팽해졌다. 나 때문에 누구보다 정의롭고 실력이 뛰어난 그가 사제 규칙을 어기게 할 순 없었다. 그건 지금껏 쌓아 올린 모든 노력을 무너트리는 짓이었다.

"지스골, 이번 시험에 합격해서 네 할아버지한테 인정받게 되더라도 결국 넌 그냥 한심하고 찌질한 어린애일 뿐이야. 지금처럼."

내 말이 정곡을 찔렀는지 지스골의 머리꼭지가 돌았다.

"다 비켜!"

나는 지스골이 달려드는 힘을 역이용해 칼을 쥔 손을 그의 경동맥에 정확히 겨눠 제압했다. 약간만 더 들어가면 피부를 뚫을 만큼 칼끝이 가까웠다.

"네가 화내야 할 대상은 내가 아니라 네 할아버지야. 넌 진짜 사제가 되는 걸 원하지도 않잖아. 안 그래?"

지스골이 분한 얼굴로 씩씩거렸다.

"너 이 새끼, 눈이 아니라 입을 찢어 줄까?"

주변이 갑자기 스산해졌다. 목격자가 나타난 것이다. 망토를 벗자 황제를 알아본 사제들이 당황했다. 다소 창백한 얼굴에 고혹적인 이목구비가 드러났다. 곧은 자세 또한 그녀의 타고난 기품을 돋보이게 했다. 외모에 단점이 있다면 어딘지 모르게 느껴지는 차가움과 우울함뿐이었다. 나는 지금도 그 우울의 출처가 궁금했다.

"황제 폐하?"

당황한 무리들이 뒷걸음질 쳤다. 지스골을 겨눈 칼을 치우자 그가 즉시 무릎을 꿇었다.

"폐하, 헤브론이 저에게 시비를 걸어 해치려 했습니다. 사제 규칙에 위반하는 중죄를 저질렀으니 엄벌을 내려 주십시오."

"네 주위에 서 있는 사제들은 누구지? 헤브론이 너희 다섯 명을 상대로 실전 연습이라도 했다는 건가? 하필 앗키럼 가문의 문장이 새겨진 단검으로?"

케락과 다른 세 명의 사제들이 우물쭈물했다.

"폐하, 그게 아니라……."

"설령 너희들이 방금 내가 본 모든 장면을 해명하고 내 모든 의문에 대답할 수 있다 해도, 지스골, 너에게 거짓의 악취가 나는구나. 그건 어떻게 없앨 생각이지?"

지스골의 눈이 한순간 멍해졌다. 황제는 칼이 들린 내 손을 물끄러미 보고 있었다.

"헤브론, 왜 그 칼을 쓰지 않았지?"

"황공하오나…… 네?"

"널 공격한 사제에게 말이다."

"그건 당연히……."

"모두 무릎을 꿇어라!"

순찰 중인 근위 사제들이 놀란 목소리로 외쳤다. 그러곤 순식간에 나를 포함한 여섯 명의 사제들을 포박했다. 오른쪽 눈이 욱신거리는가 싶더니 잔뜩 부푼 느낌이었다. 나는 왼쪽 눈으로 우리를 스쳐 지나가는 황제를 멍하니 쳐다봤다.

"지스골과 헤브론은 사격장으로 집합하라는 황명이다."

한나절 동안 방에 갇혀 있던 나는 수갑을 찬 채 호위대가 둘러싼 사격장으로 끌려갔다. 청록빛 제복을 입은 황제 옆에 아크라낙 주교, 세레우스 부주교가 나란히 서 있었다. 세레우스 부주교는 아크라낙 주교보다 내가 더 믿고 따르는 스승이었다.

　"사제를 공격한 건 황제 폐하를 공격한 것이나 다름없는 중죄다! 동료를 실격시키는 방법으로 승급을 노린 것도 모자라 폐하께 거짓말까지 하다니. 너는 네 동료들의 수치다. 사제라고 할 수도 없어!"

　세레우스 부주교가 고개 숙인 채 이를 갈고 있는 지스골을 호되게 야단쳤다. 그러나 정작 그에게 엄벌을 내릴 권한을 지닌 아크라낙 주교는 눈에 띄게 부드러운 어조로 타이르듯 말했다.

　"지스골, 뛰어난 사제로서 황제 폐하를 모시고 싶은 마음은 알겠지만 이번 일은 좀 지나친 것 같구나. 폐하, 제가 직접 지도할 테니 지스골의 충심을 헤아려 주십시오. 다시는 이런 불미스런 일이 벌어지지 않도록 징계하겠습니다."

　"하지만 지스골을 재판에 넘겨 합당한 벌을 받게 해야……."

　"세레우스, 재판이라니. 이건 동료 사이에 일어날 수 있는 가벼운 충돌일 뿐이야. 지스골의 야심이 조금 엇나간 거지. 사제가 되기 위해 얼마나 치열한 경쟁을 해야 하는지 누구보다 자네가 더 잘 알지 않나."

　세레우스 부주교가 지스골을 감싸는 아크라낙 주교를 이해하지 못하겠다는 듯 쳐다봤다. 아니, 사실은 그 이유를 잘 알고 있을 것이다. 아크라낙이 앗키럼 가문과 긴밀한 관계를 유지하는 뷔크 가문 출신이라는 걸 모르는 사제는 없었으니까.

뷔크 가문은 온건파인 테살 가문을 제치고 제국의 3대 가문에 들기 위한 야심을 품고 있었다. 그 노력의 결과로 뷔크 가문에서 처음으로 사제들을 총괄하는 대주교가 배출된 것이다. 이 모든 상황을 지켜본 황제는 그저 태연한 얼굴을 하고 있었다.

"폐하, 죄송합니다. 용서해 주세요. 빨리 5급 사제가 되고 싶은 마음에 잘못된 판단을 했습니다."

지스골이 무릎을 꿇은 채 간절한 눈빛으로 빌었지만 황제는 눈길조차 주지 않았다. 그녀는 날 보며 뜻밖의 질문을 던졌다.

"헤브론, 왜 칼을 빼앗고도 반격하지 않았지?"

아까와 똑같은 질문이었다.

"공격할 수 없어서인가?"

오래전, 황제가 사제복을 훔쳐 입고 황실 훈련장에 왔을 때 내가 했던 말이었다. 그걸 아직도 기억하고 있다니. 자신과 대련할 수 없다는 말이 꽤 화가 났던 모양이었다.

"사제의 무력은 오직 황제 폐하를 위해서만 사용해야 하기 때문입니다."

대답을 들은 황제의 얼굴에 잠시 생기가 돌았다.

그 틈을 타 아크라낙 주교가 다시 한번 지스골에 대한 선처를 호소했지만 황제는 단호했다.

"제국 사제의 규율을 어기고 헤브론을 공격한 지스골과 케락, 그들에게 동조한 나머지 사제들을 모두 파문한다."

"폐하!"

지스골이 외쳤다.

"네가 원한 대로 사제 규칙을 위반한 사제에게 엄벌을 내린 것뿐이다."

"폐하, 제발, 제발 간청드립니다. 내리시는 모든 벌을 받을 테니 파문만은 거두어 주십시오. 제게 한 번만 더 기회를 주십시오."

황제가 지스골을 싸늘하게 쳐다보며 말했다.

"그래. 기회를 주겠다. 네가 헤브론에게 한 짓이 잘못이라는 걸 이 자리에서 진정으로 깨닫는다면 헤브론에게 너의 사과를 받을 의향이 있는지 묻겠다. 너는 네가 한 행위를 진심으로 뉘우치기만 하면 된다."

지스골의 눈에 순간적으로 생기가 돌았다.

"정말, 정말로 제가 잘못했습니다! 헤브론의 출중한 실력에 질투가 나서 너무 큰 죄를 저질렀습니다. 용서해 주세요. 헤브론, 내가 다 잘못했어. 다신, 절대로 괴롭히지 않을 테니 제발 용서해 줘."

지스골은 흥분한 눈으로 황제와 나를 번갈아 쳐다봤다. 머리를 바닥에 찧으며 내게 용서를 구했지만 황제의 표정은 여전히 차가웠다. 지스골에게 아까와 동일한 악취를 맡은 걸까?

"헤브론이 진정한 사과를 못 받게 되어 안타깝구나. 잘못을 깨달았다는 그 지점에서 너는 실패했다. 조금이라도 네 죄의 무게를 느꼈다면 마땅히 벌을 받으려 했겠지. 너를 파문한 건 내가 아니라, 용서를 쉽게 여긴 네 오만함과 가벼운 태도다. 나는 잘못에 대한 너의 가벼움을 가장 견딜 수가 없구나."

황제가 걸음을 옮겼다. 아크라낙 주교는 지스골을 신경질스럽게 쏘아보고는 황제의 뒤를 따라갔다. 그날 모든 시험이 취소됐고 돌아온 사제관 분위기는 어수선했다. 갑자기 다섯 명의 사제들이 파문당해 수도원을 떠났기 때문이었다. 지스골 일당들을 싫어했던 미할과 르녹은 잔뜩 신이 났다.

"수도원을 자기 집처럼 누비던 악의 무리들이 사라지니 속이 다 시원하네요. 으, 잘됐다."

르녹이 치를 떨며 말했다. 르녹은 승급 시험에는 아예 관심이 없는 사제였다. 하지만 워낙 장난치고 노는 걸 좋아해서 그렇지 백발백중의 명궁이었다. 그 실력이 아까워 시험을 치라고 만날 때마다 잔소리를 했지만 귓등으로도 듣지 않았다. 재야의 고수처럼 사는게 더 폼난다면서. 미할은 그 말을 들을 때마다 개소리하지 말라며 르녹의 등짝을 후려쳤다.

"야, 아까 내가 그 순간에 딱 안 갔으면 어쩔 뻔했냐. 근데 고맙다는 인사가 없네."

미할이 으스대며 말했다. 건강한 구릿빛 피부를 가진 미할은 빼어난 외모를 자랑하는 타니쿠스 가문에서도 손꼽히는 굉장한 미남이었다. 근육질의 길쭉한 팔다리는 주특기인 검을 다루기에 최적화된 비율이었다. 르녹은 혓바닥만 빼면 완벽한 미남이라며 미할을 놀리곤 했다.

"하지만 헤브론 형님 실력이면 충분히 혼자 상대할 수 있잖아요."

르녹이 말했다.

"근데 얘가 무기를 안 썼다니까?"

"그 상황에서요?"

"그놈의 원칙주의 때문이지."

미할이 고개를 절레절레 흔들었다.

"그건 쉐마 형님이랑 성격이 비슷하네요."

"아니야. 쉐마는 헤브론의 매운맛 버전이야. 만약에 쉐마가 그 상황이었으면 원칙이고 뭐고 다 썰어 버렸을걸."

"엄격, 근엄, 진지."

르녹이 쉐마의 무표정 삼 종 세트를 따라하며 큭큭 웃었다.

"덩치는 웬만한 사제 두세 배나 되면서 취미는 뜨개질인 거 알아요?"

"뭐 그렇게 극단적이야."

미할이 구시렁거렸다.

"헤브론!"

세레우스 부주교의 목소리가 사제관을 가득 채웠다. 나는 제깍 일어나 "예."라고 대답했다. 다른 사제들은 무슨 일인가 싶어 어리 둥절한 얼굴로 나를 쳐다봤다.

"내일부터 성전으로 출근해라. 오늘부로 3급 사제로 승급했다."

내 앞에 앉아 있던 르녹이 소리 없이 숨을 헉하고 들이마셨다.

"너는 오늘 사제의 가장 기본이지만 동시에 가장 지키기 어려운 규율을 몸소 실천했다. 그동안의 훈련과 시험 성적을 고려해 폐하께서 직접 내리신 결정이니 더욱 정진하도록 해라. 질문 있나?"

"없습니다."

"이미 잘 알겠지만 3급 사제는 중요한 일정마다 늘 가까이서 폐하를 보좌해야 한다. 소홀함 없이 준비하도록."

"알겠습니다."

세레우스 부주교는 엄중한 표정으로 사제들을 둘러보며 큰 소리로 말했다.

"사제 파문은 유례없는 처벌이다. 다시는 오늘 같은 일이 벌어지지 않도록 조심해라. 옆에 있는 동료는 경쟁자가 아니라 폐하를 섬기는 다 같은 사제라는 걸 명심해야 한다. 시험이나 점수보다 중요한 건 사제의 본질과 본분을 기억하고 지키는 것이다. 만약 이 교훈을 잊어버리고 비슷한 일이 또 발생한다면 그땐 어느 가문 어느 소속이라도 파문이 아니라 '추방'을 각오해야 한다."

'추방'이라는 말에 분위기가 더 얼어붙었다.

"네, 알겠습니다."

세레우스 부주교가 사제관을 나가자마자 긴장이 풀린 사제들이 숨을 내쉬었다.

"3급 사제라니! 진짜 멋져요."

르녹이 축하한다며 나보다 더 들떴다.

"3급 사제복은 살짝 더 푸른빛이 나는 거 알아요? 여기 왼쪽에 쿼러스 자수도 디테일이 좀 달라요. 진짜 좋겠다. 앞으로 폐하도 자주……."

그때 사제관이 좌우로 흔들렸다. 진동하던 땅은 순간 액체처럼 출렁였다. 이 정도면 그동안 발생했던 지진 중 강진에 속했다. 이번에도 별다른 피해는 없어 보였지만 나를 포함한 사제들의 불안감은 커지고 있었다.

"뭐지? 지난번엔 카프메아에서 지진이 나더니. 그땐 다들 드리머 때문인 줄 알았잖아."

미할이 잔뜩 긴장한 얼굴로 말했다.

"진정해. 이제 괜찮을 거야. 당분간은……."

"조심해."

미할이 내게 말했다.

"우리가 알 수 없는 변화가 일어나고 있어."

다음 날, 성전 서쪽 별관에서 타니쿠스와 앗키럼, 테살 장로가 참석한 궁정 회의가 세 시간째 이어지고 있었다. 황제는 방 안을 압도하는 긴 책상에 앉아 어두운 표정을 짓고 있었다. 앗키럼 장로가 황제에게 수칸 고원을 정벌하라는 압박을 가하는 중이었다.

이방인 척결은 황제가 어떤 식으로든 회피하고 싶어 하는 안건이었다. 앗키럼은 세 장로 중 가장 막강한 권력을 가진 장로였다. 백발에 인상이 뱀처럼 차갑고 날카로워서 눈이 마주치면 누구든 등골이 서늘해졌다. 황제의 발 옆에 앉아 있는 타르스도 그를 경계하며 움직임을 예의 주시하고 있었다.

"아시다시피 수칸 고원은 제국에서 가장 가까운 이방인의 땅입니다. 이방인 중에서 소수 민족이라고는 하나 성벽을 공격한 것은 그냥 넘어갈 수 없는 일이에요. 그 땅에는 피가 멈추지 않는 더러운 감염병까지 돌고 있다고 합니다. 그 저주가 바람을 타고 이곳 성전에까지 오지 않으리라는 보장이 없어요."

"돌 몇 개 던진 걸 공격으로 간주한다면 그들은 제국을 더 만만하게 볼 거야. 겁을 먹은 줄 알겠지. 자신들의 모든 행위가 우리에게 위협이 된다고 여길 거야."

황제가 말했다.

"일 년에 한 번 그들에게 물과 하난을 제공하는 걸 멈추셔야 합니다."

"하난은 그들에게 필수품이야. 연고로 만들어서 수많은 사람들을 치유한다고 들었어."

"폐하, 오래전 제국의 존망이 달렸던 대전쟁을 잊으셨습니까? 애초에 자격이 없는 이방인들에게 이 성스러운 땅의 것을 먹게 할 순 없습니다. 이참에 구역별로 이방인들을 색출해 제거해야 합니다."

"앗키럼 장로의 말에 전적으로 동의합니다. 북부 척후병 보고 대로라면 현재 수칸 고원에 주둔하고 있는 이방인들의 수는 2천에 달합니다. 이대로 두면 그 과격한 천성이 더 큰 행동으로 이어질 겁니다."

타니쿠스 장로가 앗키럼 장로의 주장에 힘을 보탰다.

"그래서 우리 군사들을 보내 수천 명의 이방인을 학살하자는 거요?"

황제의 맞은편에 앉아 있던 테살 장로가 물었다.

"야만인들은 그에 걸맞게 다스려야지요."

앗키럼 장로의 말에 황제가 의자에 등을 기댔다.

"이방인들은 수칸 고원에 주둔이 아니라 주거하고 있다. 2천 명이든 2만 명이든 그들은 지금도 수없이 소멸되고 있어. 거긴 생명이 지속될 수 없는 저주받은 땅이니까. 제국에 불법 침입을 시도하는 일부 무리들은 어차피 사가비시니를 통과할 수 없고. 자신이 지은 죄에 대한 형벌을 이행하는 자들일 뿐, 그들의 목을 굳이 내 손으로 베고 싶지 않다."

앗키럼 장로는 천천히 가운을 끌며 황제를 향해 걸어갔다. 그가 한 발자국을 뗄 때마다 왠지 모를 위협이 느껴졌다. 겉으로는 성전에서 황제를 칭송하나 언제든 목에 칼날을 들이댈 수 있는 독사 같았다.

"토벌을 정 허락치 않으신다면, 적어도 하난 공급은 멈춰 주시기 바랍니다. 폐하의 너그러움은 이미 제국의 모든 이가 다 아는 사실이니까요. 이 땅에서 태어난 백성들이 저처럼 불안에 떠는 일은 없어야 하지 않겠습니까?"

"불안? 앗키럼 장로는 감수성이 참 풍부하군."

황제의 서늘한 목소리에 앗키럼 장로가 속으로 발끈하는 게 보였다.

"폐하께서는 무고한 자들의 살육을 원하시지 않소."

"레살 장로! 이건 살육이 아니라 합당한 징벌이오. 그들의 존재 자체가 제국에 반하는 일이라는 걸 모르시오?"

앗키럼 장로가 닥치라는 듯 소리치자 타르스가 송곳니를 드러내며 낮게 으르렁거렸다. 그 소리에 앗키럼 장로가 움찔하자 황제는 손을 뻗어 타르스의 머리를 쓰다듬었다.

"앗키럼 장로의 뜻이 정 그러하다면 특수부 사제들을 파견해 감찰을 늘리겠다. 이제 좀 불안이 가시는지."

무르시블이 예쁜 미소를 지었다.

"그런 건 아무 의미 없다는 걸 폐하께서도 잘 아시지 않습니까. 사제도 사가비시니도 중요한 게 아닙니다. 그건 폐하를 지켜 드릴 수 없어요."

앗키럼 장로가 나를 노려보더니 무섭게 차가워졌다. 아무리 황명이라고는 하나 일개 사제 따위가 굳이 궁정 회의에까지 참석한 사실이 못마땅한 것 같았다.

"어제 발생한 지진의 원인이 뭐라고 생각하십니까? 땅속에 스며든 이방인들의 죄악이라는 생각은 들지 않으십니까? 저는 예언에 나오는 '어둠'이 저들의 죄악과 무관하다 여기지 않습니다."

앗키럼 장로는 경고하듯 말한 뒤 회의가 끝나자마자 먼저 방을 나가 버렸다. 곧 텅 빈 회의실에 황제와 나만 남겨졌다. 그녀는 침묵 속에서 빼곡하게 쌓인 서류들을 읽고 사인하고 정리했다.

"헤브론."

책상 위에 여전히 시선을 고정한 채 황제가 말했다.

"예, 폐하."

"만약에 지난번 같은 상황이 오면 너부터 보호해. 사제 원칙 따위는 신경 쓰지 말고."

내가 대답이 없자 황제가 머리를 들었다.

"그만 나가 봐도 돼."

문을 향해 걸어가던 중 나도 모르게 질문이 튀어나왔다.

"왜 이방인들을 보호하려 하십니까?"

황제가 물끄러미 나를 바라봤다.

"죄송합니다, 괜한 말씀을……."

"너도 그들을 다 없애 버려야 한다고 생각해? 그럼 검은 구름과 지진이 모두 사라질까?"

"잘 모르겠습니다, 폐하."

"오해하지는 마. 난 그들을 보호하려는 게 아니라 앗키럼의 야욕을 막으려는 거야. 이방인이 제국에 반하는 존재인 건 맞아. 앗키럼은 그들을 없애고 그 땅을 차지하고 싶은 모양이야. 할 수만 있다면 수칸 고원과 자드킬을 넘어 검은 사막까지 말이야."

황제는 자리에서 일어나 북쪽 하늘을 바라봤다.

"저거 보여?"

황제의 시선을 따라가 보니 화살촉처럼 생긴 특이한 모양의 천체가 회전하며 조금씩 커졌다가 작아지길 반복했다. 아주 자세히, 오래 보아야 눈에 띄는 희미한 문양이었다.

"만약 저게 미조슬바랏이라면."

황제의 눈이 불안으로 번졌다.

"미조슬바랏이요?"

"엘리고스가 저 별에 대해 말해 준 적이 있어. 제국에 위기가 닥치면 종말의 별이 떠오를 거라고. 정확히 말해서 저건 별이 아니라 악마의 표식이야. 진짜 별도 아니면서 별 흉내를 내고 있다는 게 소름 끼치지 않아?"

"폐하는 예언대로 이 땅을 구하실 겁니다."

"예언에 대한 믿음이 점점 사라져. 환청이 들리거든. 가끔, 어쩔 땐 자주."

"환청이요? 어떤……"

황제가 망설이다 대답했다.

"무르시블이 멸망할 거라는 목소리가 들려. 그 목소리는 내가 가진 어떤 무기로도 자신을 꺾을 수 없다고 말해."

나는 그게 불안한 황제의 마음이 스스로에게 하는 말이라고 생각했다.

"환청을 믿지 마세요. 말 그대로 환청일 뿐이잖아요."

"그래, 근데 그 환청이 예언보다 더 진실하게 느껴져. 난 진짜와 거짓을 구분할 수 있어. 진실하지 않은 건 고통을 주거든."

먼 북쪽에서 들리는 강한 바람 소리와 지진으로 제국이 흔들릴 때마다 황제의 작은 얼굴엔 핏기가 사라졌다. 앗키럼 장로의 말대로 과연 사제가 그녀를 지킬 수 있을 것인지 의문이 들었다. 그녀를 보호한다는 건 사제의 능력을 훨씬 벗어나는 일 같았다.

보호의 범위는 어디까지가 될 수 있을까. 내가 가진 검이 황제의 마음까지 지킬 수 있을까. 순간순간 그녀를 붙잡는 공허함과 무력함은 내가 가진 어떤 검으로도 베어낼 수 없었다. 그런 이유로 나는 가끔 그녀를 제대로 쳐다볼 수 없을 만큼 죄책감에 시달렸다.

성전에서부터 실론의 중심부까지 직선으로 이어지는 프로리눔 운하 주변이 황제를 찬양하는 인파로 가득 차 있었다. 오늘은 무르시블 제국의 최대 축제가 열리는 날이었다. 이 땅의 탄생과 영광을 기리는 기념일이기도 했다.

나는 황제가 타르스에 올라탈 수 있게 두 발을 받쳐 주었다. 그녀는 피처럼 붉은 망토를 입은 채 타르스와 함께 이 땅의 모든 드리머와 백성, 시민 들과 인사했다. 그녀가 윤기 흐르는 타르스의 검은 털을 쓸어내리며 말했다.

"타르스, 높이 올라가자. 더 높이. 모든 사람들을 보고 싶어. 한 사람도 놓치고 싶지 않아."

타르스는 깊숙한 어깨뼈에서 가장 큰 세 번째 날개를 꺼내 하늘 위로 활짝 펼쳤다. 시원하게 하늘과 무지개를 가르며 황제는 모든 대륙을 내려다보았다. 환한 미소가 온 땅의 축복을 내렸다. 쿼러스 가지를 흔드는 아름다운 사람들이 행복한 미소를 쉴 새 없이 그녀에게 보냈다.

사랑과 축복만 가득한 이날에는 악몽을 꾸는 드리머가 없었다. 모두 꾸고 싶은 꿈 한 가지가 이뤄지는 기적의 날이었으니까. 사랑하는 사람을 미리 만나거나 복권 당첨 번호가 나오는 행운의 꿈들이 광선처럼 하늘에 퍼져 그 꿈을 원하는 드리머들의 가슴으로 속속 들어갔다. 잠에서 깬 뒤 꿈을 기억하는 드리머들은 마침내 소원을 이룰 것이다.

고도를 낮춘 타르스가 성전 앞에 부드럽게 착지하자 주변에 있던 시민들이 환호했다. 황제는 시민들에게 가까이 다가가 악수를 하며 이야기를 나눴다. 시민들의 귀와 목에 걸린 보석들이 태양빛에 반짝여 장대한 빛의 물결을 이루고 있었다. 그중엔 어떤 불길한 빛이 있었다. 그 빛의 존재를 감지한 내 미간이 좁아졌다.

황제를 향해 번뜩이며 날아오는 빛을 막는 순간 함성은 비명으로 변했다. 틀림없이 그녀의 심장을 노렸을 날카로운 금속은 간발의 차이로 내 어깨를 뚫었다. 통증은 느껴지지 않았다. 시간이 잠시 멈춘 것 같았다. 아니면 너무 느리게 흐르거나. 공포로 감각이 사라진 황제를 보며 혹시 내가 아닌 그녀가 화살을 맞은 건 아닌지 걱정이 됐다.

"헤브론!"

황제가 멀쩡한 팔로 날 붙잡자 그제야 안심했다. 상처에서 피가 흐른 건 그다음이었다. 내 살을 뚫은 화살은 은밀하고 아픈 감정에 적중했다. 몸에서 모든 힘이 빠져나가고 있었지만 그녀에게서 눈을 뗄 수 없었다. 충격으로 얼어붙은 눈동자와 마주친 순간 나는 영원히 그녀를 사랑하게 됐다.

나 때문에 황제가 걱정하는 게 기뻤다면 너무 짓궂은 걸까. 아니, 이미 사랑하고 있다는 사실을 너무 아프게 깨달은 건가. 그래서 나는 훈련으로도 그녀에게 검을 휘두를 수 없었던 걸까.

황제는 사제들이 자신에게 쉽게 져 주는 걸 싫어했다. 2급 유라드 사제가 된 미할과 겨룰 만큼 그와 비등한 실력을 키웠지만 유일하게 나와는 싸울 수 없었다. 훈련은 실전과 똑같아야 했고, 이기기 위해선 내 앞에 선 이가 누구든 그를 적으로 간주해야 했다. 그래야 살의를 갖고 덤벼 상대방의 살에 제대로 칼을 찔러 넣을 수 있는 법이었다. 동료도 다칠까 봐 조심하는 마당에 하물며 그녀라니. 단 1초라도 어떻게 그녀에게 살의를 가질 수 있을까. 불가능한 일이다.

"폐하, 괜찮습니다. 죽을 상처는 아니에요. 그리고 어차피 죽을 수도……."

"조용히 해."

황제가 울먹거리며 바닥에 앉으려는 나를 부축했다. 혈관에 차가운 독액이 퍼지는 게 느껴졌다. 나는 숨을 헐떡이며 눈을 감았다.

화살을 뽑은 뒤 들것에 실려 성전 지하로 옮겨졌다. 노란 불빛이 역피라미드 모양의 지성소에서 황금처럼 흘러나왔다. 자세히 보니 불빛이 아니라 프토리눔 운하에서 흘려 내려온 강물이었다. 현인들의 예언서를 보관해 둔 지성소는 오직 황제와 대제사장만이 들어갈 수 있는 황실에서 가장 은밀한 장소였다.

"여기 눕혀라."

대제사장 엘리고스가 근위 사제들에게 말했다. 네 명의 사제가 나를 조심스레 열은 강물에 담궜다. 상처에서 흘러나온 피가 번지자 그 주변이 검푸른 색깔로 변했다. 핏기 없는 내 얼굴은 물속에서 차분히 흔들렸다. 눈과 뺨 위로 힘없이 강물이 넘실거렸다. 물은 상처를 치유할 순 없지만 통증을 마비시키는 효과가 있었다.

엘리고스가 부드러운 천으로 물에 잠긴 내 어깨를 눌렀다. 천에 묻은 액체에서 거품이 부글거렸다.

"나포군요. 대전쟁 때 이방인들이 우리 백성들을 죽이기 위해 사용했던 독입니다. 이건 황폐화된 그들 땅에서 이젠 거의 구할 수도 없는 독초인데……."

황제가 물에 젖은 내 손을 잡자 엘리고스는 움푹 들어간 눈으로 날 내려다봤다. 부드러운 회색 수염으로 덮인 얼굴에선 아무런 감정을 읽을 수 없었다.

"만약 심장에 맞았다면 하난으로도 치료가 어려웠을 텐데 다행입니다."

엘리고스는 내가 소멸됐을 거라는 뜻을 돌려 말했다. 다행히 백색나무에서 열린 열매는 상처를 빠르게 치료했고 다음 날 나는 멀쩡히 몸을 회복했다. 하지만 그날 이후 며칠 동안이나 황제의 명에 따라 그 귀한 하난을 반강제로 먹어야 했다. 화살을 맞은 어깨엔 하난으로도 지울 수 없는 십자 모양의 흉터가 남았다.

그날 황제를 암살하려고 한 혐의로 이놀이 체포됐다.

"이놀을 반역죄로 처형한다."

이놀은 사건이 벌어진 날 자신이 황제를 죽이려 한 사실을 자백했다. 그는 실론의 모든 백성들이 내려다보는 거리로 나와 큰 소리로 외쳤다.

"황제는 죽어야 해! 황제는 이 땅을 지킬 수 없어. 지진으로 땅이 흔들리고 거대한 폭풍이 오고 있지만 그걸 막을 힘이 없다고!

이 소리 안 들려? 칼날이 회전하는 소리. 이건 폭풍에서 나는 소리야! 피부에 닿기만 해도 우린 다 가루가 되고 말 거라고. 예언이 틀렸어. 저 황제는 틀렸다고! 우린 가만히 앉아서 죽게 될 거야. 영원히 사라지게 될 거야! 이방인들의 죄가 이 땅을 더럽히고 있어!"

백성들은 분노하며 이놀을 미치광이 취급했지만 몇몇 무리를 선동하는 데에는 성공했다. 황실은 화살에 독이 묻어 있다는 사실은 대중에게 공개하지 않았지만 이미 제국에서 불안의 영역이 커지고 있었다. 누군가 의도한 내분은 바깥의 위험보다 더 무르시블을 위협하는 중이었다.

마치 자신이 범인임을 확실하게 알리고 싶다는 듯, 이놀의 집에선 보란 듯이 나포 줄기가 널브러져 있었다. 그는 나포를 어떻게 구했느냐는 질문엔 끝까지 입을 굳게 다물었다. 반역죄에 연관된 자들을 모조리 색출하기 위해 그가 속한 가문과 인맥을 조사했지만 마땅한 정황이나 증거를 찾을 수 없었다.

"폐하, 이건 고민할 것도 없이 앗키럼 장로의 소행이에요. 자기 손자를 파문시킨 것에 대한 복수라고요. 앗키럼을 구속해서 이놀에게 대가로 뭘 줬는지 신문해야 돼요."

유라드 사제관에서 르녹이 말했다. 잔뜩 열이 받은 얼굴이었다. 어릴 때 황제와 칼싸움을 하며 놀았던 생도들은 이제는 다들 제법 급이 높은 사제가 되어 있었다.

"그 미친 새, 아니, 이놀은 '이방인들의 죄가 이 땅을 더럽히고 있다'고 했어요."

미할이 말했다.

"앗키럼 장로는 화살이 아니라 백성의 입을 빌려 폐하의 약점을 공격한 거예요. 사람들로 하여금 폐하에 대한 의심이 싹트도록. 그게 진짜 그의 목적이에요."

"알아. 하지만 앗키럼 가문과 연결 고리가 없다는 게 문제야. 물증이 없어. 대놓고 의심했다간 오히려 장로가 다시 날 공격할 빌미만 만들어 주는 꼴이 될 거야. 진짜 문제는……."

황제는 말을 아꼈다. 시름에 빠진 표정에서 나는 앗키럼 장로가 화살이 아닌 말로 황제를 죽이려 한 사실을 깨달았다. 오랫동안 당연했던 그 간단한 예언에 대한 믿음이 깨지고 있었다. 아니, 예언을 떠나 그녀 스스로 자신에 대한 믿음까지 흔들리는 듯했다. 그녀의 두 눈 속에 미조슬바랏이 빙글빙글 돌고 있었다.

모두가 서둘러 잊고 싶어 하는 것들은 서서히 잊혀져 갔다. 하지만 화살을 맞은 이후 나는 또다시 불안의 땅을 헤매며 내 어린 황제가 수시로 시해당하는 끔찍한 꿈을 꾸었다.

그 꿈속에서 무르시블은 누군가 술이나 음식에 탄 독으로 죽고 칼에 맞아 죽고 절벽에서 떨어져 죽고 벼락을 맞아 죽고 때로는 아무 이유 없이 인형처럼 쓰러져 죽기도 했다. 죽음의 신이 죽는 꿈을 꾸다니. 아무리 생각해도 일어날 수 없는 일이었다.

'폐하는 절대 죽을 수 없어.'

하지만 한편으로 황제는 반드시 죽을 수밖에 없다는 불길한 생각이 고개를 들었다. 나는 머리를 흔들며 그 모든 생각을 서둘러 지워 버렸다.

강렬한 태양빛이 대지를 달구는 정오. 성전 양옆에 선 붉은 털이 달린 투구를 쓴 근위대 사이로 푸른 망토를 두른 내가 중앙 계단을 천천히 올라갔다. 그 자리에는 대제사장과 주교, 그리고 태양보다 눈부신 관을 쓴 황제가 나를 기다리고 있었다. 황제 시해를 막은 공로를 인정받아 대사제 임명식이 열리는 날이었다.

궁정 회의에서 내가 대사제가 되기에 부족하고 아직 너무 이르다는 의견이 있었지만 황제의 직권으로 임명을 밀어붙였다. 공식적으로 나는 황제와 가장 가까이 있을 수 있는 수행원이자 호위 사제가 됐다.

"그대는 무르시블을 사랑하고 어떤 위협에서도 영원히 지키겠다고 맹세하는가?"

앞에 엎드린 내게 황제가 물었다. 그 어느 것보다 무거운 말이었으나 내게는 가장 대답하기 쉬운 질문이었다.

"맹세합니다, 폐하."

"이것을 나의 몸이자 심장으로 여겨라."

황제의 미소에서 태어난 대사제의 푸른 반지가 내 손에 끼워졌다. 심란했다. 그녀에 대한 내 감정은 숭배가 아닌 너무 사적인 감정이었기 때문이다. 백성과 장로, 그녀에게는 물론 나 자신에게조차 들켜선 안 되는 금지된 감정.

나는 나 외에 다른 사람들이 황제를 숭배하는 게 싫었다. 내가 아껴서 보는 그녀를 함부로 쳐다보고, 사랑하고, 그녀를 자신의 태양이자 빛으로 여기는 백성과 시민들을 그녀에게서 멀리 떨어트리고 싶었다. 하늘에 너무 오래 매달려 지친 그녀를 이제 그만 지상으로 끌어내려 내 품 안에 숨기고 싶었다. 하지만 이건 방금 내려진 직책에 걸맞지 않는 불손한 생각이었다.

이런 내 마음을 알 길 없는 황제는 쿼러스의 나뭇잎이 새겨진 검을 하사했다.

"이건 깨지지 않는 검이야. 마음껏 휘둘러도 돼."

황제가 장난기 많은 얼굴로 속삭였다. 그녀가 반짝 웃는 순간 일곱 발의 예포가 발사됐다.

축하 연회가 끝난 뒤 자정을 넘긴 시각. 성전 동쪽 별관의 장미 온실에 나를 포함한 근위 사제들이 초대됐다. 유리와 석조 기둥으로 만든 화려한 온실엔 하얀 별빛을 머금은 히스 꽃이 서로에게 향기로운 말을 걸고 있었다.

떠들썩한 분위기와 온갖 색깔로 만개한 장미 향기가 술보다 먼저 나를 취하게 했다. 사제들의 자세가 하나둘 흐트러진 와중에도 나는 홀로 목까지 단추를 채운 제복 차림이었다. 하난으로 만든 술에 정신을 못 차리던 르녹은 술에 취했다 깼다를 반복했다.

"아니, 대사제님. 이 시간까지 그리 각 잡힌 제복 차림이면 어떡합니까. 절 이렇게 부끄럽게 하실 겁니까."

미할이 능글맞게 웃으며 말했다.

"그나저나 폐하, 요즘 장로들이 자꾸 폐하께 자기 가문의 남자들을 선보인다고 하던데. 아직 마음에 드는 사내가 없으십니까?"

"내가 눈이 좀 높아서."

"대사제님 정도는 돼야 쳐다봐 주실 거죠? 큰 키에 베일 것 같은 콧날. 뭣보다 저 부드러운 머릿결 좀 보세요. 전 태어날 때부터 악성 곱슬이라 저런 올백 스타일은 꿈도 못 꾼다니까요."

르녹이 짜증을 내자 황제가 웃었다.

"그만해. 헤브론은 외모 칭찬을 경멸하니까."

미할이 말했다.

"경멸이 아니라 못 견딜 만큼 부끄러워하시죠. 그렇죠, 폐하?"

르녹이 말했다.

"헤브론은 부끄럼쟁이야. 그럴 땐 꼭 귀여운 아기 같지."

황제의 말에 무표정한 쉐마가 술을 뿜었다.

"헤브론, 좀 쓸데없는 말도 하고 웃기도 하고 장난도 쳐라. 예전엔 방긋방긋 잘만 웃더니."

"제가 언제……."

"전 폐하가 처음에 대사제님을 싫어하는 줄 알았어요. 대련 안해서 미워하시는 줄 알았거든요. 한동안은 대사제님한테 말도 잘 안 걸었잖아요. 그때 왜 그러신 거예요? 진짜 삐졌던 거예요?”

르녹이 발그레한 얼굴로 꼬치꼬치 물었다. 황제는 화를 내거나 당황하기는커녕 술이나 마시라며 르녹의 잔을 채웠다.

“그걸 다 마셔도 오늘 훈련이 취소되는 일은 없을 거다, 르녹.”

내가 말하자 르녹은 놀랍지도 않다는 듯 무미건조한 표정으로 엄지를 들어올렸다.

“나도 가도 돼?”

황제가 물었다.

“웬만한 검술은 이미 배우시지 않았습니까.”

“그랬지. 너랑 아직까지도 대련은 못 해 봤지만. 이젠 나도 어느 정도 실력을 키웠으니 오늘 한판 붙는 건 어때?”

사제들이 기대 섞인 표정으로 “오.”를 외쳤다.

“어느 정도가 아니라 폐하의 검술은 이미 저희 대부분을 넘어섰는걸요.”

“드디어 누구도 감히 칼을 대 본 자가 없는 대사제의 몸에도 상처가 나는 건가요.”

“피를 보나요.”

르녹의 말에 미할이 웃으며 거들었다.

“폐하, 이 흉악한 자들이 더 취하기 전에 이만 침전에 드시는 게 좋겠습니다.”

내가 끼어들었다. 황제가 취한 듯 느긋하게 웃으며 몸을 일으키자 사제들이 탁 소리를 내며 일제히 자리에서 일어났다.

"그쪽이 아닙니다."

복도로 나가 몇 걸음 걷다 말고 휘청거리는 황제를 사뿐히 안았다.

"침대가 이렇게 멀어서야. 다음엔 내 방에서 마시자."

천장이 하늘 높이 뚫려 있는 것처럼 높은 방이 황제의 침전이었다. 그곳엔 화려한 장식이나 거추장스러운 물건은 하나도 없었다. 위에서 아래로 강물이 흐르는 것처럼 부드러운 천이 초원처럼 드넓은 방을 감싸고 있었다. 달콤하고 선선한 미풍에 닿자 덮개는 몽환적인 색깔로 바뀌었다.

나는 가운데로 걸어가 침대라기보다는 거대한 쿠션처럼 보이는 하얗고 푹신한 곳에 황제를 눕혔다.

"오늘은 너무 행복해서 죽어도 좋을 날이었어."

스스로에게도 우습게 들렸는지 황제가 눈을 감은 채 피식거렸다.

"왜 사람들은 가장 행복한 순간에 죽음을 떠올릴까? 이제 죽어도 여한이 없다, 죽어도 좋다, 그런 말 많이 하잖아."

"폐하, 르녹이 말한 것처럼 예전에 절 싫어하셨습니까?"

뜬금없는 질문에 황제가 "그럴 리가." 하며 웃었다.

"그럼 왜……."

"너무 소중한 건 가까이하기가 두려워."

"그럼, 지금은요? 이젠 제가 소중하지 않으신 겁니까?"

"그럴 리가."

쓸데없이 진지하다며 놀릴 줄 알았지만 황제는 진지해 보였다.

"그동안 내가 좀 용감해졌거든. 더 용감해져야겠지만."

나는 조심스럽게 물었다.

"폐하, 앗키럼 장로의 범행을 굳이 증명하실 필요는 없지 않았나요? 폐하는 이미 그의 악취를 맡지 않으셨나요? 왜 그를 성전에서 내쫓지 않으시는지……."

"불신의 냄새가 난다고 해서 모두를 내쫓을 수는 없으니까. 그 냄새는 앗키럼 장로에게서만 나는 게 아니야. 성전과 실론에서도……."

그때 날카로운 천둥소리와 함께 좌우로 몸이 흔들렸다. 지진이었다. 나는 황제의 어깨를 잡으며 거칠게 흔들리는 주위를 쳐다봤다. 지진은 곧 멈췄다. 그 정적이 오히려 싸늘하게 느껴졌다. 벌써 수년째 제국 곳곳에서 간헐적으로 발생하는 지진이었다.

"땅이 흔들리는 이유가 대체 뭘까? 아무도 원인을 모르니 답답해. 불안하고."

"그래도 큰 피해가 없어 다행입니다. 고작 이 정도 지진에 갈라질 땅도 아니지만요."

"아니야. 지진의 강도가 세지고 있어. 미세하지만 분명히 느낄수 있어."

내 얼굴이 어두워졌는지 황제는 괜히 말했다 싶은 표정을 지었다.

"걱정하지 마라. 네가 날 지키는 동안만큼은 살아 있을 테니."

하지만 나는 그 말을 쉽게 믿을 수 없었다. 그저 날 안심시키려는 빈말처럼 느껴졌다.

"폐하께선 죽어도 죽으시면 안 됩니다. 다치시는 것 또한 허락해 드릴 수 없습니다. 그 누구를 대신해 다치지 마십시오. 그게 저여서는 더더욱 안 됩니다. 그럴 일은 절대 없겠지만요."

황제는 내 손에 끼워진 파란 보석을 살짝 쓰다듬었다.

"널 지킬 만큼은 강해."

우울의 늪에서 내게 처음 말을 걸었던 꼬마가 떠올랐다. 나이에 맞지 않게 너무 진지하고 그래서 귀여웠던. 내 마음의 얼음을 없애 주겠다고 말했던 꼬마는 이미 오래전 자신의 약속을 지켰다. 황제는 그 사실을 알고 있을까.

황제는 지금도 그때처럼 어떤 장신구도 하지 않은 평범한 모습이었다. 유난히 맑은 바람 때문인지 열린 창문으로 침대까지 날아온 꽃잎 때문인지 그녀는 어여쁘고 자유로워 보였다. 나처럼 그녀의 입술에도 초승달 같은 미소가 걸렸다.

하지만 평온한 순간도 잠시, 사제관에 돌아온 나는 눈을 감자마자 끔찍한 악몽에 휩싸였다. 강력한 진동과 함께 내 방을 가득 채운 검은 눈이 나를 내려다보고 있었다. 지진으로 머리가 흔들리

면서 검은 눈도 끔찍하게 일그러졌다. 쳐다보지 않으려 발버둥칠
수록 더욱 고개를 돌릴 수가 없었다.

헤브론⋯⋯

때가 됐으니 무르시블은 무너져야 한다⋯⋯.

방패처럼 생긴 동공이 돌연 피처럼 붉어졌다. 숨이 막혔다.

무르시블은 무너지기 위해⋯⋯

성전을 떠날 것이다.

그럴 일은⋯⋯ 없어.

이것이 내가 황제에게 주는 마지막 기회다.

"나를 버리실 리 없어!"

내 말이 틀렸다는 듯 거대한 눈이 그대로 떨어져 내 심장을 관
통했다. 그 충격에 침대에서 떨어진 나는 구토를 하며 몸을 떨었
다. 가슴은 멀쩡했지만 고통 때문에 눈을 뜰 수 없었다. 악몽의 소
리가 너무 크고 강렬해 잠에서 깬 뒤에도 귀가 아플 지경이었다.
그대로 뛰쳐나가 성전을 향해 뛰었다. 성전이 가까워질수록 가슴

이 타들어 갔다. 근위병들은 잠옷 차림으로 허겁지겁 달려온 나를 보고 깜짝 놀랐다.

"폐하는?"

문을 열고 들어가자 달빛에 반쯤 절단된 얼굴이 고요함 속에 눈을 감고 있었다. 황제 곁에는 타르스가 있었다. 아무 일도 없다는 듯 평온한 얼굴이었다. 무르시블에서 잠이 든 드리머는 현실에서 다른 몸으로 깨어난다. 꿈이 대부분 기억나지 않는 것처럼, 현실에서 벌어진 일도 무르시블에선 잊혀진다. 그래서 나는 늘 궁금했다. 그녀가 어떤 현실을 살고 있는지. 그 세계에서 안전한지, 행복한지, 다치진 않는지…….

나는 몇 번이나 가슴을 쓸어내리며 침전 앞에 주저앉아 밤을 지샜다. 이후 그 악몽을 다시 꾼 적은 없었다. 하지만 수년 간 그 꿈은 끈질기게 기억에서 살아남아 떠올리는 순간마다 나를 떨게 만들었다.

검은 눈은 내게 '황제가 성전을 떠날 것'이라는 예언을 했다. 나는 그 말을 수천 번 곱씹으며 여러 가지 방향으로 해석했다.

황제가 성전을 떠나는 게 살 수 있는 마지막 기회라는 뜻인가? 그럼 무르시블은 무너지지 않아도 되는가? 하지만 검은 눈은 무르시블이 무너져야 한다고 했다. 무너지기 위해 그녀는 떠나야 한다고. 떠나지 않으면 무르시블은 무너지지 않는가? 하지만 그 경우에는 마지막 기회를 준다던 말의 앞뒤가 맞지 않았다.

황제가 떠나야 한다고? 왜 나에게 그런 협박을 한 거지? 내가 그녀를 막을까 봐? 일개 사제인 내가 감히 어떻게?

　아니다. 기어이 난 그럴 사람이었다. 어떻게든 황제를 붙잡을 것이다. 하지만 정작 그런 순간이 오면 아무것도 할 수 없을 것 같았다. 나는 벌써부터 뛰는 심장을 만지다 긴 은색 줄이 달린 목걸이를 꺼냈다.

　그 밤이 무사히 지난 뒤 황제는 헬니본에서 자욱한 안개와 드높은 나무 사이를 거니는 철학자들과 짧은 시간을 보냈다. 그녀는 죽은 뒤에도 삶에 대한 절박한 질문을 포기하지 않은 철학자들을 사랑했다. 그들과 대화하면 덩달아 우울해질 때도 있지만, 그 깊고 탁월한 지성에서 용기를 얻는다고 했다.

　한 철학자가 황제에게 말했다.

　"모든 사람은 살아 있는 동안 자신의 죽음보다 더 깊은 진실을 찾아야 해요. 황제께서도 마찬가지입니다."

　"왜?"

　"그래야 '살아 있음'을 견딜 수 있으니까요. 그 진실을 찾기 위해 폐하는 가장 소중한 걸 희생해야 할지도 모릅니다."

　"내가 가진 빛을 잃어버릴까 봐 두려워."

　비밀을 이야기하듯 황제가 속삭이자 철학자가 대답했다.

　"폐하, 어둡고 비참한 꿈이 괴롭혀도 꿈꾸는 것을 두려워하지 마십시오. 별은 빛나려고 애쓸 필요도 없고, 까닭 없이 그 빛을 잃을까 염려할 필요도 없습니다. 그 빛 자체가 별의 운명이니까요. 드리머가 할 일은 그 사실을 잊지 않는 것입니다."

고개를 끄덕인 황제가 가느다랗게 웃었다.

철학자의 조언에 기운을 얻은 황제는 에이모리브로 넘어가 아이들과 함께 드리머가 남기고 간 사자와 놀았다. 카리스타는 한쪽 언덕에서 사자에게 줄 꽃목걸이를 엮고 있었다. 폭풍에서 뻗어 나온 짙은 어둠은 아직 일사비르와 에이모리브 대륙을 조금도 물들이지 못했다. 이제 사자를 남기고 간 드리머가 꿈에서 완전히 깬 모양이다. 드리머의 영혼의 꼬리가 사라지자 꽃목걸이를 건 사자도 서서히 희미해졌다.

"폐하, 내일은 중요한 날이니 그만 가시는 게 좋겠습니다."

황제가 고개를 끄덕였다. 성전으로 돌아가는 길에 내가 물었다.

"조금 돌아가는 건 어떠십니까? 폐하가 좋아하시는 길로요."

내가 양팔로 노 젓는 흉내를 내자 울적한 황제의 얼굴에 작은 웃음이 피었다. 우리는 맨발로 보라색 바닷가를 걸어 수풀 사이에 숨겨진 배를 끌어냈다. 그녀는 낑낑거리며 안간힘을 쓰다가 갑자기 웃음을 터트렸다.

"뭐가 재밌으십니까?"

진지한 질문에 황제가 엉덩방아를 찧으며 더 크게 웃었다.

"모르겠어. 난 갑자기 힘을 쓰면 웃기더라. 웃기 싫은데도 웃음이 막 나."

왠지 황제의 힘이 전보다 약해진 기분이 들어 속으로 겁이 났다. 너무 창백해서 보랏빛 혈관까지 비치는 저 얼굴의 웃음이 나에겐 어쩐지 슬퍼 보였다.

"됐다. 이제 밀어!"

우리는 배를 바다로 힘껏 밀었다. 물이 무릎에 닿을 때쯤 배 위에 올라 노를 저었다. 황제의 구불거리는 머리카락이 허리 밑까지 자라 있었다. 한동안 말없이 노를 젓다가 그녀가 먼저 입을 열었다.

"무르시블에서 이 바다가 제일 좋아. 대부분의 사람들은 환상과 창조적인 꿈으로 가득한 일사비르를 좋아하지만 진정한 평화는 여기에 있어. 헬니본과 비탄젤, 카프메아. 이곳에만 존재하는 치유의 힘이 있어."

황제는 노를 멈춘 뒤 손가락으로 작은 물결을 만들었다. 한동안 고요한 바람이 일더니 물밑에 그림자가 생기기 시작했다.

"설마……."

황제의 얼굴에 반가움과 놀람이 섞여 있었다. 그림자는 종이에 번진 잉크처럼 점점 커지더니 우리가 탄 배가 점처럼 보일 만큼 거대해졌다. 그림자의 모양으로 보아 고래 같았다. 고래가 천천히 머리를 들자 그 위에 놓인 배도 함께 떠올랐다.

"폐하!"

"쉿, 파사빌을 놀라게 하지 마. 소리에 아주 예민하니까."

황제는 작고 흰 손으로 조심스레 고래를 쓰다듬었다. 그러자 머리와 몸에 붙어 있는 크고 작은 점들이 푸른 형광색으로 빛났다.

"파사빌은 심해에 사는 고래야. 아주 가끔씩만 수면 위에 나타나서 나도 거의 본 적이 없어. 백성들조차 신화에 나오는 고래라고 믿을 만큼 제대로 실체를 본 사람은 없거든."

고래는 생각보다 아주 온순해서 지느러미를 거의 움직이지 않고 조용히 헤엄을 쳤다. 황제는 배에서 일어나 고래 위에 발을 디딘 뒤 내게 손을 내밀었다.

"괜찮아. 날 믿어."

나는 조심스레 황제의 손을 잡고 배에서 내렸다. 그대로 쭉 미끄러진 배가 뒤집힌 채로 바다 위에 떨어졌다.

"걱정하지 마. 배는 자신이 갈 곳을 알고 있어."

황제를 따라 몸을 천천히 낮춰 엎드리자 예상과는 달리 고래의 몸과 안정적으로 밀착이 되어 떨어지지 않았다. 그녀와 파사빌이 서로 깊이 교감하고 있다는 걸 느낄 수 있었다. 부드럽게 수면 아래로 들어가자 지느러미와 몸통에서 형광색 불빛이 점점이 켜졌다.

물속에서는 고래의 심장 소리가 더 생생하게 들렸다. 쿵쿵거리는 박동이 온몸을 통해 느껴졌다. 그토록 거대한 심장 소리는 이전에도, 그리고 앞으로도 들을 수 없을 것 같았다. 파사빌의 뾰족한 지느러미가 닿을 때마다 형광색으로 물길이 갈라졌다.

전속력으로 달리는 고래에게 매달려 예측할 수 없는 방향으로 몸이 틀어질 때마다 웃음이 터졌다. 황제도 즐거워 보였다. 우리는 눈을 감거나 숨을 멈출 필요도 없이 고래가 이끄는 바닷속을 정신없이 누볐다.

아주 먼 곳까지 헤엄친 파사빌이 서서히 속도를 낮췄다. 도착한 곳은 해안가가 아니라 바다 위 섬 같은 곳이었다. 자세히 보니 사암으로 만든 궁전이었다. 겉은 흰색이지만 아치형 문을 지나자 내부가 파란색과 금으로 장식된 뻥 뚫린 폐허가 나왔다.

걸을 때마다 바닥에 고인 얕은 물에서 찰박거리는 소리가 났다. 텅 빈 가운데를 중심으로 좌우, 위아래 3층까지 수십 개의 문 없는 방이 있었는데 방마다 검은 의자가 하나씩 놓여 있었다. 똑같은 방과 똑같은 의자가 우리를 바라보는 모습이 왠지 소름 끼쳤다.

"여긴 어디죠?"

"재판정이야. 오랫동안 쓰지 않았지. 저 방들은 각각의 판사들이 앉는 법관석이야."

황제가 생각에 잠긴 눈으로 천천히 주위를 둘러봤다.

"우리가 선 곳이 피고인석이야. 죄인은 바로 이 자리에 서서 판결을 받았어."

"죄인이라면 이방인들이요?"

"응. 예전에 재판을 통해 죄가 적은 이방인들을 가려내서 시민권을 주려고 시도한 적이 있었거든. 근데 재판은 취소됐어."

"왜요?"

"그들은 이미 자신의 죄로 심판받은 사람이라는 걸 뒤늦게 깨달았거든. 그 심판을 내린 건 자기 자신이었고 난 그들의 구원자가 될 수 없었어. 내가 할 수 있는 최선은 그들을 가엾어 해 주는 것밖엔 없어."

"파사빌은…… 왜 여기에 온 걸까요?"

"파사빌이 찾은 게 아니라 재판정이 우연히 밀려온 거야. 오래전 폐쇄됐는데 어쩌다 슬픔의 바다까지 떠밀려 왔는지는 모르겠어. 이 땅에선 뭐 하나라도 저절로 없어지지 않나 봐. 일부러 날 찾아왔다는 생각이 들어."

"왜요?"

"아마 내가…… 죄를 지은 모양이야. 아니면 죄를 짓게 되거나."

"죄라니, 그게 무슨 말씀이신지……"

"파사빌은 보이지 않는 눈물을 흘리는 사람 앞에만 나타나. 눈이 아니라 마음에서 흐르는 슬픔을 먹기 위해서. 그 슬픔은 파사빌 외에는 아무도 볼 수 없지. 아무도 볼 수 없다는 건 또 다른 슬픔이야."

"폐하, 무엇이 슬프십니까?"

나는 대답을 듣길 원했지만 어차피 해결할 수 없는 슬픔이라는 것을 어렴풋이 알고 있었다. 그래서인지 황제 역시 대답 대신 다른 말을 해 주었다.

"꿈은 허망한 단어야. 꿈에는 두 가지 뜻이 있지. 자는 동안에 꾸는 꿈과, 드리머가 깨어 있을 때 실현하고 싶은 이상을 의미하기도 해. 하지만 결국 꿈은 허망해. 언젠간 그 꿈에서 깬다는 걸 포함하고 있으니까. 한때는 생명으로 가득했던 내 마음도 이젠 텅 빈 것 같아. 무르시블은 지금 이 순간에도 약해지고 있어. 이것만으로도 난 황제의 자격을 잃은 게 아닐까?"

"그렇지 않습니다, 폐하."

다정한 황제는 천천히 다가와 내 뺨에 입을 맞췄다.

"부탁이 있어, 헤브론. 비록 자격이 없다 해도 난 무르시블을 아주 많이 사랑해. 강가의 작은 돌멩이나 나뭇잎 하나까지도. 내가 이 땅과 백성들을 진심으로 사랑했다는 걸 너만큼은 꼭 믿어 줬으면 좋겠어. 만약에 내가……."

굳이 믿을 필요조차 없는, 이미 뼛속 깊이 알고 있는 사실이었다. 하지만 나는 그러겠다고 약속했다. 어떤 일이 있어도 그 마음을 믿겠다고. 황제에게도 나와 같은 믿음을 주고 싶었다.

"폐하, 보잘것없는 물건이지만…… 받아주시겠습니까?"

용기를 내어 목걸이를 꺼내자 황제의 얼굴에 천천히 미소가 번졌다. 루비가 의미하는 게 뭔지 그녀가 모를 리 없었다.

"내가 좋아하는 붉은색이네."

"보석을 누르면 목걸이와 분리가 됩니다."

"뉴메르에서 이런 것도 만들어?"

"그 부분은 제가 만들었습니다."

"여기에 너의 심장 소리가 담겨 있는 거지? 고마워. 늘 간직할

게."

　나는 그 안에 쿼러스가 들어 있다는 사실을 말하지 않았다. 황제가 무르시블을 떠나 돌아오지 않을지도 모른다는 생각 따위는 내색하고 싶지 않았다. 대신 은색 줄 끝에 매달린 붉은 보석에 입을 맞췄다.

　"폐하."

　황제는 옅은 미소를 띠었다. 하지만 내 시선이 닿지 않을 때 그녀의 얼굴은 오랜 곤경에 처한 사람 같았다. 나는 스스로에게 다짐하듯 말했다.

　"어떤 일이 벌어져도 저는 괜찮습니다."

　우리는 서로에게 말할 수 없는 것에 대해 침묵하기로 했다. 입 밖에 꺼냈다간 정말로 불길한 일이 현실이 될 것 같아 두려웠다. 차라리 이 시간이 더는 흐르지 않기를. 만약 흘러야 한다면 한참을 건너뛰어 모든 게 다시 괜찮아지는 순간으로 이어지기를.

　황제가 왜 슬픈지, 얼마나 슬픈지 알 수 없어 답답했다. 내 이해를 넘어선 슬픔인 듯했다. 하지만 그녀 옆에 있기로 했다. 그녀가 비탄젤의 바다를 무사히 건널 때까지.

　해안가에 다다른 파사빌은 몸을 굴려 우리를 부드럽게 내려 주었다. 쌍꺼풀 진 크고 온화한 눈이 한참 동안 황제를 바라보았다. 뭐라고 인사를 건네는 듯한 눈빛이었다. 그녀가 고개를 끄덕이자 신비로운 고래는 다시 깊고 어두운 바닷속으로 들어갔다. 물에 젖은 우리의 몸도 순식간에 말랐다.

무르시블 제국의 신왕(God-King)이자 황제, 무르시블은 중대한
발표를 앞두고 있었다. 성전 밖은 우주의 장막으로 둘러싸인 것처
럼 어두웠으며 귓전을 때리는 낯선 바람 소리로 시끄러웠다. 제국
을 위협하는 검은 모래 폭풍이 금방이라도 백색 성채를 덮을 듯
넘실거렸다. 이 검은 폭풍은 '그것'이 깨어났다는 증거였다.

황제는 제단 아래 자신이 누려 온 모든 영광을 내려다보고 있
었다. 나와 제국의 백성들은 우리의 고귀한 왕을 진심으로 사랑
했다. 아름답고 번영한 무르시블에서 그녀가 가진 권력은 이루 말
할 수 없을 정도였다. 하지만 영원할 줄 알았던 이 찬란한 영광도
그 끝에 다다랐음을 나는 느낄 수 있었다.

황제의 손에서 떨어진 왕관이 쨍그랑 소리를 내며 제단 밑으로
굴러 떨어졌다. 청금색으로 반짝이던 성전이 검은 파도처럼 일렁였
다. 나는 자리에서 금방이라도 바스라질 것 같은 그녀를 붙들었다.

"폐하."

황제의 텅 빈 두 눈에 다시 빛이 들어왔다.

"왜 그러십니까?"

"더 이상…… 여기 있을 수 없어."

예상은 했지만 심장이 차갑게 내려앉았다. 제단에서 내려온 황
제가 회랑을 지나는 동안 사람들의 표정은 공기 중에 독극물이라

도 번진 것처럼 충격으로 굳었다. 나와 눈을 마주친 미할과 쉐마도 얼음이 돼 있었다.

"무르시블은…… 때가 됐다."

황제가 헬니본에게 대답하자마자 툰의 허리가 대각선으로 쩍 갈라졌다. 그녀의 발이 성전 문밖으로 나가는 순간 무르시블의 태양과 달과 별은 차갑게 죽어 버렸다. 나는 극심한 자괴감에 휩싸였다. 결정적인 순간에 황제를 지키지 못했다는 죄책감과 상실감이 나를 무너뜨리고 있었다.

'폐하, 이 방법뿐입니까.'

황제가 비탄젤과 카프메아의 경계를 밟고 제국을 완전히 벗어났다는 걸 느낄 수 있었다. 하지만 머리로는 여전히 이 사실이, 현실이 믿어지지 않았다. 백성과 시민들은 혼란 속에 뿔뿔이 흩어졌고 드리머들은 그 자리에서 속속 사라졌다. 내 손에 끼워진 대사제의 반지만이 아직 나를 이 세계에 꼭 묶어 두고 있었다.

황제가 떠나자 무르시블의 다섯 왕들의 힘도 서서히 사라졌다. 황제를 잃은 슬픔으로 마지막까지 버티던 비탄젤마저 의식을 잃자 제국과 실론은 완전한 암흑이 됐다. 툰의 조각상과 함께 기울어진 아렌과 니르엔 역시 오래 버티지 못할 것 같았다.

영원할 것 같던 영광은 온데간데없이 사라지고 폐허가 된 제국은 깊은 혼란과 어둠에 잠겼다. 폭풍에서 빠져나온 서늘한 바람만이 발 없는 유령처럼 성전의 부러진 날개 사이를 배회하고 있었다.

하지만 금방이라도 우리를 덮칠 듯 진격하던 폭풍은 성채를 넘어서고도 어쩐 일인지 제자리에서 회오리쳤다. 우리를 일시에 소멸시킬 결정적인 때를 기다리는 걸까. 나는 완전히 말라 시든 쿼러스를 쓰다듬으며 눈을 감았다.

주교의 명에 따라 미할과 르녹, 쉐마를 포함한 많은 사제들이 다친 백성들과 시민들에게 하난을 나눠 주었고 그나마 안전한 성전 뜰을 개방해 최대한 많은 인원을 수용했다.

카리스타를 포함한 각 대륙에 흩어진 시민들도 사제들의 인도를 받으며 안전하게 성전에 도착했다. 그녀는 많은 것을 내게 물었지만 대답해 줄 수 있는 게 많지 않았다. 그저 "다 괜찮아질 거야."라는 말밖에는 할 수 있는 게 없었다.

그사이 교육관 소속의 에일라트와 이레아가 어린 사제 생도들을 사제관으로 피신시켰다. 다시 성전 중정을 지나다 뜻밖의 인물을 마주쳤다. 앗키럼 장로가 걸어오자 행각 기둥이 차례대로 그의 얼굴에 그림자를 만들었다.

"황제가 어디로 갔는지 알고 있나?"

성전 별관에 있는 장로회 전각에서 앗키럼 장로가 내게 물었다.

"너는 황제의 눈과 귀였으니 잘 알 것 아니냐."

"장로를 위한 눈과 귀는 아닙니다."

앗키럼 장로가 쾅 하고 원탁을 내리쳤다.

"지금쯤 유라드 사제가 됐을 지스골이 너 때문에 파문당했어!

내 손자에겐 지금 이 사태를 막을 중요한 임무가 있었다. 폭풍이 가까워질 때부터 황제에 대한 의심은 이미 시작됐지. 그토록 오래 계획했던 일이 허망하게 일그러지다니. 우리 가문에서 파문 같은 건 있을 수 없는 치욕이야!"

앗키럼 장로의 눈이 적개심으로 이글거렸다.

"황제를 믿은 내가 어리석었어. 잘 들어라. 이건 제국이 얻을 수 있는 마지막 기회야. 황제를 다시 세울 기회. 진짜 황제는 무르시블의 백성에게서 나와야 해. 드리머가 아니라. 드리머는 연약하고 불안정한 존재니까."

"지금 반역을 논하시는 겁니까? 황제를 대체할 수 있는 신성은 존재하지 않습니다. 그건 현인들이 부여한 자격이니까요."

앗키럼 장로의 눈이 희번덕거렸다.

"그래서 지금 그 신성은 어디 있지? 날 반역죄로 처형이라도 할 건가? 애초에 황제가 없는데 이게 어떻게 반역이지?"

"전 그만 가보겠습니다."

앗키럼 장로는 내 어깨에 손을 얹었다. 그리고 몸을 낮춰 한층 은밀한 목소리로 말했다.

"중요한 얘기가 남았다. 그래. 널 불러 굳이 이런 얘길 하는 이유는…… 아스칼 가문의 마지막 후손을 황제로 추대하기로 결정했기 때문이다. 헤브론, 너 말이다. 헤브론 아스칼. 우린 널 황제로 세우기로 동의했다. 테살은 동의하지 않았지만 자기 가문의 병력을 모두 합쳐도 우리와는 상대가 되지 않으니 걱정할 것 없다."

헤브론 아스칼? 나는 앗키럼 장로가 꺼낸 이야기에 놀랐지만 동시에 기가 막혔다.

"궁금하군요. 어떻게 잠시라도 그 역겨운 계획에 날 집어넣을 생각을 할 수 있었는지."

앗키럼 장로가 비실 웃었다.

"너는 드리머지만 동시에 무르시블의 백성이야. 이 땅의 신성한 힘으로 창조된 고결한 존재라고. 그런 존재는 황제를 제외하면 거의 유일하다고 할 수 있지."

"왜 다른 가문이 아니라 날 선택한 겁니까?"

"분란을 방지하기 위해서지. 세 가문이 가진 병력을 고려하면 황제의 자리를 놓고 다투다 우리끼리 자멸하고 말 테니까."

"저는 마지막 후손이 아닙니다."

"카리스타? 그 애는 이승에서 연결된 반쪽짜리 혈육일 뿐이야. 네가 아는 부모도 여기선 진짜 너의 부모가 아니다."

"그럼 누굽니까?"

"제국에는 없다. 이방인의 땅에도 없지. 대전쟁 때 소멸했으니까. 사가비시니의 힘이 약했을 때 그 틈을 뚫고 국경을 넘어온 이방인들과 백성들 사이의 전쟁이 몇백 년 동안 이어졌어. 황제는 어렸지만 뛰어난 기병이었다. 타고난 용맹함과 헌신으로 자신의 백성을 지켰어. 그녀는 대병력을 이끌고 수칸 고원까지 이방인들을

170

무르시블의 수도

밀어내 왕국을 방어하는 데 성공했다. 당시 나를 포함한 일곱 가문도 전장에 참여했고 그중 세 가문만이 살아남았다. 너희 부모님은 탐욕스러운 야만인에게 치명상을 입고 다른 수많은 백성들처럼 소멸했어."

"저는…… 폐하께 한 번도 그런 이야길 전해 듣지 못했습니다."

"널 실망시키고 싶지 않았겠지. 어쨌든 네 부모들은 자신이 지키지 못한 백성이니까."

"알겠습니다."

"내 제안에 응하겠다는 뜻이냐?"

"처음부터 듣지 않은 것으로 하겠습니다."

"마지막으로 묻겠다. 황제의 자리를 거부하는 것이냐."

"거부합니다. 영원히요."

"왜지?"

나는 똑바로 앗키럼 장로를 쳐다보며 말했다.

"폐하를 배신하는 건 제 영혼을 버리는 일입니다. 만에 하나 그 자리에 올라 이방인을 모조리 멸한다 해도 무르시블에 드리운 폭풍을 사라지게 할 능력은 제게 없습니다. 아니, 그 누구에게도 없어요."

"내 병사를 시켜 지금 이 자리에서 목을 그어 버려도 절대 응할 수 없다는 말이냐?"

"더러운 귀를 갖고 성전에 들어가느니 그게 차라리 낫겠습니다."

앗키럼 장로는 만족스러운 듯 이를 드러내며 웃었다.

"그래서 네가 적임자라는 거야. 하늘이 무너져 내리는 이 순간에도 황제를 배신할 줄 모르는 네 영혼이 필요하다. 너라면 널 황제 다음으로 목숨처럼 따르는 모든 사제들을 결집해 모든 이방인들을 절멸시킬 수 있겠지. 이방인의 땅은 점점 커져 가는데 우린 우물 안 개구리처럼 사방에 벽을 친 채 갇혀 있는 신세야. 언제까지 그래야 되지? 그러다 성벽이 무너지기라도 하면?"

"제국 밖엔 고통 외에 아무것도 없습니다."

"아무것도 아닌 그 모든 걸 내가 가져야겠다. 더러운 죄와 고통까지 전부 다, 나 앗키럼의 발아래 둘 것이다. 멍청한 황제는 겁을 먹고 도망쳤지만."

그 말에 참았던 분노가 터졌다. 나는 분개하며 앗키럼 장로의 멱살을 쥐었다.

"날 이용해 절대 권력을 쥔들, 제대로 숨조차 쉴 수 없는 그 땅을 당신이 다스릴 수 있을 거라 생각해? 당신한테 풀 한 포기라도 나게 할 수 있는 능력이 있나? 폐하께 화살을 날린 것도 당신이지? 어떻게 독초를 얻은 거야? 일 년에 한 번 성문이 열릴 때를 노렸나? 감히 폐하를 죽이고 그 자리를 차지하려 해? 이 제국이 곧 폐하야!"

"죽이다니. 황제는 너무 많은 사랑을 받고 있어. 심지어 지금 이 순간에도 말이야. 사실 사랑하지 않을 수 없는 분이지. 날마다 그리 겁도 없이 사랑스러우시니."

나는 앗키럼 장로의 목을 더 세게 비틀었다.

"지금이라도 이방인을 쓸어버리면 황야에 있는 황제도 무사하지 않겠나?"

앗키럼 장로의 눈이 광기로 번뜩였다.

"네가 황제가 되면 일개 사제 따위가 꿈조차 꿀 수 없던 그 애는 온전히 네 것이 된다."

그 순간 나도 모르게 온전히 내 것이 된 황제를 떠올렸다. 다른 어떤 이의 숭배도 찬양도 받지 않고 그들을 지킬 의무에서 벗어나 내 옆에만 있는 그녀를. 나는 지성소보다 더 은밀한 벽을 몇 겹이나 쌓아 그 속에 그녀를 감춘 뒤 영원히 놔주지 않을 것이다.

그리고 어쩌면 앗키럼 장로의 말이 맞을지도 몰랐다. 황제가 드리머이기 때문에 제국이 위험에 처한 건 아닐까. 황제 역시 그걸 두려워한 게 아닐까. 그렇다면 정말로 더 늦기 전에……

앗키럼 장로는 내 은밀한 욕망을 건드리는 데 성공했다는 듯 의기양양한 미소를 짓고 있었다.

"헤브론, 폭풍이 원하는 건 이방인들의 피야. 얼마든지 지금 우리를 휩쓸어 버릴 수 있는데도 아직 멈춰 있다는 건 기회를 주고 있는 거라고. 더러운 영혼들을 처단하지 않으면 심판받는 건 우리가 될 거야. 너도 죽이고 싶을 텐데? 네 인간 동생을 해친 그 살인자를. 네가 할 일은 이방인을 멸하고 사제 군단과 전권을 나에게 넘기는 것이다. 너는 황제를, 나는 이 땅을 갖는 거지. 모두가 구원을 얻는 셈이야."

구원. 독기 서린 장로의 눈 속에서 황제의 슬픔을 떠올린 나는 잠시나마 그녀를 의심한 스스로를 자책했다. 사랑한다는 이유로 황제를 손아귀에 넣으려는 나와 권력의 망상에 사로잡혀 제국을 통째로 삼키려는 장로는 결국 다를 게 없었다.

이제야 나는 황제가 왜 그토록 슬프고 외로워했는지 알 것 같았다. 무르시블의 모든 건 사랑할 대상일 뿐 의지할 수 없다는 사실은 황제를 매일 조금씩 약하게 만들었을 것이다. 나는 그녀가 전 우주에서 가장 강한 존재이길 바랐지만, 강철로 만든 아름다움은 나의 무르시블과는 어울리지 않았다.

나는 이를 악물며 집어 던지다시피 앗키럼 장로를 놓아주었다. 그는 내 입에서 나올 말을 기대하는 눈빛으로 나를 쳐다봤다.

"앗키럼 장로."

"그래, 그럼 이제……."

"대전쟁에서 당신이 아닌 내 부모가 죽었다는 게 유감이군요. 의미 없는 권력을 꿈꾸며 내 영혼의 진실함을 운운하는 당신도 그 사실 못지않게 역겹고요. 더 이상 내 앞에서 황제라는 말을 입에 올리지 마세요. 그 바퀴벌레 같은 혓바닥으로 더 이상 존귀한 경칭을 닳게 하고 싶지 않으니."

나는 그대로 문을 박차고 나와 지성소로 향했다. 황제의 허락

없이 들어가면 추방된다는 걸 잘 알았지만 이젠 아무것도 상관없었다. 예언을 들여다보던 엘리고스는 멋대로 들어온 날 보고도 놀라지 않았다.

"앗키럼 장로가 반란을 주도하고 있습니다. 절 새로운 황제로 추대하겠다며 동의를 구하더군요."

"그래서 제안을 받아들였나?"

엘리고스가 차분한 목소리로 물었다.

"물론 아닙니다! 이 땅에 폐하는 오직 한 분뿐인 걸 누구보다 잘 아시지 않습니까? 하지만 무르시블은 이제 어떻게 되는 겁니까? 예언은요?"

"폐하가 성전을 떠났다고 예언이 어긋난 건 아니다."

"아직 폐하를 믿으십니까? 왜죠?"

예언에 대한 엘리고스의 믿음을 확신할 수 없었던 나는 당돌하게 물었다.

"자네가 폐하를 사랑하는 이유와 같아."

죄를 들킨 것처럼 심장이 뜨끔했다. 지금껏 누구도 눈치 못 채게 잘 숨겼다고 생각했는데 숨길수록 오히려 사람들 눈에 더 띈 모양이었다.

"그분에겐 확실히 유약한 면이 있어. 지혜롭기 위해선 교활함도 필요한 법인데 폐하의 성품엔 교활한 것이 없어. 적의 먹잇감이 될지언정, 약점을 숨기실 줄도 모르지. 그래서 난 폐하를 신뢰하네.

이 예언보다 더."

엘리고스에게서 황제에 대한 진정성을 확인한 나는 그동안 아무에게도 말하지 못한 꿈 이야기를 꺼냈다.

"대사제 임명식이 있던 날 꿈인지 환상인지 알 순 없지만 메피힐티눔을 보았습니다. 때가 됐으니 무르시블은 무너져야 한다고 했어요. 폐하가 성전을 떠날 거라는 사실도 이미 알고 있는 듯했습니다. 아마 폐하께서도 저와 비슷한 일을 겪으셨을 겁니다. 어쩌면 아주 오랫동안……."

"폐하를 찾으러 갈 생각인가?"

"그렇습니다. 악마와 맞서 싸우겠습니다. 끝까지요."

"칼은 소용이 없을 거야. 그래서 폐하도 전쟁을 포기하신 걸 테고. 예언이 틀린 게 아니라 내가 틀렸어. 무르시블을 구할 수 있는 방법은……."

"제가 뭘 하면 됩니까?"

"폐하를 도와 무사히 이방인의 땅을 건너게. 북쪽의 끝, 페론에 도착할 때까지. 거기에 메피힐티눔이 있어. 폐하는 자신의 생각보다 강한 분이니 그 사실을 잊지 않게 도와 드리게. 황제의 품위는 지위가 아니라 자신의 운명을 돌파하려는 용기에서 나오는 법이다. 이뤄야 할 이유를 알 수 없는 그 운명을 폐하는 이뤄야만 해. 나머지는 그분께 맡겨. 결국엔…… 그래야 할 것이다."

엘리고스는 이 싸움엔 오직 황제만 포함된다고 못 박았다. 나는 동의할 수 없었다. 적어도 지금은 검을 포기할 생각이 없었다. 누구든 그녀를 해치려 한다면 나는 악마보다 더 악랄한 존재가 되어 가차 없이 목을 벨 것이다. 순진하고 어린 황제에게 모든 걸 맡기라니, 나는 그가 무책임하게 느껴졌다.

"앗키럼을 체포하겠습니다."

엘리고스가 반듯한 얼굴로 나를 바라봤다.

"장로는 그 전에 죽을 것이다."

엘리고스는 쿼러스가 시들기 전 마지막으로 열매 맺은 하난 일곱 개를 내게 주었다. 그 외 보관 중이었던 수많은 하난들은 이미 다 썩고 없었다.

"대사제."

엘리고스가 급히 돌아서는 나를 붙잡았다.

"이 모든 일들이 다 끝난 뒤에…… 폐하가 결국 제국을 떠나셔야 한다면 자네는 실망할 건가?"

무슨 말인지 이해가 되지 않았다. 황제가 떠난다고? 왜 그래야 하지? 이미 그녀가 떠난 지금 저 얘기를 하는 이유는 뭐지?

가만히 날 응시하던 엘리고스는 다시 예언서를 향해 눈을 돌렸다. 그가 최근에 예지력을 주는 별 얀테를 먹었다는 것을 떠올린 나는 이 불안한 모험의 결말을 미리 물었다. 내가 황제를 찾는데 성공하는지, 메피힐티눔을 없앨 수 있는지, 아니면 그녀가 결국 악마에게 패하고 죽게 되는지…….

그 질문에 대한 답은 놀랍고 어처구니없게도 "그렇다."였다. 어떻게 모든 질문이 다 맞을 수 있냐고 따졌지만 엘리고스의 대답은 변하지 않았다. 불안과 흥분, 절망으로 범벅이 된 나는 사제관에서 검을 챙겨 나왔다. 그사이 비탄젤에서 돌아온 미할이 빠른 속도로 걸어가는 나를 홱 붙잡았다.

"표정이 왜 그래? 어디 가는 거야?"

"비켜."

"어디 가는데?"

"밖으로."

"성전 밖? 이방인의 땅에서 폐하를 찾는다고? 죽고 싶어서 환장했냐?"

"여기 있어도 폭풍에 잡아먹힐 거야. 그 전에 폐하를 찾아야 돼. 반드시 찾을 거야. 넌 여기서 백성들을 도와."

"미쳤어? 절대 안 돼!"

나는 어깨를 잡아당긴 미할을 거칠게 밀쳤다.

"내가 부모님처럼 될까 봐 그래?"

미할의 표정이 굳었다.

"너도 알고 있었지? 대전쟁 때 우리 부모님이 소멸된 거. 부모님은 위험한 걸 알면서도 이 땅을 지키기 위해 희생하셨어. 아니, 날 지키려고 싸우셨는지도 모르지."

"당연히, 당연히 널 지키려고 싸우신 거야! 너희 부모님은 일곱

178

178

가문 중 가장 명예롭고 용감한 분들이셨어. 지금까지 너한테 말하지 않은 이유는……."

미할이 미안함에 머리를 숙였다.

"알아. 언젠가 내가 시민이 됐을 때 저절로 알게 되기 때문이겠지. 부모님이 목숨을 걸고 지켰던 걸 허망하게 빼앗길 순 없어. 그러니까 날 붙잡지 마."

그때 성전 꼭대기에서 제국 전역에서 들을 수 있는 일곱 개의 나팔이 울렸다. 땅에 끌리는 화려한 예복을 입은 앗키럼 장로가 중정으로 걸어 나오고 있었다. 백성들이 모이자 좌우로 그들을 둘러보더니 뻔뻔한 얼굴로 무르시블의 서거를 공포했다.

"황제 폐하는 이방인의 땅에서 영원한 숨을 거뒀다. 황실은 오늘부터 한 달간 무르시블의 죽음을 기리는 애도 기간을 선포한다."

나는 그 가증스러운 얼굴을 노려봤다. 불안에 떠는 백성과 시민 들을 보며 앗키럼 장로는 한층 더 목청을 높였다. 곳곳에서 소란이 번지기 시작했다.

"거룩한 제국의 황위를 이어……."

성큼 코앞까지 걸어간 나는 그 자리에서 앗키럼 장로의 목을 벴다. 충분히 고통을 느끼기도 전에 그의 육신은 더러운 먼지로 흩어졌다. 놀란 사람들이 소리를 질렀다. 괴물이라도 본 것처럼 그들의 얼굴은 사색이 됐다.

"폐하는 살아 계시다! 거짓에 선동되지 마라. 앗키럼 장로는 반역에 가담한 역적이다. 폐하는⋯⋯."

나와 눈을 마주친 한 여자가 두려움에 헉하며 뒤로 물러섰다. 또 다른 시민도 마찬가지였다. 황제가 살아 있다는 말보다 살기로 가득한 내 얼굴에 놀란 표정이었다. 그 모습에 질끈 눈을 감았다. 어차피 황제가 떠난 지금, 그들을 안심시킬 수 있는 말은 없었다. 날 죄 없는 장로를 살해한 범죄자라 여겨도 어쩔 수 없었다.

"어서 가."

미할이 말했다.

"여긴 나한테 맡기고 빨리 가!"

미할이 성문 쪽으로 내 등을 떠밀었다. 나는 그 길로 정신없이 실론을 지나 분노의 땅을 관통했다. 성문은 닫혀 있었지만 잠겨 있지는 않았다. 나는 성을 나서기 전 단추를 하나씩 풀어 사제복을 벗었다. 천둥을 동반한 검은 폭풍은 내 머리 위에 멈춰 있었다. 제국의 모든 공포가 집약된 듯한 어지러운 바람 속에 뱀처럼 길고 날카로운 붉은 이빨이 숨어 있었다.

"오빠, 폐하를 혼자 두지 마. 폐하에겐 눈물이 너무 많아."

카리스타가 성전 뜰에서 내게 엘딤을 주며 말했다. 일사비르에 놀러 갔을 때 나 대신 히세에게 받은 '간절한 희망'이었다. 무르시블에서 키도 마음도 아름답게 자란 카리스타를 바라보며 나는 노란색 보석을 손에 꽉 쥐었다.

폭풍의 이빨이 완전히 모습을 드러내기 전에 나는 폭풍의 본거지인 북쪽을 향해 발을 뻗었다. 종말의 별이 걸려 있는 페론으로. 시간이 느리게 가는 이곳에서도 1분, 1초의 시간이 아까웠다. 지금 어디선가 '무르시블'이라는 꿈을 꾸고 있는 그녀를 찾아야 했다.

이방인의 땅 2

'헤브론……'

나는 이미 곁에 있는 그의 이름을 되새기며 잠에서 깼다. 새벽에는 악취가 한 톨도 섞이지 않은 순수한 사막 냄새를 맡을 수 있었다. 낮에 한창 열기와 악취로 데워진 모래알이 가장 차갑게 식었을 때 나는 사막 특유의 냄새였다. 비록 매우 짧은 순간이지만 그건 이방인의 땅에서 내가 가장 좋아하는 냄새였다.

옆자리가 허전해 더듬어 보니 헤브론이 없었다. 순찰 중인가? 아무 생각 없이 밖으로 나오자마자 놀란 나는 숨을 들이마셨다. 몽둥이와 돌을 든 무리들이 무서운 얼굴로 날, 아니 우리를 둘러싸고 있었다. 헤브론의 손에는 이미 검이 들려 있었다. 나는 손을 뒤로 숨겨 사제 반지를 뺐다.

"아, 혼자라더니 거짓말이었군."

우두머리인 듯 보이는 남자가 비실 웃었다. 얼굴에 대각선으로 끔찍한 흉터가 새겨진 남자에게선 더위와 땀에 절은 짐승 시체 냄새가 났다.

"물러서라."

얼굴에 끔찍한 흉터를 가진 그가 한 발 다가오자 헤브론이 경고했다.

"이상한 놈들이군. 여기서 뭘 하는 거지?"

"북쪽으로 가는 중이다."

"거긴 아무도 못 가. 독성 때문에 뼈가 으스러질 거다. 그때의 고통은 말할 수도 없지."

"꼭 가 본 것처럼 말하는군."

"그야 평생 여기서 살았으니까. 땅의 조그만 변화도 우린 느낄 수 있지. 무르시블의 멸망이 임박했다는 것도."

그는 나를 턱으로 가리키며 누구냐고 물었다.

"내 동생이다."

"동생까지 데리고 북쪽으로 간다고? 미쳤군. 아니면 뭔가 다른 목적이 있거나."

"디곤!"

무리 중 누군가 그를 불렀다. 온몸에 검붉은 종기가 난 난쟁이였다.

"무르시블에서 온 자들입니다. 검을 보세요. 저런 건 여기서 구할 수 없어요."

"무르시블 정찰병이 버린 무기를 우연히 주운 것뿐이야. 우린 이방인이다. 물러서지 않으면 너희 모두를 이 자리에서 죽일 수도 있어."

"죽여? 우린 이미 다 죽었는데 어떻게 또 죽인다는 거지?"

"저주받은 몸뚱이를 영원히 사라지게 만들어 주지. 속죄의 기회도 얻지 못하도록."

헤브론의 턱 근육이 단단해졌다.

"내 땅에서 감히 나를 죽이겠다 협박하다니."

"네 땅이라고?"

헤브론이 어이없다는 듯 되물었다.

"못 믿겠으면 보여 주지."

디곤의 지시에 분개한 무리들이 달려 나오자 심장이 내려앉았다. 헤브론은 맨 먼저 달려든 남자의 뺨을 벤 뒤 옆 사람의 다리에 칼을 꽂았다. 그러곤 가차 없이 그들의 목을 베기 시작했다. 떨어진 머리와 분리된 몸은 순식간에 부식돼 재로 흩어졌다. 속이 울렁거릴 정도로 역한 냄새가 여기저기서 터져 나왔다. 상하고 썩은 냄새에 명치 아래가 뒤틀렸다.

헤브론이 한 번도 본 적 없는 검술로 적과 뒤엉켜 싸우는 동안 경멸과 분노로 눈이 이글거리는 이방인들이 사방에서 달려들었다.

"그만!"

디곤이 외치자 모든 공격이 멈췄다.

"놔두면 쓸모가 있겠어. 여기서 멀지 않은 곳에 안전한 거주지가 있어. 북쪽으로 가는 길이니 같이 가지. 동생도 상태가 좋지 않아 보이는데 쉬다 가라고."

헤브론은 거절할 생각이었지만 내가 그를 막았다. 디곤의 악취에서 적어도 비린 거짓말의 냄새가 나지 않았기 때문이다. 나중에 몰래 빠져나오더라도 일단은 저들을 진정시키는 게 우선이었다.

우리는 텐트를 정리한 뒤 소지품을 챙겨 디곤 무리를 따라 걸었다. 헤브론이 부드럽게 내 손목을 잡았다. 나도 모르게 피가 안 통할 정도로 주먹에 잔뜩 힘을 주고 있었다. 긴장을 푸는 사이 헤브론이 내 옷에 달린 모자를 씌워 주었다.

맑은 물 대신 폐수가 흐르는 골짜기와 아슬아슬한 절벽을 지나자 다양한 소수 부족들이 모여 사는 빈민가가 나왔다. 목소리를 잃고 꺽꺽대는 여자들과 전신을 누더기 천으로 가린 알 수 없는 무리들이 금세 우리를 알아보곤 눈으로 내내 헤브론과 나의 발걸음을 쫓았다.

"이름이 숫자인 자들을 조심해."

디곤이 불쑥 다가오자 헤브론이 재빨리 끼어들어 나를 감쌌다.

"용서받지 못할 죄를 지은 자들이니."

"숫자가 의미하는 게 뭐지?"

내가 물었다.

"그들의 나이야. 지상에서 죄를 지은 나이. 그건 죽어서도 지울 수 없는 이름이 되지. 몸에 새긴 문신처럼. 무슨 죄를 지었냐고는 묻지 마. 한 번 들으면 다시 태어나도 잊어버릴 수 없는 끔찍한 죄니까."

흙으로 만든 벽과 벽 사이로 꼬불꼬불한 골목길이 나왔다. 깊이 들어갈수록 가난과 질병의 악취가 풍겼다. 헤브론과 이방인들은 그 냄새를 맡을 수 없었지만 나는 썩은 피 냄새를 생생하게 맡을 수 있었다. 몸속을 파고드는 악취는 종양처럼 조금씩 나를 병들게 하고 있었다.

"델라, 괜찮아?"

간신히 구역질을 참는 듯한 내 표정에 헤브론이 물었다. 그는 행여나 이방인들의 불결한 옷깃에라도 스칠까 수시로 나를 살피며 밀착해 걸었다. 괜찮다고 말하려는 찰나 뜻밖의 광경에 눈이 커졌다. 수천 가지 색깔로 빛을 발하는 불꽃이 어두운 하늘에 걸려 있었다. 완벽한 구를 이룬 불꽃은 조금씩 커졌다 작아지며 투명하고 거대한 빛 속으로 사라졌다. 아니, 만화경의 프랙털처럼 그 속에서 다시 찬란한 불꽃이 나와 하늘을 헤엄쳤다.

"저딴 걸 잘도 쳐다보는군."

디곤이 기가 차다는 듯 말했다.

"저게 뭔데?"

"미조슬바랏."

내 질문에 헤브론이 대신 답했다.

"맞아. 종말의 별이지. 저 별이 떨어지기 전에 황제가 전쟁에서 이겨야 하는데 아직도 출정 소식이 없어. 왜 그런지는 아무도 몰라. 대체 뭘 주저하는 건지. 우리 모두 빨리 예언자들이 말한 전쟁이 벌어져서 황제가 이기기만을 바라고 있어. 너도 알겠지만 전쟁이 끝나면 속죄의 문이 열리니까. 이 고통을 끝내고 드디어 무르시블의 백성이 되는 거라고."

"지은 죄를 기억해야 속죄도 할 수 있는 거 아닌가? 디곤."

헤브론의 말에 디곤의 눈빛이 섬뜩해졌다.

다행히 황제가 도망간 사실을 알지 못하는 디곤은 우리를 막사로 인도했다. 가운데 거대한 불을 피우자 군락에서 나온 무리가 모여 두툼하고 거친 나뭇가지를 씹었다. 내 옆에 앉은 몸이 마른 백발의 노파가 내게도 긴 가지 하나를 건넸다.

"타닉을 처음 본 모양이지? 먹어 봐. 꼭꼭 씹으면 진액이 나올 거야. 잠시나마 통증을 견딜 수 있어."

"어디서 난 거예요?"

"미조슬바랏 근처 바위에서 뜯어 온 거야. 날이 밝으면 남자들이 자경단을 꾸려 온종일 타닉을 찾아 돌아다니지. 다른 부족들도 눈에 불을 켜고 찾는 귀한 뿌리거든. 한동안 비가 내리지 않아서 더 구하기가 어려워졌어. 모두에게 하나씩 돌아갔으니 오늘은 운이 좋은 날이야."

"폐…… 아니, 델라. 먹지 마."

"왜요?"

"안 돼. 그냥 먹지 마."

헤브론이 낮은 목소리로 속삭였다.

"불결한 땅에서 난 작물이니 드시면 안 됩니다. 배탈이라도 나면……."

나는 이미 타닉을 질겅질겅 씹으며 헤브론을 쳐다봤다.

"어쩌시려고요."

막상 씹으니 생각보다 부드러웠다. 정말 노파의 말처럼 달콤한 즙이 나와 기분 좋게 넘어갔다.

"근데 넌 무슨 죄를 지었기에 여기 있는 거야? 너처럼 어린 애들은 잘 못 봤는데."

그러고 보니 모인 사람들 중 나보다 더 나이가 어린 사람은 없어 보였다.

"왜 그래요?"

노파의 갑자기 일그러진 표정을 보며 내가 물었다.

"이 고통에서 빨리 벗어나고 싶어. 너무 지겨워."

나는 주름이 깊게 팬 노파의 얼굴을 찬찬히 살폈다.

"무르시블께서 내 죄를 용서해 주실 거야. 그날이 오면 간절히

빌 거야. 언젠간. 아니, 곧. 그래, 머지 않았어. 우리 모두 피부로 느끼고 있어. 너도 그렇지?"

"무슨 죄를 지었어요?"

"예전엔 알았었는데 지금은 기억이 나지 않아. 분명히 큰 죄를 지었다는 것 말고는. 뭔지라도 알면 좋겠어. 그럼 이 순간에도 기도를 할 수 있을 텐데. 용서해 달라고 말이야."

노파가 눈물을 글썽였다. 옆구리에는 피가 흥건한 천 조각이 허리를 감싸고 있었다.

"여기서 피가 자꾸 새어 나와. 아무리 지혈을 해도 멈추지 않아. 날마다 크고 작은 상처가 생기고 피가 흘러. 아마 우리가 지은 죄에 대한 벌이겠지."

나는 이 지독하게 척박한 땅에서 평생 자신의 고통을 당연하게 여겨 온 노파가 가여웠다. 죄를 사해 줄 능력이 정말 나에게 있는지는 몰랐지만 나는 헤브론의 만류에도 불구하고 가방에서 하난 조각을 꺼내 조심스레 내밀었다.

"이게 뭐지?"

"드세요."

노파는 휘둥그레진 눈으로 하난을 받아 입술로 가져갔다. 과즙을 맛본 얼굴에서 은은한 평화가 번졌다. 나에겐 맛을 잃은 하난이 노파에겐 세상에서 가장 달콤한 과일인 듯했다.

"말도 안 돼. 어떻게 이럴 수가……."

노파는 옆구리의 상처를 만져 보더니 마음에 오랫동안 고여 있
던 눈물을 쏟아 냈다.

"괜찮아요. 이제 아프지 않을 거예요."

"난 이럴 자격이 없는데……."

노파는 내 두 손에 입을 맞추며 고맙다는 말을 연이어 했다. 그
녀에게서 나던 악취가 잠시 사라졌다.

"넌 이방인이 아니지?"

"전 그냥 아무도 아니에요."

"그럴 리가 없어. 네가 그 과일을……."

"우린 그만 들어갈 테니 이 일은 아무한테도 말하지 말아요. 알
겠죠?"

헤브론이 단호한 목소리로 노파에게 말했다. 그녀가 떨며 고개
를 끄덕이자 헤브론은 즉시 나를 일으켜 무리에서 가장 먼 천막
으로 이끌었다.

"잠잠해지면 바로 출발할 겁니다. 그때까지 누워서 조금 쉬세
요."

"내가 하난을 줘서 화났어?"

"아닙니다."

"화난 것 같은데."

"당치 않으신 말씀입니다."

"미안해. 난 그 할머니가 불쌍해서."

"폐하께서 드실 하난을 그렇게 낭비하시다니요."

"화난 거 맞네! 하지만 낭비는 아니야. 너도 상처가 낫는 거 봤잖아."

헤브론이 걱정 섞인 숨을 내쉬었다. 화가 덜 풀린 상태에서도 흙먼지투성이인 내 발을 닦기 바빴다.

"저들은 죄인입니다. 아무리 불쌍해 보여도 섣불리 자비를 베푸시면 안 됩니다."

"진심으로 잘못을 뉘우친다면 누구나 한 번쯤은 용서받을 수 있는 거잖아. 디곤도 속죄할 기회를 기다리고 있던데……."

"진심인지 어떻게 알 수 있죠?"

"그야 냄새로……."

"폐하의 능력을 냄새에만 의존하면 안 됩니다. 거짓말을 진실이라 믿고 있는 자들의 혀에선 악취가 나지 않으니까요."

맞는 말이었다. 그건 내 능력의 보지 못하는 맹점이자 간과하기 쉬운 약점이었다.

"미조슬바랏이 떨어지기 전에 여길 빨리 벗어나야 해요."

헤브론은 굳게 입을 다물었다. 그렇게 심각한 얼굴은 처음이었다.

"황야의 열기가 점점 심해지고 있어."

우리는 밖이 잠잠해지길 기다렸다. 이방인의 안식처이긴 하지만 그래도 여긴 적진 한가운데였다. 물론 디곤도 완전히 믿을 수는 없었다. 무르시블 법권이 미치지 않는 황야에는 헤브론조차 알지 못하는 잔혹함이 곳곳에 도사리고 있었다.

하지만 오래 누워 있다 보니 참았던 긴장이 풀리며 파도처럼 피곤이 밀려들었다. 얼마나 잠든 걸까. 반항조차 할 수 없는 짐승이 내 몸을 짓누른 채 멱살을 잡아당겼다. 디곤의 격렬한 눈동자와 마주친 순간 뜨거운 악취가 내 얼굴로 확 뿜어져 나왔다.

"노파에게 준 게 하난이지? 니들이 뭔가 특별하다는 걸 알았어. 제국에서 온 스파이들이냐? 황제가 우릴 죽이라고 시켰어? 뭘 염탐하러 온 거지? 일단 하난부터 당장 내놔! 전부!"

소리 지를 새도 없이 날렵한 단검이 디곤의 턱을 뚫고 나왔다. 피가 고인 입에서 갸르륵 소리가 났다. 부들거리는 얼굴은 그 피가 내 몸에 떨어지기 전에 재로 변해 사라졌다.

"괜찮으십니까?"

헤브론이 다급하게 물었다.

"저 애야! 저 애가 그걸 갖고 있어!"

놀란 마음을 겨우 추스르며 일어나자 나를 발견한 노파가 외쳤다.

"무르시블에서만 나는 열매를 네가 어떻게 갖고 있는 거지?"

"몸을 뒤져! 팔을 잡으라고!"

"하난을 내놔!"

"빨리 뺏어! 그건 내 거야. 건들지 마!"

"누가 네 거래? 먼저 뺏는 사람이 갖는 거지."

"닥쳐! 도망가잖아! 빨리 잡아!"

탐욕으로 눈이 벌건 사람들이 끌도 없이 천막 안으로 들어와 천막을 지탱하던 기둥이 무너졌다. 아수라장이 된 상황에서 나는 헤브론의 손을 놓치지 않기 위해 발버둥을 치며 중심을 잡았다. 그는 우리 앞을 가로막는 형체들을 칼로 베어 나갔다. 하지만 소란을 눈치챈 소수 부족들까지 몰려와 수적으로는 도저히 이길 수 없는 상황이었다. 나는 허무하게 그의 손을 놓쳤고 인파 속에 빨려 들어가며 균형을 잃고 넘어졌다.

"델라!"

온몸에서 피가 빠져나가는 것처럼 순식간에 몸이 차갑고 무거워졌다. 이미 죽음이라는 세계에 있으면서도 죽음에 대한 두려움이 엄습했다. 꿈도 현실도 두려운 겁쟁이가 되어 두 세계를 갈팡질팡하는 사이 악취로 뒤덮인 천장에서 광채가 쏟아졌다.

"찾았습니다! 여기 계십니다!"

"폐하를 엄호하라!"

푸른빛 광택의 갑옷을 입은 자들이 나를 번쩍 일으켰다.

9

미조슬바랏

"폐……하? 무르시블?"

"저 애가 무르시블이라고?"

바퀴벌레처럼 사방으로 흩어지던 사람들이 폐하라는 말에 멀리서 발을 멈췄다.

"황제가 왜 여기에?"

"더 다가오면 모조리 쓸어버리겠다."

헤브론이 엄포를 놓았다.

"괜찮으십니까?"

갑옷 차림의 남자가 투구를 벗자 전신에 피부처럼 달라붙어 있던 금속 조각들이 망토로 변해 부드럽게 흘러내렸다.

"난 괜찮아, 르녹."

나도 모르게 낯설면서도 익숙한 이름을 내뱉었다. 삐죽한 앞머리에 개구쟁이 얼굴을 한 소년이 안도하듯 활짝 미소 지었다. 그의 오른손엔 은색 깃이 달린 날렵한 화살대가 들려 있었다.

나머지 사제들도 차례대로 갑옷을 벗어 얼굴을 드러냈다. 미할과 쉐마였다. 어릴 때 칼싸움을 하던 친구들이었다. 어떻게 지금 껏 그들의 존재를 까맣게 잊고 있었을까.

"미할."

헤브론이 미할의 한쪽 어깨를 안으며 말했다.

"오지 말라고 했잖아."

"그런다고 안 올 줄 알았냐?"

"미안해. 그땐 내가 너무 흥분해서……."

"폐하가 걱정돼서 눈에 봬는 게 없었겠지. 지금도 그렇겠지만. 나쁜 새끼."

"올 거면 좀 더 일찍 왔어야지."

"사가비시니가 자취를 감추는 바람에 찾는데 시간이 걸렸어. 미조슬바랏의 빛을 보고 따라왔는데 다행히 감이 잘 맞았네."

"자취를 감춰? 어디로?"

"모르겠어. 아무래도……."

미할이 불길한 눈으로 나를 쳐다봤다.

"폐하, 무르시블 제국이 무너지고 있습니다. 끝이 얼마 남지 않은 것 같아요."

기분이 이상했다. 미할의 목소리가 꿈 너머에서 들리는 것처럼 희미하게 메아리쳤다. 어깨를 짓누르는 통증이 팔과 다리로 흐르는 동안 내 입가에 묘한 미소가 그려졌다.

"일단 안전한 곳으로 이동하는 게 좋겠어요. 빨리요."

르녹이 급한 목소리로 끼어들었다. 그의 말이 떨어지기 무섭게 장엄한 불꽃을 이루며 춤을 추던 미조슬바랏이 화살처럼 쏟아지기 시작했다. 아까부터 그 모습을 바라보던 이방인들이 비명을 지르며 흩어졌다.

크고 작은 폭발음과 함께 울긋불긋한 별들이 쏟아지는 동안 모두가 그 색깔로 정신없이 물들었다. 나는 그 강렬한 광경에 사로잡혀 홀로 멍하니 하늘을 바라봤다. 두려우면서도 황홀한 느낌이 심장을 빨아들이고 있었다.

내가 죽을 수 있다면 악마 같은 건 상관없이 여기서 죽어도 좋을 것 같았다. 정말로 죽을 수 있다면…….

"폐하가 별을 못 보시게 해! 눈을 가려라!"

헤브론이 급박한 목소리로 외쳤다.

"폐하의 눈이…….''

무슨 힘이었는지 내게 달려온 쉐마를 가볍게 뿌리쳤다. 같은 극의 자석이 서로를 밀어내는 것처럼 범접할 수 없는 에너지가 이방인과 사제들을 밀어내고 있었다. 나에게 가까이 오려 할수록 밀어

내는 힘이 세졌다. 매혹적인 빛이 혈관처럼 내 눈동자를 에워쌌다. 그 빛 외에는 아무것도 보이지 않았다.

"죽음의 별이…… 내 피를 바라고 있어. 너무 아름다워."

종말과 사랑에 빠진 나는 비로소 온전해진 기분이었다. 이 정도로 죽음을 원한 적은 없었다. 어서 저 수많은 별들 중 하나가 내 위에 떨어져 환한 빛으로 사라지길 바랐다. 그렇게라도 나의 불멸을 영원히 잠재워 주기를.

하늘로 높이 손을 뻗자 기를 쓰고 다가온 헤브론이 거칠게 나를 돌려 세웠다. 처음으로 그에게 알 수 없는 분노가 치밀어 올랐다.

"절 보세요! 폐하, 어서 가야 합니다!"

헤브론이 내가 최면에라도 걸린 사람처럼 어깨를 흔들며 소리쳤다.

"비켜."

헤브론은 내 손이 닿자마자 멀리 떨어져 나갔다. 하지만 중력을 거스르는 사람처럼 안간힘을 쓰며 자꾸만 나를 막아섰다.

"제발, 절 보세요. 폐하!"

"그렇게 부르지 마. 난 더 이상 네 왕이 아니니까."

네 명의 사제들이 필사적으로 망토를 펼쳐 방어막을 씌우자 악취에서 잠시 벗어났다. 하지만 여전히 나는 별에게 가려고 몸부림을 쳤다.

"가야 돼. 어서…… 보내 줘."

"폐하는 지금 조종당하고 있는 거예요. 미조슬바랏은 죽음에 대한 환상을 보여 주면서 영혼을 마비시키는 별이에요. 쳐다보시면 안 돼요!"

"난 멀쩡해. 이제 깨달았을 뿐이야. 모든 게 지쳤어. 그리고 지겨워. 살아 있는 것도, 죽기만을 기다리는 것도……. 그만 끝내고 싶어."

"그럴 수 없습니다."

"대체 왜!"

헤브론이 나를 목 아래로 깊숙이 껴안았다. 귀 옆에서 빠르게 뛰는 그의 맥박 소리가 들렸다. 사막에서 추위에 떨 때 나를 지켜 주던 체온이 뺨과 가슴으로 은은하게 퍼졌다.

"절 지켜 주신다고 약속하셨잖아요. 그러니 폐하, 절 도와주십시오."

그 순간 모든 것이 멈췄다. 생각도, 숨도, 내 몸에서 뿜어져 나오던 이상한 힘도. 천천히 눈동자가 맑아지더니 헤브론의 얼굴이 시야에 들어왔다. 눈물에 젖은 속눈썹과 그 아래 고인 초록의 눈물도. 그에게서 온통 푸르고 연약한 냄새가 났다. 그의 슬픔이 나를 완전히 깨웠다.

헤브론이 잡은 내 손엔 노란색의 작은 보석이 있었다. 나도 모르게 어찌나 꽉 쥐고 있었는지 보석은 산산조각이 나 있었다. 깨지는 순간까지 나에게 어떤 힘을 준 게 분명했다.

"이제 멈추면 안 돼요."

헤브론은 급히 내 옷에 달린 모자를 씌웠다. 지반이 깨지고 갈라지면서 폭탄이 터지는 소리가 났다. 곳곳이 지뢰였다. 지그재그로 갈라진 땅속으로 이방인들이 괴성을 지르며 떨어지고 있었다.

나를 둘러싼 사제들이 전력을 다해 뛰며 뭐라고 외쳤지만 천둥같은 폭발음에 귀에서 이명 소리만 더 선명해졌다. 이상한 느낌에 뒤를 돌아보자 사람들의 다리 사이로 붉은빛이 반짝이고 있었다.

"내 목걸이!"

헤브론은 돌아서는 날 단호하게 붙잡았다. 그러곤 더 이상 빛이 보이지 않는 곳까지 진동하는 대지를 달리고 또 달렸다. 얼마나 오래 달렸는지 평생을 달려온 기분이었다. 등 뒤에서 벗어날 수 없을 것 같았던 빛이 희미해질 때 즈음 우리는 기암절벽을 지나 보기만 해도 숨이 막힐 것 같은 협곡에 들어섰다.

"미안해. 내가 모두를 위험에 빠트렸어. 정말로 미안해."

"괜찮아요. 제정신이 아니셨잖아요."

르녹이 지친 기색으로 말했다. 쉐마는 여전히 숨차 하는 나를 뭉툭한 바위에 앉혔다.

"헤브론은 뭐가 저렇게 바쁜 걸까. 쉬지도 않고."

나는 미할과 심각하게 얘기 중인 헤브론을 바라보며 중얼거렸다.

"방향을 찾는 것 같습니다."

쉐마가 대답했다.

"악취가 나는 쪽으로 가는 거잖아. 내가 냄새를 맡으면 되는데 왜……."

"폐하가 최대한 악취를 맡지 않을 수 있는 길을 찾고 있어요. 하늘이 그을린 쪽으로 가면……."

나는 죄책감에 머리를 저었다. 결국 이 땅을 구하지 못할 거라는 좌절감이 피부로 느껴졌다.

"폐하, 꿈에서 깨고 싶지 않으세요?"

쉐마가 물었다.

"이런 꿈을 원하는 드리머는 아무도 없을 테니까요."

"꿈 밖도 전쟁인 건 마찬가지야. 현실은 끔찍한 일루성이야. 위험하고 불안하고…… 외로워."

내가 쉐마에게 말했다.

"그래도 전 늘 드리머가 부러웠어요."

"쉐마, 넌 테살 가문 출신이지?"

"맞습니다."

"드리머가 왜 부러워? 특별한 존재 같아서?"

"그들에겐 생명이 주어졌잖아요. 단 한 번뿐인 생명이요. 일반 백성이든 드리머든 결국 그 끝은 무르시블이지만 저에게 만약 기회가 주어진다면 영원이 아닌, 그 땅의 유일하고 유한한 생명체로 살아 보고 싶어요. 성전에 새로 오는 시민들이 자신이 살아온 얘기를 해 줄 때마다 그런 생각을 해요. 저에겐 생명도 없고 주어진 운명도 없으니까요."

"왜 그런 생각을 해? 생명이 없다니. 무슨 뜻에서 한 말인지는 알지만 그렇지 않아. 넌 내 생명보다 더 소중한 내 친구야. 르녹이랑 미할도. 우리가 함께 보낸 시간들이 다 기억이 나는 건 아니지만 이건 진심이야."

나는 바위처럼 거대하고 단단한 쉐마의 손을 잡았다.

"압니다, 폐하."

"너야말로 사제가 된 걸 후회하지 않아? 한평생 네가 섬겨 온 황제가 이렇게 나약한 인간인 줄 몰랐을 테니까."

"폐하는 폐하만의 운명이 있고 지금은 거기에 저의 모든 희망이 달려 있어요. 그걸 운명이라고 할 수 있다면 폐하께서 제게 운명을 만들어 주신 셈이죠. 설령 모든 게 실패로 끝난다 해도 여기 있는 누구도 폐하를 원망하지 않을 겁니다."

"저도요, 폐하."

르녹의 말에 거의 처음으로 쉐마의 입가에 미소라는 것이 지어졌다. 나에 대한 그의 헌신과 용기에 보답할 수 있는 말을 하고 싶었지만 속으로 자책하느라 그러지 못했다.

'내가 나를 원망할 거야. 용서할 수 없을 거야.'

물에 젖은 솜처럼 지친 내가 휴식을 취하는 동안 밖에는 내가 편히 잠들길 기다리는 파수꾼들이 캠프를 지키고 있었다.

"얼마나 더 가야 하지? 폐하의 상태가……."

쉐마가 말끝을 흐렸다.

"이대로라면 얼마나 버티실지……. 우리도 마찬가지고."

"페론에 거의 다 왔어. 미조슬바랏을 지났으니 다 온 거야."

쉐마가 말했다.

"솔직히 이런 날이 올 줄은 몰랐어. 언젠가 벌어질 전쟁을 위해 군대와 사제들이 양성된 건 사실이지만 전쟁터가 아닌 이런 곳에서 폐하를 지키게 될 줄은……. 난 정말 목숨을 바칠 각오가 돼 있었어. 물론 지금도 그렇지만."

미할이 한숨을 쉬며 말했다.

"이미 수년 전부터 폐하는 그것과 싸우고 계셨어."

헤브론이 조심스럽게 말을 꺼냈다.

"다 설명할 순 없지만 분명한 건 이미 오래전부터 폐하는 고통과 싸우고 있었다는 거야."

"폐하를 안전한 곳에 숨길 순 없을까요?"

"대체 거기가 어딘데?"

르녹의 말에 미할이 어이없다는 듯 되물었다.

"제국이 곧 폐하야. 같은 이름처럼 서로 같은 영혼을 공유하고 있다고. 이 땅 외에 다른 안전한 곳은 없어."

"폐하는 드리머잖아요. 이 꿈 밖으로 내보내자는 거예요."

그 말에 모두가 놀란 것 같았다. 나도 마찬가지였다.

"다른 드리머들과 제국 백성들은? 시민들은? 검은 폭풍이 무르시블을 정복하고 짓밟게 두자는 거야?"

미할이 물었다.

"여기서 폐하를 잃는 것보단 그게 낫잖아요."

"하지만 폐하를 보낸다 해도 쿼러스가 있어야……."

"그만해."

헤브론이 대화를 중단시켰다.

"폐하는 우릴 지키기 위해 떠나셨던 거야. 그러지 않으면 성전부
터 공격당할 테니까. 지금도 우리가 뭐라 설득해도 폐하는 돌아가
지 않으실 거야. 확실하게 내게 말하셨어."

"네가 듣고 싶은 대로 들은 건 아니고?"

미할이 물었다.

"예언이 틀렸다면 우리가 결단을 내려야 돼. 하난은 이제 한 개
밖에 남지 않았고 이대로 가다간 정말로 곧 폐하의 숨이 끊어질
지 몰라. 이 세계가 모래 먼지처럼 사라지면 다신 돌아오실 수도
없겠지."

미할의 말에 헤브론은 대꾸하지 않았다. 화를 내도 이상하지 않
은 상황이었지만 그러지 않았다.

"안 좋은 얘길 해서 미안해. 네 마음은 알지만……."

"아니야. 폐하를 걱정해서 하는 말인 걸 알아."

헤브론이 확고한 목소리로 덧붙였다.

"하지만 무슨 일이 있어도 난 폐하를 거기까지 데려가야 해. 그

게 유일한 방법이야."

헤브론은 아직 내가 악마와 싸워 이기리라는 희망을 갖고 있는 듯했다. 숨죽인 채 대화를 듣고 있던 나는 밖으로 나가 그들을 안심시키고 싶었지만 그럴 수 없었다. 초라한 나는 아무것도 장담할 수 없었다.

몇 시간 뒤 쉐마가 나를 깨웠고 아무렇지 않은 척 일어나 다시 길을 걸었다. 몸 상태는 쉬기 전보다 더 나빠져 있었다. 렌트로도 막을 수 없는 독성이 건강한 몸의 에너지를 쉴 새 없이 빨아들인 뒤였다. 쉐마가 강인한 팔로 부축해 주었지만 협곡이 좁아지면서 몸이 돌덩이처럼 무겁고 어지러웠다.

무엇보다 폐 안에 스며든 악취 때문에 가슴이 불타는 것처럼 쓰리고 아렸다. 그나마 헤브론이 준 푸른 반지 덕분에 순간순간 걸을 힘이 났다. 하난을 먹는 것보다 반지의 힘이 더 센 것 같았다.

앞에서 걷던 헤브론이 날 돌아보는 찰나 괴석에서 검은 어깨가 튀어나왔다. 조심하라는 말을 외칠 새가 없었다. 사제들이 지쳐 허술해진 방어막이 뚫리는 순간 르녹이 비명에 가까운 소리를 질렀다. 그 비명에 묻혔지만 내 몸의 뭔가가 부러지는 소리가 들렸다.

"폐하!"

날렵한 돌칼로 내 어깨를 찌른 이방인은 턱까지 침을 흘리고 있었다.

"꿈, 꿈을…… 줘."

탁한 녹색 침에서 부글거리는 악취가 났다. 이방인은 미간에 미할의 활을 맞고 소멸되었지만, 그 악취는 짙게 남았다. 숨 돌릴 새도 없이 다른 이방인들이 달려들었고 검에 잘려나간 팔다리가 순식간에 재로 변했다. 사방에서 그들이 내지르는 비명도 오래가지 못했다.

극도의 공격성을 보이는 협곡의 이방인들은 도저히 인간이라고는 볼 수 없는 형체였다. 눈은 고름처럼 누랬고 신체는 뒤틀렸으며 등이 굽어 제대로 목을 펴지도 못했다. 팔다리가 꺾여 있거나 한쪽 눈이 썩은 이방인들도 부지기수였다.

쉐마가 무지막지한 덩치로 한 방에 이방인들을 쓸어버리는 동안 미할이 달려와 재투성이가 된 내 얼굴을 털어 주었다. 괜찮은지 살피던 헤브론의 눈이 내 손가락에 시선을 고정했다. 뭔가 이상해서 내려다보니 푸른 반지가 나도 모르는 사이에 깨져 있었다.

"왜 그래?"

미할이 물었다.

"여기 쿼러스가 들어 있었어. 제국에서 가져온 마지막 쿼러스가…… 다 나 때문이야. 내가 그 놈을 막았어야 했는데."

헤브론이 말했다.

나는 사제들의 표정이 이토록 절망적인 이유를 알았다. 이대로 내가 정신을 잃으면 다신 이 땅에서 만날 수 없기 때문이었다. 헤브론은 깨진 반지를 자신의 손에 끼웠다.

점점 더 강해지는 악취 때문에 속이 메스꺼웠다. 결국 두 차례 구토를 했고 헤브론이 준 마지막 하난 마저 토해 냈다. 안 되겠다고 생각했는지 그는 협곡을 빠져나오자마자 나를 등에 업었다. 그에게 매달려 힘없이 고개를 등에 댔다. 얼마나 심장이 불안하게 뛰는지 등에서도 박동 소리가 들렸다.

"미안해."

나는 추위에 떨며 속삭였다.

"내가 힘이 있는 황제였다면 능력이 있었다면 악마를 쉽게 무찌를 수 있었을 텐데. 널 지켜 주겠다고 한 약속을 지킬 수 있었을 텐데."

"지켜 주셨잖아요. 이미 여러 번 구해 주셨고요."

"언제?"

"제가 안 좋은 꿈을 꿀 때마다요."

나는 꾸벅거리며 눈을 감았다. 헤브론을 만났던 우울의 늪이 아른거렸다.

"힘드니까 더 말하지 마세요."

"말해 줘. 아직 내가 기억 못 하는 게 있다면……."

헤브론의 두 발이 교차될 때마다 거친 땅 위로 핏방울이 뚝뚝 떨어졌다. 누구의 피일까. 불길한 소리에 앞을 보니 성난 바람이 검은 모래를 군대처럼 이끌며 다가오고 있었다.

"페론이 보여요. 거의 다 왔어요, 폐하."

대답이 없자 헤브론은 업고 있던 나를 부드럽게 바닥에 내려놓았다.

"더 이상은 무리예요. 오늘은 쉬셔야 해요."

르녹이 말했다.

오늘? 오늘이란 건 없다. 이방인의 땅에서 시간을 구분 짓는 건 의미 없는 일이었다.

"아니, 가야 돼."

힘없는 목소리가 내 입술에서 새어나왔다.

"어깨의 피가 멈추지 않습니다."

헤브론의 얼굴이 흐릿해졌다. 불에 댄 것처럼 심장 주변이 얼얼하고 뜨거웠다. 그가 날 끌어안았지만 맥박이 느려지며 한 줌의 온기도 느낄 수 없었다. 코에서 나온 피가 뺨을 타고 흐르자 사제들이 충격으로 얼어붙었다. "폐하." 하고 날 부르는 소리가 들렸지만 수백 년 전에나 있던 단어처럼 들렸다. 무르시블의 백색나무, 쿼러스가 마지막 숨을 내쉬는 순간 내 안에서 날카로운 통증이 뚫고 나왔다.

"헤브론, 정말로 난…… 돌아올 수 없는 거야? 다신 널 못 봐? 아니라고 말해 줘."

헤브론의 눈가에 질은 그림자가 길게 드리웠다. 나는 그 입에서 나올 말이 두려웠다. 죽은 뒤에도 영원히 잊혀지지 않을 슬픔이 미리 새겨져 있기 때문이었다. 하지만 이제 악몽에서 깰 시간이라는 듯 그는 천천히 내 머리를 쓰다듬었다.

"폐하, 이 힘든 꿈은 전부 잊으셔도 됩니다. 더는 이 어깨에 작은 별 하나의 무게도 지우기 싫으니 폐하께선 낮이나 밤에도 저 하늘에 걸리지 마십시오."

헤브론은 정신을 잃어 가는 나를 꼭 안고 귓가에 무언가를 속삭였다. 그 말은 너무 오랫동안 심장 깊이 박혀 있던 탓에 말하는 사람과 듣는 사람 모두에게 생생한 고통을 안겨 주었다. 그의 고백은 '슬퍼하지 말라'는 말로 끝났다. 그 말은 잊으라는 뜻으로 들렸다. 그는 알고 있었던 것이다. 완강히 거부해도 이건 내 의지와는 상관없이 잊게 될 꿈이라는 것을.

'아직 깨면 안 돼, 잠깐만……'

헤브론을 포함한 주변이 절망 속에서 느려지고 있었다. 사제들의 느린 눈동자가 모래에 스며든 내 피를 향했다. 땅 밑이 울렁거리며 진동했다. 한참을 깊숙한 곳으로 꺼지더니 암반을 뚫고 나온 붉은 모래가 우리를 낚아채 하늘로 치솟았다.

악몽

천천히 몸을 일으키자 붉은 모래알들이 후드득 떨어졌다. 눈앞에 절벽처럼 거대한 바위가 있었고 가운데에 좁고 긴 구멍이 나 있었다. 페론이었다.

사가비시니는 내게 자신의 모든 힘을 준 뒤 재로 바스러졌다. 이제는 잠시도 멈출 시간이 없었다. 좁고 긴 동굴을 통과하자 무서울 정도로 광활한 공간이 드러났다. 너무 어두워서 전부 보이진 않았지만 피부로 탁 트인 공간을 느낄 수 있었다. 어디서부터 어디까지가 경계인지 알 수 없는, 망망대해나 심대한 우주 속에 들어온 기분이었다.

나는 허공을 더듬으며 희미한 두 개의 빛을 보고 있었다. 불길

했지만 그래서 더욱 눈을 뗄 수가 없었다. 두 개의 빛은 미조슬바 랏처럼 조금씩 점점 커지고 있었다.

아니, 커지는 게 아니라 가까이 오고 있는 거였다. 어둠에 적응한 눈이 밝아지자 확실히 알았다. 나와 계속 눈을 맞추고 있는 건 메피힐티눔이었다.

"폐하, 위험합니다!"

미할이 달려들었지만 힘없이 공중으로 튕겨져 나갔다. 쉐마가 검을 휘두르는 사이 르녹이 화살을 연이어 날렸다. 하지만 전부 소용없었다. 사제들의 무기는 악마의 몸에 닿기도 전에 공중에 멎었다. 미할과 르녹, 쉐마는 그의 힘에 결박돼 의식을 잃었다. 눈은 뜨고 있었으나 시간이 멈춘 것처럼 허공만 쳐다볼 뿐이었다. 불행인지 다행인지 헤브론만 멀쩡히 내 곁에 남아 있었다.

"검을 줘."

"폐하, 하지만……."

"너까지 위험에 빠트리고 싶지 않아. 이건 내가 직접 끝내야 돼."

고작 검으로 나를 죽이러 왔느냐. 하지만 살아 있지 않은 자를 어떻게 죽일 수 있지? 사랑스런 황제여.

메피힐티눔이 깊은 동굴 밑바닥에서 끓어오르는 듯한 목소리로 으르렁거렸다. 검고 부패한 살점에서 악취가 한 방울씩 떨어지고 있었다. 나를 삼키기 위해 입을 벌리는 순간 검을 목구멍에 내리꽂았다. 영혼까지 떨릴 만큼 소름끼치는 악마의 비명이 검은 허공을 가득 채웠다.

하지만 메피힐티눔의 몸에서 다시 빼낸 검에는 피가 묻어 있지 않았다. 아니, 짙은 안개 속에 집어넣었다 뺀 것처럼 아무런 흔적이 없었다. 그제야 깨달았다. 방금 전 비명은 비명이 아니라, 웃음소리라는 사실을.

나에겐 네가 벨 수 있는 살과 뼈가 없다.
피 흘릴 심장도 없고 잃어버릴 영혼도 없지.

믿을 수 없었다. 나는 다시 있는 힘을 다해 검으로 악마의 어깨를 내리쳤다. 목과 가슴을 찌른 뒤 또 한 번 목을 벴다. 하지만 아무 소용이 없었다. 그동안 악마는 몇 번이고 순순히 내 칼을 받았다.

"헤브론! 여기서 나가! 도망쳐!"

이상했다. 헤브론은 도망치거나 싸울 생각이 없어 보였다. 오히려 하얗게 굳은 얼굴로 악마를 보고 있었다. 오래전부터 악마를 알고 있다는 눈빛이었다.

헤브론, 이것이 내가 황제에게 주는 마지막 기회다.

"헤브론! 정신 차려!"

내 목소리에 무언가 깨달았다는 듯, 아니 어쩌면 포기했다는 듯 헤브론은 희미한 표정을 지었다.

"폐하, 무르시블은 무너져야 해요."

"뭐? 무슨 소리야?"

헤브론이 나를 돌아본 순간, 그를 믿어선 안 된다는 백지운의 말이 머릿속에서 휘몰아치기 시작했다.

'헤브론은 왕을 증오해.'

굳은 헤브론의 표정에서 모든 걸 읽을 수 있었다. 날 지켜야 한다는 건 핑계나 위장에 불과했다. 아니, 그는 날 지켜야 했고 그렇게 했다. 악마의 손에 죽게 하기 위해서 여기까지 무사히 날 지켜야 했을 테니. 이제야 내 꿈이 항상 슬펐던 이유를 알 것 같았다.

하지만 왜? 대체 헤브론은 왜 나를 지키는 대신 죽음으로 내몬 것일까? 언제부터 날 죽이고 싶어 했던 거지? 대체 왜? 하지만 그에게선 여전히 어떤 냄새도 맡을 수 없었다.

"왜 너한테 악취가 안 나지? 너한테선 한 번도 나쁜 냄새를 맡은 적이 없어. 그래서 믿을 수 있었는데."

"잊으셨군요. 냄새에만 의존하면 안 된다고 말씀드렸는데. 하지만 전 폐하께 한 번도 거짓말을 한 적이 없습니다."

212

"거짓말! 난 증오와 혐오의 냄새를 맡을 수 있어. 네가 나한테 그런 감정을 느꼈다면 틀림없이 맡았을 거야. 그런데 왜…… 대체 왜 그런 거야? 애초에 왜 내 꿈에 나타났어? 지금까지 나한테 한 모든 말은 다 거짓이었어?"

나는 충격과 슬픔에 사로잡혀 숨을 헐떡였다. 헤브론이 달려와 쓰러지는 내 어깨를 붙들었다.

"이거 놔!"

나는 헤브론을 경멸하듯 쏘아봤다. 더 심한 욕을 하고 싶었지만 자꾸만 눈물이 흘러나왔다.

"난 널 믿었어. 사랑했어. 그래서 네가 있는 세계를 목숨 걸고 지키려고 했어."

"알아요."

"진실을 말해!"

나는 심장이 뚫릴 정도로 쩌렁쩌렁 소리쳤다.

"헤브론! 이제 말해. 왜 그랬는지 뭐라도 말해. 제발."

"무르시블이 무너져도 모든 게 끝나는 건 아니에요. 부디 제 말을……."

메피힐티눔의 무자비한 화염이 내 몸을 관통했다. 무르시블의 다섯 대륙을 휩쓸어 버릴 만큼 강력한 진동은 이미 꿈에서 깬 나를 뒤흔들었다.

11

진실

"오후에 KL그룹 간담회 누가 간다고 했지?"

사무실 문을 열자마자 부장이 소리쳤다.

"제가 가기로 했습니다."

군기가 바짝 든 인턴 기자가 씩씩하게 말했다.

"그래, 간 김에 홍보팀 김 팀장 만나. 나랑 잘 아는 사인데 이번에 우리 도와주기로 했으니까 인사 잘하고."

"아, 예. 알겠습니다."

신입이 떨떠름한 얼굴로 대답했다. 갓 대학교를 졸업하고 신문사에 들어온 신입은 아마 기자가 정의감을 갖고 발로 뛰는 직업이라고 생각했겠지만 산업유통부는 그런 곳이 아니었다. 부장이 말한 '도와 준다'는 건 광고비를 뜻했고, 기자는 광고주와 광고주가 아닌 기업에 따라 온도 차가 극명한 직업이었다. 다른 부서도 결국 마찬가지지만.

나는 기업 홍보팀 사람들을 잘 구슬리는 재주가 없어 국회에서 먹고 자는 정치부 기자가 됐다. 여기저기 뛰어다닐 일이 많은 기자 초년생 때는 지금보다 몸이 더 힘들었지만 오히려 그 정신없고 예측 불가능한 생활이 좋았다. 오전 9시부터 오후 6시까지 사무실에서 엉덩이만 붙인 채 컴퓨터 화면만 들여다보는 일반 회사원은 도저히 내 적성에는 맞지 않았다. 나는 6년차 기자로, 올해 서른 살이 됐다.

"정치인들이 세상에서 제일 좋아하는 액세서리가 뭔지 압니까?"

야당 대표가 기자들과의 식사 자리에서 농담을 던졌다.

"바로 여러분들입니다."

여기저기서 자조적인 웃음이 터졌다.

"정치인이 얼마나 인기가 많은지 알 수 있는 척도니까요. 기자님들이 없으면 얼마나 쓸쓸하고 슬픈지 모릅니다. 그래서 제가 종종 이런 자리를 대접하면서 좋은 기사거리를 드리는 거죠."

'아, 그러세요.'

내가 속으로 말했다. 물론 얼굴엔 사회생활의 필수인 자본주의 미소를 장착한 채.

액세서리라. 졸지에 우리는 정치인들이 달고 다니는 인간 액세서리가 됐다. 하긴. 나 역시 신입 시절에는 전당 대회, 대선, 지방 선거 등 정치인들을 쫓아다니며 기사를 썼다. 조회 수에 혈안이 된 기자들은 유명한 정치인이 방귀만 뀌어도 대단한 일인 양 속보를 전송했다.

'제발 오늘은 아무 일도 터지지 마라.'

나는 주섬주섬 노트북을 챙겨 집에 갈 준비를 했다.

'점심 때 약을 먹었나? 지금 먹으면 졸릴 텐데……'

모르겠다. 나는 약봉지를 찢어 물과 함께 작은 하늘색 알약을 삼켰다. 우울증 약이었다. 정신 분열증을 조현병으로 바꾼 것처럼 우울증이라는 병명도 바뀌어야 한다. 우울증은 단순히 기분이 우울한 게 아니라 '아무것도' 느낄 수 없는 병이었다. 마치 죽음처럼. 그래서 나조차 내가 살아 있다는 걸 잊어버릴 때가 많았다. 어릴 때 예민했던 후각 기능도 무뎌져서 이제 나는 다른 사람들과 별반 다르지 않았다. 한때 내가 가진 특별함을 모두 잃어버린 것이다.

나는 월세 70만 원짜리 원룸 빌라로 가기 위해 인파로 가득 찬 지하철을 탔다. 사람들은 다들 자신의 핸드폰 속에서만 생기가 넘쳤다. SNS를 벗어난 그들의 표정은 로봇처럼 건조하고 차가웠다. 모두들 잠이 필요한 얼굴이었다. 순간 이상하다 싶을 정도로 지하철이 흔들렸지만 아무도 신경 쓰지 않았다.

잿빛 콘크리트로 만든 도시가 아닌, 내가 자란 푸른 숲이 그리웠다. 거기서 나는 몸이 아닌 내 영혼을 키웠다. 털 달린 동물들과 싱그러운 나무들이 가득했던 그 숲에서 한때 잊어버릴 수 없는 꿈을 꾸었다. 지금 나는 꿈을 꾸지 않는 어른이 됐다. 불면증 때문에 약 없이는 쪽잠도 잘 수 없는.

나는 침대에 누워 잠을 청했다. 그 전에 처방받은 수면제는 잠을 자도 잔 것 같지가 않았는데 이번 약은 그나마 오래 잠들게 했다. 정말 오랜만에 꿈도 꾸었다. 하지만 아주 깊은 잠은 아니었는지 꿈을 꾸면서도 이게 꿈이라는 사실을 어렴풋이 인지했다.

나는 어떤 학교의 텅 빈 복도를 걷고 있었다. 교실마다 텅텅 빈 학교는 애초에 무지막지하게 크거나, 방심할 때마다 자꾸 교실 수를 늘려서 도무지 빠져나갈 틈을 주지 않았다. 뭔가를 해결하기 전엔 나갈수 없다는 직감이 들었다. 1층 복도는 갑자기 3층 우리 반 교실 앞에 있었고 내려가려고 하면 천 리 길이 두 난간 사이에 나타났다. 숨을 헐떡거리며 내려가다가 완전히 길을 잃었다 싶으면 운동장이 나왔다. 하지만 내 마음과는 달리 발이 저절로 다시 계단으로 향했다.

'안 돼'라고 외쳤지만 마치 중력을 거스르는 것처럼 몸을 돌이킬 수 없었다. 잠시 의식에 불이 켜진 순간 어느 복도 끝에 붙어 있는 교실 문을 열었다. 그곳에 중학생인 내가 있었다. 틱톡 영상을 찍는 시끄럽고 요란한 분위기 속에 소녀는 자퇴를 막 결심했다. 하지만 자퇴를 해도 자신을 받아 줄 곳은 이 세상에 없을 것 같았다. 소녀는 자신이 속할 수 있는 세계를 간절히 찾고 싶었다.

교실 천장에 달린 형광등이 미친 듯이 깜빡였다. 그 속도에 맞춰 불안한 심장이 쾅쾅 뛰기 시작했다. 죄다 일그러지고 왜곡된 화면들이 지나가자 몸도 마음도 어지러웠다.

현실에서 마녀라 불리던 소녀는 이제 무르시블에 있었다. 거기엔 오랫동안 나를 기다리는 남자가 있었다. 만지면 손에 묻어날 것 같은 짙은 머리색에 녹회색 눈동자를 가진 신비롭고 아름다운, 나를 '폐하'라고 부르는 남자였다.

'무르시블은 무너져야 해요.'

그 말이 꿈속에서 내 영혼에 메아리치고 있었다. 알 수 없는 불길이 수없이 나를 덮치는 순간에도 그는 슬픈 건지 기쁜 건지 알 수 없는 눈빛으로 하염없이 나를 바라보고 있었다. 그가 내게 손을 대자 강렬한 슬픔이 파도처럼 덮쳤다. 기쁨이나 슬픔 같은 감정을 오랫동안 느끼지 못한 터라 이 슬픔은 내게 큰 기쁨을 주었다. 그 감정에 스스로도 놀랄 만큼. 까마득한 어둠을 헤치던 꿈은 허망하게 끝났다. 하지만 그가 꿈에 나온 날엔 베개가 눈물로 젖어 있었다.

무르시블이 무너져야 한다니. 나뿐만이 아니라 무르시블 전체를 배신할 줄은 정말 꿈에서조차 몰랐다. 그렇게 해서 그가 얻는 건 뭘까?

나는 그를 좋아하고 믿었던 만큼 용서할 수가 없었다. 그 분노 때문에 오랫동안 내가 죽는 꿈을 꾸는 건지도 몰랐다. 꿈에서나 나오는 사람을 혼자 좋아하고 또 미워하다니. 한때나마 그 세계에 푹 빠져 살았던 내 자신이 우습게 느껴졌다. 어차피 진짜 현실을 살아가는 데 꿈 같은 건 전혀 도움이 안 됐다.

무르시블에서의 죽음은 잘 생각나지 않고 슬프지도 않았다. 다만 더 이상 슬프지 않다는 게 슬펐다. 시간이 지날수록 꿈에 대한 아련함은 급속도로 희미해졌다. 수능 날 언어 영역에서 프로이트의 『꿈의 해석』이 지문으로 나와도 별다른 감흥이 없었다. 중학교 때 그토록 열심히 읽던 책이었음에도 처음 읽는 내용처럼 느껴졌다. 언젠가 내 꿈의 미스터리를 풀기 위해 열심히 그 책을 읽고 또 읽던 소녀는 내 머릿속에서 완전히 사라져 있었다.

지금 내겐 휴식이 절실했다. 매일이 시한폭탄 같은 상황을 견디다 못해 우울증이 더 심해진 것이다. 게다가 일주일 전부터 허벅지 안쪽이 아리고 쓰리더니 벌건 띠 모양의 대상포진이 생겼다. 불이 붙은 것처럼 뜨거운 통증이 밤낮으로 날 괴롭혔다.

의사는 스트레스 때문에 면역력이 떨어진 거라며 휴식하면서 최대한 스트레스를 받지 말라고 했지만 그건 숨을 쉬지 말고 살라는 말이나 다름없었다. 당장 자신 앞에 앉아 통증을 호소하는 나 역시 그에겐 스트레스 아닌가. 어쨌든 나는 치열한 업무를 잠시 내려놓고 아빠 집으로 갔다. 마침 설이라 온 가족이 모일 핑계가 생겼다. 온 가족이라고 해 봤자 우리 둘뿐이었지만.

"왔냐."

아빠는 커다란 캐리어를 두 개나 끌고 온 나를 보며 말했다. 아빠는 별다른 질문 없이 캐리어를 잡더니 산 위로 올라갔다. 뒤에서 바라본 등이 많이 야위었다. 머리도 대충 잘랐는지 덥수룩하게 자라 있었다.

"머리는 미용실에서 좀 자르라니까."

"귀찮게 뭐 하러."

나는 조금씩 변한 숲의 전경을 올려다보며 아빠 뒤를 따라 걸었다. 큰 은행나무 앞에 보리의 무덤도 보였다. 나이가 든 보리가 숨을 헐떡이며 죽어 갈 때 얼마나 많이 울었는지 모른다. 보리는 아픈 몸으로 내 옆에 엉덩이를 딱 붙인 채 누워 떨어질 생각을 안 했다. 자신이 아픈 것보다 슬퍼하는 나를 더 걱정하는 것 같았다.

보리의 죽음으로 내 유년도 끝났다. 은밀한 작전을 수행하는 군인처럼 놀던 숲, 함께 걷던 시골길, 학교, 꿈. 그놈의 꿈. 미처 끝나는 줄 모르는 사이 모든 게 허망하게 끝나 있었다. 지금도 무언가가 끝나가고 있는 기분이 들었다. 왜 모든 건 죽거나 끝나기만 할까.

"다음 달에 집 옮겨야 돼."

식탁에 마주앉은 아빠가 말했다.

"왜?"

"농장 주인이 땅을 팔았대. 그동안 팔려고 해도 안 팔려서 짜증내더니 땅값이 올라서 좋아하더라. 대전에 집 알아보고 있어. 예전에 친했던 작업반장이랑 연락이 돼서 그쪽에 일을 구했거든."

이 농장도 이제 끝이구나.

먹는 둥 마는 둥 식사를 마친 뒤 학창 시절을 보낸 내 방으로 들어갔다. 혹시 정리할 물건이 있는지 살펴보고 싶었다. 낡은 책상 위에는 내가 쓰던 필통과 노트들이 바로 어제 쓰던 물건처럼 가지런히 놓여 있었다. 그중에 빨간 노트 하나가 눈에 띄었다. 한때 빼앗기는 바람에 내 가슴을 철렁하게 했던 꿈 일기장이었다.

노트 안에는 잘 알아볼 수 없는 휘갈긴 필체로 '붉은 액체', '냄새 안 나는 사람에게 물어볼 것'이라는 수상한 문장이 적혀 있었다. 나는 일기를 넘기다가 중간중간 페이지가 접힌 부분을 펼쳤다.

무르시블은 반짝이는 붉은 모래가 수호하는 꿈의 세계다.
그곳에 모든 백성들에게 사랑받는 특별한 황제가 있다.

'맞아. 무르시블의 황제. 그런 게 있었지.'

미소를 머금은 채 글씨가 적힌 종이를 매만졌다. 페이지를 몇 장 더 넘기자 꿈의 기억이 빼곡히 적혀 있었다.

황제를 위협하는 악마가 밤낮으로 그녀를 부른다.
강력한 힘을 지닌 황제도 그 목소리에 저항할 수 없다.

어제는 꿈을 꾸지 않았다.
처음으로 돌아가는 장면도 나오지 않는다.
꿈이 끝나 버려서 슬프다.
언젠가 이 꿈을 꾼 기억마저 사라지는 건 아닐까?

"델라, 나의 생명. 당신을 사랑합니다."

마지막 장을 펼치자마자 숨이 멈췄다. 거기엔 꿈이라는 혼돈의 세계를 빠져나오면서도 뒤엉키거나 훼손되지 않은 정확한 문장들이 마치 누군가의 마음을 증명하듯 적혀 있었다. 심장 깊이 박혀 있어 말하는 자와 듣는 자 모두 아팠던 그 고백은 순식간에 나를 무르시블이라는 세계로 끌고 들어갔다.

"델라, 나의 생명. 당신을 사랑합니다.
이게 제 진실입니다. 이 세계가 곧 허물어져도,
당신이 꿈에서 사라진다 해도 괜찮습니다.
이건 무르시블을 초월하는 유일한 감정이니까요."

"헤브론."
그의 이름도 망각의 물 위로 떠올랐다. 아니, 사실은 알고 있었다. 잠들기 전이나 새벽녘에 물을 마실 때 순간순간 그의 이름을 부르는 내 목소리를 들었다. 다만 그를 오래 기억하고 있었다는 사실을 지금 깨달았다.

'무르시블이 무너져도 모든 게 끝나는 건 아니에요.'

그의 말대로 모든 게 끝났지만 아직 완전히 끝나지 않았다. 내가 꾸던 꿈도, 이 현실도 말이다. 나는 지금 이 순간에도 그 실체 없는 적, 메피힐티눔과 싸우고 있는 셈이었다. 꿈에서 끝없이 죽는 대신 현실에서는 치유될 수 없는 우울증을 앓고 있는 게 아닐까.

그때 아무것도 없던 주머니에서 딱딱한 뭔가가 만져졌다. 쿼러스였다. 이건 꿈에서 이탈한 내 잃어버린 영혼의 한 조각이었다. 니르안이 쿼러스를 주고자 했던 사람은 '내가 알지 못하는 동안 나를 위해 싸우는 자'였다.

꿈 밖에서도 아직 나는 헤매고 있었으나 더 이상 길을 잃은 것이 두렵지 않았다. 용감해서라기보다는 이젠 아무것도 상관없을 만큼 무력했다.

그러나 죽음 같은 꿈속엔 헤브론과 여전히 그를 사랑하는 내가 있었다. 숲을 사랑했던 예전의 그 소녀처럼 나는 무르시블을 바랐다. 진귀한 보석들이 빛을 잃고 백색 성채가 먼지처럼 흩어지며 부는 바람조차 공허한 무르시블에 나의 근거가 있었으므로. 그러니 이젠 죽어도 좋았다.

아니, 죽어야 했다.

 눈을 뜨기도 전에 익숙한 열기가 느껴졌다. 오랫동안 나를 불태웠던, 나를 수없이 꿈 밖으로 내쫓던 화염이었다. 나는 닫힌 눈을 뜨고 적과 마주했다. 내 세계에서는 벌써 수년이 지났지만 메피힐티눔은 우주보다 넓은 공간에서 어제처럼 내 앞을 가로막고 있었다. 꿈에서의 나 역시 그때와 똑같은 얼굴의 황제였다.

 황제라니. 아직 내가 그렇게 불릴 자격이 있나?

 메피힐티눔이 숨을 들이마시자 땅 깊은 곳에서부터 뻗어 나오는 진동이 느껴졌다. 두 개의 거대한 눈은 내가 지나온 시간들을 꿰뚫어 보는 것 같았다.

오른편에는 슬픈 빛을 띤 대사제가 나를 바라보고 있었다. 분노에 눈이 멀었을 땐 읽을 수 없던 표정이었다. 그는 나를 증오하는 게 아니라 걱정하고 있었다. 그의 손가락에 끼워져 있는 반지에서 희미한 빛이 새어 나왔다. 힘겹게 숨을 쉬는 사람처럼 깨진 보석에서 푸른빛이 깜빡이고 있었다.

헤브론은 이 자리에 서서 얼마나 많은 죽음을 목도했을까. 그러자 오래전 물었어야 할 질문이 떠올랐다. 그건 지금에 와서야 물을 수밖에 없는 질문이기도 했다.

"왜 난 아직까지 이 꿈을 꾸는 거지? 왜 날 죽이지 않는 거야?"

나는 손에 들려 있는 검을 세운 채 죽음을 향해 발을 뻗었다.

무르시블은 무너지고 있다.
수없이 내 손에 죽임당하고 있지.

"그러니까 왜? 난 왜 그렇게 끝없이 죽어야 되는 거야? 황제는 이미 자기 나라를 버리고 떠났잖아. 네가 원하는 게 내 죽음이라면 진작 얻었을 텐데 왜 나는 아직도 이 꿈을 꾸고 있는 거지? 이젠 대답을 들어야겠어."

악마의 심장에서 폐유가 들끓는 냄새가 났다. 썩을 것도 없는 살에서 나는 부패의 냄새였다. 나는 이 냄새가 익숙했다. 꿈에서 깬 뒤에도 말을 수 있는 냄새였기 때문이었다. 이건 꿈과 현실을 통틀어 오직 메피힐티눔만이 유일하게 맡을 수 있는 나의 체취였다. 그 사실을 깨닫는 순간 비로소 악마에게 진실을 들을 수 있었다.

살아 있는 생명을 지배하는 어둠이자
죽은 채로 불멸하는 공허,

나는 무르시블이다.

검은 불길이 '나'로 변하는 순간 불길한 전율이 흘렀다. 내 이성과 감각을 앞선 직관이, 그가 진실을 말하고 있다는 걸 알았다. 오랜 세월 동안 헤맨 질문에 그보다 더 정확하고 명료한 답은 없었다.

이거였구나. 제국을 신처럼 군림하던 황제를 이곳까지 끌어낸 건 바로 나, 공허였다. 무르시블이 죽음과 공허에서 태어난 별이라는 사실을 나는 이제야 깨달았다. 모든 어둠이 다 적은 아니며 모든 악마를 두려워할 필요가 없다는 니르안의 말이 떠올랐다. 니르안은 나의 운명을 여기까지 본 것이다.

나는 차라리 메피힐티눔이 무시무시한 악마이길 바랐다. 내가 없애거나 죽일 수 있는, 죽여야 하는 악마. 하지만 툰의 말이 맞았다. 그와 싸우면 나는 반드시 죽을 것이다. 우리는 악취를 맡는 동일한 능력을 가졌으며 삶과 죽음처럼 한 몸으로 태어난 두 개의 세계였으니까.

하지만 메피힐티눔이 원하는 게 뭔지는 여전히 알 수 없었다. 그가 나임을 알면서도 짐작조차 할 수 없었다. 이젠 아무것도 가진 게 없는 나한테 대체 뭘 원하는 거지? 내가 두려운 건 지금부터 그가 하게 될 말이었다.

"일어나."

나와 똑같은 얼굴을 한 메피힐티눔이 내 목소리로 명령했다.

"넌 너무 오래 죽어 있었어. 네가 여기서 또 다른 꿈을 꾸고 있다는 걸 나 외에는 아무도 모르고 있었지. 사제들조차. 넌 어떤 드리머보다 더 깊은 잠에 빠진 실종자였으니까."

"그게 무슨…… 좀 전까지 난 우리 집에 있었어. 너한테 죽는 꿈을 꾼 이후로 10년 넘게 살았고 지금은 기자가 돼서……."

"그게 지금까지 네가 꾸고 있는 꿈이야."

메피힐티눔은 얼음처럼 차갑고 냉정한 얼굴로 설명했다.

"기자가 된 건 진짜가 아니야. 네가 바라던 미래와, 바라지 않은 미래가 투영된 꿈이지. 꿈이라는 신호가 있었지만 넌 그걸 알면서도 무시했어. 꿈인 걸 계속 모르길 바랐으니까."

신호라고? 그 말에 지나온 시간을 돌아보자 문득 내가 타고 있던 지하철이 흔들리던 장면이 떠올랐다. 아무런 반응이 없던 좀비 같은 사람들 속에 나만이 그 진동을 느꼈다.

"지진."

혼잣말하듯 내가 말했다.

"하지만 그건 꿈이 아니야. 그럴 리가 없어."

"붉은 목걸이를 갖고 이방인의 땅에 들어선 순간부터 넌 지금까지 한 번도 무르시블을 떠난 적이 없어."

"어떻게…… 아니, 왜 한 번도 꿈에서 안 깬 거지?"

"그만큼 간절했으니까. 잠시도 무르시블을 떠나고 싶지 않았으니까. 네 전부인 왕국을 지켜야 했으니까. 어른이 되면서 무르시블을 잊은 줄 알았겠지만 오히려 그 반대였어. 너 자신을 속이면서까지 이 세계에 머물렀으니까."

"그게 전부 꿈이라니 믿을 수 없어. 아니, 안 믿어."

나는 아직 꿈에서 덜 깬 사람처럼 중얼거렸다.

"그 꿈속에서도 넌 모든 게 무의미하다고 생각했지. 네가 하는 일, 그 주변의 사람들, 심지어 무르시블까지. 꿈속의 꿈에서조차 이 세계를 잊고 싶어 했잖아. 넌 더 이상 황제가 아니라 겁 많은 어린애일 뿐이니까."

"아니야!"

"누군가 다가오려 해도 늘 도망만 쳤지."

"그건 사람들한테서 나는 악취 때문이야."

"악취 같은 건 없어."

"닥쳐!"

메피힐티눔의 눈이 가늘어졌다.

"악취를 맡는 건 무르시블에서만 존재하는 능력이야. 황제는 이 방인으로부터 자신과 백성들을 보호해야 하니까. 꿈 밖에서 네가 맡을 수 있는 건 바로 네 악취뿐이야."

"난 나쁜 냄새들을 구별할 수 있어. 내가 상상으로 만들어 낸 게 아니라고!"

"늙고 병든 사람에게서 나는 냄새? 그건 능력이 아니라 누구나 다 맡는 냄새들이야."

"그 능력으로 난 백지운을 찾았어."

"아니. 백지운이 널 찾은 거지. 운 좋게 그 애가 있는 반에 들어섰을 때, 백지운이 먼저 너한테 말을 걸었잖아."

나는 내 입술로 참담한 진실을 쏟아 내는 메피힐티눔를 경멸하듯 노려봤다. 이건 꿈일 뿐이라고 생각하면서. 빨리 깨야 하는 악몽일 뿐이라고. 하지만 그는 이런 내 생각까지 다 알고 있었다. 날 바라보는 눈빛이 그 사실을 말해 주고 있었다.

"그래, 모든 게 끝날 때까지 너한테 난 악몽이지. 이건 네 악몽이 만든 림보이고."

"검은 폭풍은 뭐지?"

"그건 드리머들의 '거부된 꿈'이야. 네가 아름다운 죽음의 세계에서 별을 먹을 때 나는 그 거부된 꿈들과 짙은 어둠에 갇혀 있었어. 한 번도 꾸어지지 못한 꿈들이 폭풍처럼 커지고 커져서 마침내 자신들의 주인을 찾아갈 때까지."

메피힐티눔은 검 손잡이를 꽉 쥐고 있는 내 손을 내려다보았다. 깊은 생각에 잠긴 것처럼 눈빛이 아득해졌다.

"거부된 꿈을 없애려면 누군가 그 꿈을 꿔야 해. 수많은 사람들이 견디지 못한, 드리머에게 가장 고통스러운 꿈."

"그냥 죽게 해 줘. 죽이라고. 꿈이든 현실이든 강요하지 마. 네가 무슨 자격으로 이러는 거야?"

"때가 된 것뿐이야. 이런 순간이 올 줄 알았잖아. 반드시 어떤 시간을 살아 내야만 하는 순간 말이야. 지금이 그때야. 지금 이 말을 하는 건 너야. 네가 들어야 할 말을 네 스스로에게 해 주고 있는 거야. 나는 너니까."

'살아 내기 전에는 죽을 수 없다'는 단호한 진실 앞에서, 간신히 버텨 왔던 마음이 무너졌다.

"내가 지금 널 죽이면? 그럼 어떻게 되는 거지?"

"이미 수없이 시도해 봤잖아. 넌 날 죽일 수 없어. 내가 없으면 너도 없으니까. 페로니아 은하의 죽음 없이는 우리가 태어날 수 없었던 것처럼."

얼음장 같은 날 선 진실에 나는 몸을 떨었다. 차갑고 뾰족한 얼음이 불쑥 심장을 뚫고 나오는 것 같았다. 아니, 얼어붙은 바다가 내 몸을 내리친 것 같았다. 바스러진 몸에서 생생한 악취가 스며 나왔다.

"알아. 넌 거짓이 아니라 무의미한 것에서 고통을 느끼지. 하지만 이제 시간이 없어. 검은 폭풍이 곧 무르시블을 삼킬 거야. 폭풍의 칼날에 모든 게 찢겨 소멸되기 전에 서둘러야 해."

애초에 숨 쉴 수 있는 공기 같은 건 없는데도 나는 자꾸만 숨을 들이마셨다. 숨을 쉬려 할수록 오히려 숨이 막혔다. 머리가 어지럽고 깨질 듯이 아팠다. 제발 누가 이 악취를 없애 주면 좋겠다는 생각만 간절했다.

"힘이 없어. 이 꿈에서 나갈 힘이. 난 못 해."

"좋아. 그럼 너에게 가장 의미 있는 걸 거부된 꿈에게 바쳐. 폭풍이 멎고 림보가 깨지면 넌 다시 무르시블의 영원한 황제가 될 수 있어."

쓰러진 나를 내려다보며 메피힐티눔이 말했다.

가장 의미 있는 거?

"그런 건 없어. 내 영혼조차 이젠 아무런 의미가 없어."

"폐하."

허망한 얼굴로 주위를 살피다 헤브론과 눈이 마주치는 순간 내 귀에 심장이 떨어지는 소리가 들렸다.

"저를 바치겠습니다."

헤브론은 교복을 입은 백지운의 얼굴을 하고 있었다. 백지운은 출구를 찾지 못해 내가 밤새 헤매던 학교에 있었다. 하나의 교실에서 수많은 교실들이 생기고 눈앞에서 오르내리는 계단이 끝도 없이 갈라져 나왔다. 뭔가를 해결하기 전엔 나갈 수 없었다. 우리는 어지러운 학교에 갇힌 두 명의 학생이었다. 꿈 밖에서 나는 그를 알아보지 못했다. 오래전 우울의 늪에서 내가 발견한 소년이었다는 것을 까맣게 잊어버린 것이다.

나는 소년에게 부모가 되어 주고 싶었다. 소년이 잃은 엄마와 아빠, 사랑스런 동생이 되고 싶었다. 결국 실패했지만 소년은 여기에 있다. 내가 진실을 외면하지 않길 바라면서. 그게 어떤 진실이든지 간에 말이다.

그 순간 창에 찔려 쓰러진 백지운과 헤브론, 서로 다른 얼굴을 한 두 소년의 죽음이 보였다.

"이제 알겠지? 백지운이 널 먼저 찾은 이유를. 백지운은 무의식적으로 널 알아본 거야. 황제가 스스로 추방당한 그 시점부터 그 애는 무르시블에 대한 꿈을 기억하기 시작했어. 네가 전학 오면서 '이상한 꿈'을 꾸기 시작한 것도 그 이유 때문이야. 제국을 구해야 한다는 간절함이 너희를 현실에서 깨운 거지. 그 충성스런 사제는 이제 네 손에 죽겠지만."

"안 돼. 헤브론을 내보내 줘."

헤브론에게 가지 말라고 외쳤지만 둘 중 누구도 나를 돌아보지 않았다. 나는 후들거리는 팔로 땅을 짚었다. 검을 지팡이 삼아 필사적으로 몸을 일으킨 나는 납덩이처럼 무거운 다리를 끌며 그의 걸음을 따라잡았다. 어깨를 잡아당기자 무서울 정도로 담대한 얼굴을 한 헤브론이 돌아봤다.

"가지 말라는 소리 못 들었어? 나 때문에 죽으려고?"

"제 생명은 오래전부터 폐하의 것이었습니다. 그러니 저를 막지 마세요."

"싫어! 안 돼."

나는 악마를 향해서도 소리쳤다.

"다가오지 마! 손끝도 대지 마! 헤브론은 살아야 돼!"

나는 검을 들고 악마의 앞을 가로막았다. 하지만 곧 터져 나온 눈물에 시야가 흐려졌다. 허공에서 휘청거리는 나를 붙든 건 헤브론이었다. 날 안심시키려는듯 그가 옅은 미소를 지었다.

"울지 마세요. 제가 폐하의 의미라서 기쁩니다."

처음부터 무르시블이 없었다면 좋았을 텐데. 내가 황제가 아니라면, 그렇게 태어나지 않았다면, 헤브론이 날 알지 못했더라면.

하지만 나를 자신의 생명이라고 했던 그 고백은 꿈속의 꿈에서도 살아남아서 구해질 자격이 없는 나를 구하는 중이었다. 내가 이 순간을 견딜 수 있도록. 그래서 기꺼이 메피힐티눔에게 항복할 수 있도록.

"거부된 꿈을 줘."

나는 메피힐티눔에게 말했다.

"나한테 거부된 꿈을 줘. 다신 이 세계에 돌아오지 않아도 돼. 그러니까 제발……"

나는 헤브론을 돌아봤다. 마지막 인사를 어떻게 해야 할지 알 수 없었다. 다시 만나자고? 아니면 날 기다려 달라고? 어떤 말도 어울리지 않았다. 이제 영원히 거부된 꿈에 갇혀 고통만 받아야 하는 내가 무슨 말을 할 수 있을까. 그의 얼굴이 가까이 오는 순간에도 나는 그가 무엇을 하려는지 바보처럼 눈치채지 못했다.

눈을 감은 헤브론이 입을 맞추자 검을 쥔 손에서 힘이 빠졌다. 그의 숨에서 푸른 슬픔이 느껴졌다. 헤브론의 말처럼 슬픔엔 신성한 힘이 있었다. 더는 아무것도 할 수 없는 내게 그 슬픔이 마지막 힘을 주었다.

나는 한 사람을 지키기 위해 온 세상을 지키기로 했다. 그러나 헤브론을 구하는 건 결국 나를 구하는 일이기도 했다. 우리는 꿈과 현실의 경계를 넘어 무르시블이라는 세계를 공유한 하나의 영혼이므로.

날카로운 칼끝이 바닥 위에 수직으로 섰다. 거부된 꿈과 함께 흐르지 못한 시간들이 중심을 잃은 검과 함께 천천히 쓰러지기 시작했다. 주변에 부는 바람이 점차 거세지더니 페론의 절벽이 쪼개지고 육중한 바윗덩어리들이 모래알처럼 날아갔다. 무르시블의 성벽에서 몰려온 거대한 폭풍은 블랙홀처럼 입을 벌린 채 모든 걸 빨아들이고 있었다. 오랫동안 나를 기다려 온 악몽은 어떤 꿈보다 더 깊고 죽음보다 더 강했다.

무자비한 바람과 불길 앞에 나는 홀로 섰다. 돌풍에 휩싸여 반쯤 발이 뜬 상태였다. 귓전을 때리는 바람 소리에 아무런 생각도

할 수 없었다. 고통을 예상했지만 아무것도 느껴지지 않았다. 아니, 오히려 편안했다. 공기처럼 몸도 가벼웠다. 땅의 진동도 악취도 일시에 사라졌다.

"일어나."

고개를 들자 눈 내리는 숲이 보였다. 나는 익숙한 나무들과 동물들을 바라보며 숨을 내쉬었다. 꿈이 아니라는 듯 아니 생생한 꿈이라는 듯 하얀 입김이 새어 나왔다. 눈 내리는 숲은 온통 사박거리는 소리뿐이었다. 크고 작은 동물들의 머리 위로 조금씩 흰 눈이 쌓이고 있었다.

"이건 거부된 꿈이 아니잖아. 이 숲은 내가 살던 우리 집이야."

독한 약을 먹은 것처럼 텅 비워진 감각에 얼얼한 느낌이 들었다.

"거의 다 왔어. 한 번 더 눈을 감으면 돼."

"거부된 꿈은 어떤 꿈이야? 내가 그 꿈을 견딜 수 있을까? 지금부터 얼마나 길고 긴 시간들을 살아야 할까?"

"끝없는 시간처럼 느껴지겠지. 하지만 기억해. 공허함은 영원하지만 너는 그렇지 않아. 이게 죽음보다 더 깊은 너의 진실이야."

그 순간 꿈과 현실을 떠돌며 오랫동안 내 심장을 짓눌렀던 통증이 어둠 속으로 스며들듯 사라졌다. 황제도, 사제도, 다섯 대륙으로 이루어진 무르시블까지 전부 꿈은 아니었을까. 인간이 이토록 생생하고 아픈 꿈을 꿀 수가 있나.

하지만 이건 내가 만든 꿈이 아니라는 듯 메피힐티눔은 여전히 내 안에, 나와 함께, 그리고 내가 되어 있었다.

"그래, 알았어."

나는 눈을 뜨기 전 무르시블에게 속삭였다.

13
이상한 날

눈을 감았는데도 눈이 부셨다. 돌무덤을 헤치고 나오는 것처럼 눈꺼풀을 들어올렸다. 처음 눈을 뜨는 것처럼 뻑뻑했다. 격자무늬 천장에 낯선 조명이 달려 있었다. 힘을 줘 봤지만 끔찍하게 무거운 몸은 꿈쩍도 하지 않았다.

삭막한 공기와 웅성거리는 소리, 작은 바퀴들이 굴러다니는 소리가 들렸다. 나에게 제일 먼저 말을 건 사람은 아빠였다.

"야, 정신이 들어?"

"여기…… 어디야?"

졸린 눈을 비비며 내가 물었다.

"병원이야. 아무리 깨워도 일어나질 않아서 119를 불러서 병원에 입원했어."

　아빠의 얼굴이 선명하게 보이기까지 시간이 걸렸다. 처음엔 우리 아빠가 아닌 줄 알았다. 일단 수염이 너무 많이 자라 있었고 그렇게 걱정스런 표정은 처음 봤기 때문이었다.

　"잠깐 잔 것뿐인데 굳이 입원까지……."

　"너 한 달 동안 잠들어 있었어."

　"뭐?"

　한 달? 말도 안 돼.

　아빠가 의사를 부르는 동안 6인실 병실에 같이 있던 아주머니 환자와 보호자가 내게 말을 걸었다.

　"학생 일어났네? 어머, 아빠가 걱정 많이 했는데."

　"일어났다고? 드디어 깼어?"

　각종 의료 검사는 내가 잠들기 전과 후에도 정상으로 나왔다. 혈압과 맥박은 물론, MRI에서도 이상 소견이 나오지 않았다. 잠들어 있었을 때 의사는 내가 혼수상태가 아니라 그저 깊은 잠에 빠진 거라고 설명했지만 왜 잠에서 깨지 않는지에 대해선 설명하지 못했다. 의사는 조심스럽게 내 상태를 '체념 증후군(Resignation Syndrome)'으로 진단했다.

　체념 증후군은 주로 러시아나 동유럽에서 전쟁 등으로 집을 떠난 난민 아이들이 걸리는 병으로, 언제 본국으로 추방당할지 모르는 공포와 불안 속에서 자신을 보호하기 위해 깊은 잠에 빠지는 증상을 갖고 있었다. 스웨덴에서 망명을 거부당한 아이들 중에는 무려 3년 넘게 잠에서 깨지 않는 소녀도 있었다. 위험하고 벅찬 현실을 도저히 감당할 수 없어 잠으로 도망친 것이다.

가엾은 그 소녀들에 비하면 나는 비교할 수 없는 천국에 살고 있었다. 누구도 그 사실을 부정할 순 없을 것이다. 그러나 내가 살아야할 평범하고 무의미한 일상들이 내 무의식에선 서로를 죽이려고 전쟁을 벌이고 있었다. 꿈으로의 망명에 실패한 나는 결국 이렇게 눈을 뜨고 있다. 꿈을 꾼 한 달이라는 시간 안에 놓고 온 것들이 너무 많았다. 마치 나 한 명을 눈뜨게 하려고 그 모든 세계가 만들어진 것 같았다.

며칠 몸 상태를 지켜보며 재활 치료를 받은 나는 무사히 집에 돌아왔다. 돌아온 방에는 어린 내가 쓰던 물건들이 고스란히 남아 있었다. 하지만 꿈 일기장에는 어떤 글자도 적혀 있지 않았다. 기억 외에는 어떤 꿈의 증거도 남아 있지 않았다.

그때 아빠가 방에 들어와 잠든 내가 손에 쥐고 있었다며 붉은 목걸이를 주었다. 언젠가 꿈에서 손에 꼭 쥐고 있던 목걸이였다. 이방인의 땅에서 잃어버린 줄 알았던 목걸이는 허무할 정도로 쉽게 다시 내게 돌아왔다. 꿈에서 간절하게 여긴 물건은 현실 세계로 넘어올 수 있다는 법칙이 지금에서야 새삼 떠올랐다. 꿈에선 그 간절함에 매달리느라 법칙을 알면서도 믿지 못했던 것 같다. 잠시 눈으로 살펴보다가 틴 케이스에 담아 서랍에 넣었다.

긴 겨울 방학과 함께 꿈은 끝났다. 곧 새로운 학교에서 새 학기가 시작됐다. 이건 반복이 아니라 새로운 그리고 내가 살아 본 적 없는 시간이었다. 거부된 꿈이 시작되기 전까지 나는 지금부터 이 시간을 살아야 했다.

학교에 가기 전에 시리얼 그릇에 우유를 부어 먹고 양치를 한 뒤 신발을 신었다. 늘 그랬던 것처럼 아빠에게 "다녀오겠습니다."라고 인사를 했다. 무사히 신발을 신고 나무 계단을 내려가자 보리가 꼬리를 흔들며 달려왔다. 나는 보리의 목을 꼭 끌어안고 한참 등을 쓰다듬었다.

보리도 우리가 함께 걸었던 시골길도 전부 다 그대로였지만, 고등학교는 그동안 본 적 없는 새로운 얼굴들로 북적였다. 나를 마녀라고 놀리던 아이들은 보이지 않았다. 나는 차분하게 책상에 앉아 소란스러운 교실을 둘러봤다.

쉬는 시간에 백지운을 만나기 위해 반마다 돌아다녔지만 아무 데서도 그를 보지 못했다. 그를 찾기 위해 '냄새 안 나는 사람' 냄새를 맡으려는데 아무래도 후각이 마비된 것 같았다. 아무리 공기를 마셔도 냄새가 나지 않았다. 교실 안에 오래된 실내화 냄새나 화분 냄새는 정상적으로 맡을 수 있었다. 내 기이한 능력이 정말로 사라진 것이다.

'아니, 그런 건 현실에선 없다고 했지.'

있지도 않은 능력이었지만 그걸 잃었다는 게 조금 서운하고 허전했다. 이제 나는 누가 거짓말을 하든 누가 누굴 미워하든 슬퍼하든 상상의 냄새로는 알 수 없게 됐다. 누군가가 진짜 어떤 사람인지 알기 위해서는 이제 코가 아닌 마음을 사용해야 했다.

현실에선 거의 사용하지 않아 새 것 같은 마음은 뉴메르의 원석처럼 아주 작고 연약했다. 이렇게 작고 볼품없는 마음을 달고 다니는 걸 아무도 볼 수 없어 다행이었다.

나는 쉬는 시간마다 반을 돌아다니며 구겨진 교복 셔츠를 입고 넥타이를 삐딱하게 맨 남학생을 찾아다녔다. 다음 날 그를 만난 건 우리 반에서였다. 전날 그는 아픈 할머니를 모시고 서울에 있는 큰 병원에 가느라 결석한 모양이었다.

'이번엔 꿈을 기억할까? 기억하겠지? 날 보자마자 달려오겠지?'

만약 기억하지 못한다면 다시는 꿈 이야기를 꺼내지 않을 생각이었다. 내 꿈을 털어놓을 수 있는 사람은 오직 그 꿈을 기억하는 사람뿐이었다. 하지만 기억하지 못해도 원망할 생각은 없었다. 시간을 거슬러 기억하기엔 너무 아픈 꿈이었으므로.

드디어 나와 눈을 마주친 백지운의 얼굴에 거의 보이지 않는 미소가 번졌다가 금방 사라졌다. 인사를 하긴 그렇고 무시할 순 없는 사이에 하는 가벼운 목례 같았다.

'잊어버렸구나.'

백지운에게 달려갈 준비를 하던 나는 힘없이 의자에 앉았다. 아니, 애초에 잊을 기억이 없는 건지도 몰랐다. 왜 꾸어야 할 꿈은 찾아오지 않고, 잊지 말아야 할 기억은 꿈보다 더 쉽게 잊혀지는 걸까. 어쩌면 무르시블이 애초에 모래 위에 지어진 세계였기 때문인지도 모른다.

하지만 헤브론이 꿈에서 자신이 누구인지 알려 줬다면 좋았을 텐데. 내가 좀 더 빨리 널 알아봤다면 좋았을 텐데······. 수업 시간에 그의 얼굴은 진지하면서도 약간 어두웠다. 처음엔 장난치길 좋아하는 밝은 얼굴로 기억했었는데. 그땐 미처 다른 면을 살피지 못했다. 그 어떤 엄청나고 황홀한 꿈보다 더 소중한 것들이 눈앞에 잔뜩 있는데도 보려 하지 않았다. 내 외로움과 상처밖에 볼 줄 몰랐던 나는 이기적이고 어리석었다. 백지운이 헤브론인 줄도 모르고 꿈에서 그를 찾아 헤맨 것처럼 바보 같은 행동이 또 있을까.

백지운은 늘 학업과 운동에만 열중하는 모습이었고 시끄럽고 철없는 남학생 무리 속에서 유일한 어른 같았다. 중학생일 때도 백지운에게는 뭔가 사람을 압도하는 분위기가 있었다. 그래서 백지운보다 덩치가 큰 이현준도 쉽게 덤비지 못했던 거겠지.

하지만 나는 백지운이 친구들과 웃으면서 떠들 때도 마음속으로는 '살고 싶지 않다'는 생각을 하고 있을까 봐 불안했다. 우울의 늪에서 처음 만났을 때처럼 절대 녹지 않는 얼음을 껴안고 추위에 떨고 있진 않을까. 하지만 혹시라도 거부된 꿈에 그를 끌어들이게 될까 두려워 그와 친해지는 것을 포기했다.

오늘은 잠실 롯데월드로 체험 학습을 가는 날이다. 잔뜩 들뜬 표정의 아이들이 퍼레이드를 보러 줄지어 실내 놀이공원으로 향했다. 화장실을 찾으려고 두리번거리는 사이 무리는 어느새 사라지고 나만 혼자 야외에 있는 매직아일랜드에 남겨졌다. 당황도 잠시, 놀이기구를 하나라도 더 타겠다고 시끄럽게 떠드는 애들과 잠시나마 떨어진 게 행운처럼 느껴졌다.

나는 매직아일랜드와 실내를 연결한 다리 위에 서 있었다. 거기서 잠시 숨을 고르며 주변을 둘러봤다. 테마파크는 아주 어릴 때 아빠와 왔을 때보다 훨씬 더 작아 보였다. 유치하고 인위적인 구조물 사이에서 행복해 보이는 얼굴들이 눈에 띄었다.

친구들, 부모와 자녀들, 연인들이 밖에선 엄두도 못 낼 요란한 머리띠와 옷을 입은 채 즐거워하고 있었다. 나에게도 저런 미소가 있었을까. 저런 웃음과 저런 행복이. 그래서 지금처럼 우연히 누군가 날 보며 '행복해하는구나'라는 생각을 한 적이 있었을까.

노을이 지면서 석촌 호수 위로 노란 빛이 반짝였다. 봄바람이 불자 호수 주변에 선 벚나무에서 한겨울의 눈 같은 벚꽃이 쏟아졌다. 선생님이 내가 없어진 걸 눈치챌 것 같아 막 뒤돌아선 참이었다. 날 찾고 있던 백지운과 멀리서 눈이 마주쳤다. 설마 했는데 앞머리를 찰랑이며 날 향해 뛰어왔다.

"다행이다. 금방 찾아서."

백지운이 말했다.

"선생님이 찾으셔."

"못 찾았다고 해."

내 말에 백지운이 "어?" 하며 당황했다.

"아니야."

"가자. 다들 퍼레이드 구경하는데……."

"퍼레이드 끝나고 가자. 안에 엄청 복잡하잖아. 아니면…… 그냥 너 먼저 가."

나는 다리에 몸을 기댔다. 백지운도 난간에 다가와 조용히 내 옆에 섰다. 내 머리는 그 애의 어깨에도 닿지 않았다. 누가 보면 일부러 교복을 입고 데이트를 하러 온 대학생들인 줄 알 것이다. 키도 크고 의 젓해진 그가 살짝 괘씸했다. 혼자만 훌쩍 어른이 된 것 같아 왠지 서운한 마음이 들었다.

우리는 말없이 서서 70미터에서 수직으로 떨어지는 자이로드롭을 구경했다. 돈으로 짜릿함을 산 사람들이 즐거움 섞인 비명을 내질렀다. 그 와중에도 바람이 불 때마다 벚꽃잎들이 몸을 앞뒤로 팔랑거리며 떨어졌다. 비현실적인 풍경을 망치듯 「벚꽃 엔딩」 노래가 크게 들려오자 나도 모르게 눈썹을 찌푸렸다.

"왜 그래?"

슬쩍 내 표정을 본 백지운이 물었다.

"이 노래 진짜 싫어."

"왜?"

백지운의 물음에 웃음기가 묻어 있었다.

"이런 유치한 사랑 노래가 봄을 소유하는 게 싫어. 나한테 봄날과 벚꽃은 이렇게 가볍고 신나는 게 아니야. 훨씬 더……."

백지운이 느긋한 미소를 띤 채 작게 노래를 흥얼거렸다.

"하지 마."

"그대……."

"하지 말라니까."

웃으며 말리자 백지운도 수줍은 미소를 지었다.

"난 좋은데. 봄도, 노래도, 이 노래를 싫어하는 너도, 전부 다 기억하고 싶어. 이건 꼭 꿈속에서 듣는 노래 같아."

해맑게 웃는 모습을 보며 덩달아 웃음이 났다.

"잊을 수 없을 거야. 정말로."

"꼭 어디 멀리 떠나는 사람처럼 말한다."

내가 말했다.

"사실은…… 나 다음 달에 떠나. 남아공으로."

"어?"

"남아공으로 이민 가. 할머니랑 사는 동안 아빠가 거기서 자리를 잡으신 모양이야. 케이프타운에 친척이 살고 있거든. 그동안 소식을 몰랐는데 갑자기 연락이 온 거야."

"그렇구나."

이민이라는 단어를 듣는 순간 그만 울고 싶어졌다. 나는 돌아서는 백지운의 팔을 잡았다.

"지운아, 넌 왜 잊어버렸어?"

백지운은 깜짝 놀란 얼굴이었다.

"그냥 다…… 잊고 싶었어?"

"울지 마. 미안해."

"뭐가? 넌 아무것도 모르잖아."

백지운이 내 손을 살짝 잡으며 말했다.

"어젯밤 꿈에 네가 나왔어."

"뭐?"

"갑자기 네가 교실 안으로 들어오더니 막 내 몸에 코를 대고 냄새를 맡았어. 그러면서 어떤 꿈에 대해서 물었어."

"꿈속에서 또 다른 꿈 얘기를 했다고?"

"응. 신기하지? 무슨 목걸이를 찾아야 한다면서 복잡한 얘길 했는데 네 표정이 지금도 너무 생생해."

나는 대체 백지운이 무슨 말을 하는 건지 몰라 혼란스러운 표정을 지었다.

"우리 예전에 같은 꿈을 꾼 적 있잖아. 뭔가 슬프고 이상한 꿈 말이야. 9반에 네가 왔었잖아."

백지운의 눈이 심해처럼 깊어졌다.

"지금은 그 꿈에서 내가 누군지 알고 있지?"

"헤브론?"

고개를 끄덕이는 백지운의 눈시울이 천천히 붉어졌다.

"델라."

이걸로 됐다. 그 이름을 들으니 정말로 우리가 완벽하게 같은 꿈을 꾸었다는 사실을 깨달았다. 눈물을 보이고 싶지 않았는지 백지운은 나를 꼭 안아 주었다. 꽃잎을 몰고 온 바람 속에서 에이모리브의 향기가 났다. 무르시블의 모든 대륙을 통틀어 우울과 슬픔의 냄새를 초월할 수 있는 건 자유로운 그 땅의 향기뿐이었다. 나는 그의 어깨에 얼굴을 묻고 서러웠던 마음을 실컷 쏟아 냈다.

"왜 진작 말 안 했어?"

내가 원망하듯 물었다.

"네가 잊은 줄 알았어. 그래서 괜히 내가 먼저 이야길 꺼내 혼란을 주고 싶지 않았어. 꿈을 잊었다면 잊은 채로 두는 게 좋을 것 같았거든. 혹시라도……."

"내가 또 깊이 잠에 들까 봐?"

백지운이 걱정 어린 표정으로 고개를 끄덕였다.

"나한테 왜 잊어버렸냐는 말을 듣기 전까지 정말로 네가 아무것도 기억하지 못하는 줄 알았어. 떠나기 전에라도 알게 돼서 정말 다행이야."

"그래도 진작 말했어야지. 같이 더 많이 있을 수 있었잖아. 그 시간이 너무 아까워."

"같이 있었잖아. 아주 오랫동안."

백지운이 미소와 함께 답했다.

"날 지켜 줘서 고마워."

그건 내가 하고 싶은 말이었다.

"아니야. 난 항상 널 힘들게만 했어. 무르시블은 너한테 행복한 곳이어야 했는데 한 번도 그러지 못했잖아. 다 내 잘못이야."

내가 자책하며 얼굴을 구기자 백지운이 힘주어 내게 말했다.

"넌 영원히 날 지켜 줬어. 꿈이라는 세계가 있지 않았다면 난 살 수 없었을 거야. 우울의 늪이 날 살렸어. 그곳에 와 준 너도. 무르시블에 있었던 한 순간도 난 후회하지 않아. 지금 내가 슬픈 건 그 시간들이 너무 옛날 일처럼 느껴져서 그래."

나도 그랬다. 침울해 보이는 백지운을 바라보다 머릿속에서 질문이 번쩍했다.

"아, 근데 왜 옛날에 헤브론이 빌런이라고 했어?"

빌런이라는 내 말에 백지운이 눈물을 삼키는 와중에 웃음을 터트렸다.

"전날 우울의 늪에 빠진 꿈을 꿨거든. 이미 오래전 일이지만 가끔 과거의 꿈을 반복해서 꿀 때가 있잖아. 그땐 나를 포함해서 세상에 있는 모든 걸 증오했어. 잠깐이었지만 늪에서 날 방해한 너도 미웠지. 지금은 그 애를 보고 싶어서 다시 그 꿈을 꾸곤 해. 추억을 떠올리듯이."

백지운이 핸드폰을 확인하더니 깜짝 놀랐다.

"큰일났다. 선생님이 전화 엄청 많이 했어. 이제 가자."

"지금 그게 중요해?"

"중요해. 모든 게."

백지운이 말했다.

"시간 없어. 하나라도 더 타야지. 빨리 가자."

백지운이 손을 내밀었다.

"같이 갈 거지?"

나는 망설였다. 거부된 꿈이 언제 내 발목을 잡고 끌고 갈지 알 수 없었기 때문이었다. 검은 폭풍이 나뿐만 아니라 백지운까지 삼킬까 봐 두려웠다.

"거부된 꿈이……."

"내가 옆에 있을게. 그럼 괜찮을 거야."

백지운의 말에 이상할 정도로 마음이 놓였다. 게다가 이미 잡은 그 손을 놓고 싶지 않았다.

"그래. 가자."

그날 우리는 사람들과 어울려 놀이기구를 실컷 탔다. 정신없는 롤러코스터와 바이킹, 빙글빙글 도는 찻잔과 빼먹으면 서운한 회전목마까지. 평범한 고등학생들처럼 퍼레이드를 보며 사진을 찍고, 지나치게 비싼 추로스와 솜사탕도 사 먹었다.

얼마나 많이 웃고 떠들었는지 목이 다 쉴 정도로 열심히 놀았다. 후룸라이드를 탈 때 찍힌 기념사진처럼 짧은 추억을 남긴 백지운은 내 손이 닿지 않는 먼 나라로 떠났다. 봄이라는 짧은 계절도 금세 여름으로 바뀌었고 파릇파릇한 잎사귀가 숲을 가득 채웠다.

하지만 뜨거운 여름이 왔다고 해서 백지운을 만나지 못하는 슬픔까지 마르는 건 아니었다. 나는 가끔 소리 내어 울 만큼 그가 보고 싶어서 견딜 수 없었다. 그래도 한숨 자고 난 뒤에는 괜찮아졌다. 슬픔과 눈물이 나를 자라게 했다. 슬퍼도 나는 그에 대한 그리움을 잊고 싶지 않았다.

사랑하는 사람을 실컷 그리워하기에는 겨울보다 여름이 좋았다. 무더위에 헉헉거리다 보면 조금은 덜 슬프곤 했다. 겨울에 부는 찬바람은 이미 얼어붙은 가슴과 영혼까지 시리게 했다.

여름 숲에 바람이 불면 키 큰 나무들이 서로의 머리를 부비며 시원한 소리를 냈다. 나는 얇고 흰 교복을 팔랑거리며 보리와 함께 어제처럼 등굣길을 걸었다. 그 좁은 시골길을 걸으며 나도 모르게 한 뼘 자란 마음은 날마다 죽거나 다지치 않고 자신의 여린 살을 무럭무럭 키워 냈다. 꽃 한 송이가 아니라 다양한 풀꽃과 나무들로 숲을 이루기 위해서.

지운이는 오늘도 인스타에 사진 몇 장을 업로드 했다. 대서양을 마주 보고 있는 희망봉과 석양으로 붉게 물든 테이블 마운틴 절벽, 집 근처 동네를 어슬렁 걸어다니는 길고양이 사진이 피드에 있었다.

우리는 서로의 일상을 공유하기 위해 만든 비공개 계정이 따로 있었다. 나는 보리 사진을 가장 많이 올렸다. 보리가 밥 먹는 사진, 뛰는 사진, 비가 와서 시무룩하거나 나를 보며 웃는 것 같은 사진 등등. 그 외에도 아빠가 농장에서 전기톱으로 나무를 켜는 사진, 거위가 물 먹는 사진, 학교 가는 길에 찍은 사진을 올리면 어김없이 백지운이 게시물 밑에 있는 하트를 꾹 눌렀다.

거부된 꿈을 기다리는 동안 아무것도 아닌 일상은 소중한 기록이 되어 쌓여 갔다. 고등학생에서 대학생이 되는 것만큼 대학생에서 직장인이 되는 것도 꿈이 아닐까 싶을 정도로 금방이었다. 새로운 사람들과 새로운 환경을 만날 때마다 설렘과 긴장을 동시에 느꼈다. 작은 숲이 전부였던 나는 어느새 기자가 되어 국회와 각 정당들의 당사, 빌딩 숲이 즐비한 여의도를 안방처럼 뛰어다녔다.

오늘도 정신없이 자판을 두드리는 사이 스마트워치에 알림 메시지가 떴다. 지운이가 보낸 메시지였다.

나 도착.

도착이라니? 무슨 소리야?

나 여의도야.

그 짧은 문자 하나에 시들었던 가슴이 만개하는 것 같았다.

진짜? 여의도라고?

윤중로에 있어.

곧 퇴근이지? 기다릴 테니까 퇴근하면 와.

나는 얼떨떨한 기분으로 알았다는 답장을 보냈다.

지운이는 남아공에서 명문대학교로 알려진 스텔렌보스대학교를 졸업한 뒤 한국계 무역 회사에 취직했다. 그곳에서 경력을 쌓아 서울에 있는 본사로 이직했다는 소식을 얼마 전에 내게 알렸다. 날 보러 조만간 국회에 오겠다더니 정말로 그 약속을 지킨 모양이었다.

우리는 서로 다른 대륙에서 대학교를 다니는 동안 한 번도 연락이 끊어진 적이 없었다. 시차는 일곱 시간이나 났지만 한국 시간으로 매일 밤 9시마다 통화를 했고 일 년에 한 번은 남아공 스텔렌보스나 서울에서 만났다. 취직한 뒤에는 그마저도 한동안 못 만날 때가 있었는데 바빠서라기보다는 헤어질 때의 매 순간이 끔찍했기 때문이었다.

지운이를 만날 때마다 떠나보내기가 점점 더 힘들어졌고, 공항은 설렘보다는 두려움의 장소가 됐다. 그걸 잘 아는 지운이는 그래서 이번엔 공항이 아닌 내가 일하는 국회로 오겠다고 한 것이다. 이젠 헤어지지 않아도 된다면서.

국회의사당을 나오자 횡단보도와 인도는 물론, 대로변까지 가족과 연인들끼리 벚꽃 축제를 즐기러 온 인파로 이미 가득 차 있었다.

"나 도착했는데 지금 어디쯤 있어?"

번데기와 솜사탕, 소떡소떡을 파는 갑판대를 정신없이 지나자 통화음이 이중으로 들리기 시작했다. 사람들을 피해 달려가면서도 좀처럼 닿지 않는 거리에 애가 탔다.

"이유진 기자님."

파란 셔츠에 정장 바지를 입은 청년이 내 이름을 부르며 환하게 웃었다. 2년 만이었다. 나보다 더 하얗던 얼굴이 아프리카의 태양에 보기 좋게 그을려 있었다. 그 모습이 신기하면서도 근사했다. 우리가 서로를 마주보며 미소 짓는 순간, 온 세상의 무의미를 다 덮고도 남는 빛이 만들어졌다.

왜 이렇게 아저씨가 됐냐고 놀렸지만 앳된 소년의 얼굴은 그대로 남아 있었다. 나를 온 세상의 의미라고 했던 목소리도 귓가에 울렸다. 내가 어느 곳에 있어도 그 사실은 변하지 않는다고. 그는 나의 연약함을 고귀하게 여겨 준 사람이었다. 깊은 꿈속에서 실종된 나를 구해 준 소년이기도 했다.

해가 지고 은은한 조명을 받고 있는 벚꽃 나무들은 가슴이 벅찰 만큼 몽환적이었다. 낮에는 평범했던 나무들이 밤이 되자 동화나 판타지 영화에 나오는 마법 나무 같았다. 하얀색과 분홍색의 꽃잎들 사이로 보라색이 섞인 푸른빛이 어른거렸다. 포근한 봄바람 속에는 어김없이 「벚꽃 엔딩」의 멜로디가 실려 왔다.

"아, 이 노래 진짜. 여태 살아남았네."

내가 탄식했다.

"이건 사라질 노래가 아니라니까."

이번에도 지운이가 나 때문에 웃는 게 좋았다. 한때 우리가 공유했던 꿈을, 아니 현실보다 더 진짜였던 그 시간을 잊어도 좋으니 이 순간이 영원히 이어지길 바랐다.

"매년 듣고 싶다. 네 짜증도."

지운이가 말했다.

"이젠 떨어지지 말자. 이 꿈에서도."

"이 꿈?"

"응. 이 이상한 꿈."

지운이는 벚꽃 나무 아래 붐비는 사람들을 바라보고 있었다.

"저 사람들을 봐. 지금은 서로 모르지만 언젠가 무르시블에서 만나게 될 사람들이야. 다들 어떤 꿈을 꾸는 중일까. 나중에는 물어볼 수 있겠지."

나는 지운이의 어깨에 가만히 기대었다.

"거부된 꿈은 언제 시작되려는 걸까? 너무 오래 기다려서 이젠 지치려고 해. 그 꿈을 꾸기 전까진 지치면 안 되는데."

"뭐?"

"거부된 꿈 말이야. 검은 폭풍. 기억 안 나?"

"그게 아니라…… 모르고 있었어?"

지운이가 의아한 얼굴로 쳐다봤다.

"뭘?"

"이게 그 꿈이야."

지운이의 말에 잠시 머리가 어지러워졌다.

"아니야. 거부된 꿈은 가장 고통스러운 꿈이라고 했어. 수많은 사람들이 견디지 못할 만큼."

"그래, 그게 이 꿈이야. 현실이라는 꿈. 한밤중에 괴물이 나타나서 목을 조르는 것만큼 고통스러운 꿈이지."

"네가 그걸 어떻게 알아?"

"동생이 죽었을 때 나도 그 꿈을 견딜 수 없었거든."

카리스타를 떠올린 지운이의 얼굴이 잠시 슬퍼 보였다.

"그때 널 만나지 않았다면 지금 함께 이 꿈을 꿀 수 없었겠지. 이 이상하고 좋은 꿈을. 이 꿈이 끝나면 영원한 꿈이 시작될 거야. 그러고 보니까 인간은 사나 죽으나 꿈만 꾸는 존재 같네. 별들처럼."

옅은 미소를 지은 지운이의 어깨 위로 가냘픈 꽃잎 몇 장이 떨어졌다. 그 모습을 바라보는 순간 하늘에서 빛이 떨어지는 장면이 스쳐 지나갔다. 빛으로 흠뻑 젖은 사람들의 미소도 번개처럼 보였다가 사라졌다. 그건 이 세계에 속한 빛이 아니었다.

설렘과 행복함으로 가득한 사람들 틈에 홀로 슬픈 눈빛을 한 소년이 내 눈에 반짝하고 띄었다. 소년은 자신이 태어나지 않았다면 동생도 죽지 않았을 거라고 말했다. 소년은 더 나아가, 자신이 무르시블의 깊은 꿈속에서만 존재하는 또 다른 꿈이길 바랐다. 영원히 꿈으로만 머물 수 있는 '가장 안전한 꿈' 말이다.

"아니, 그래도 넌 태어나야만 했어."

"왜죠?"

소년이 내게 물었다. 오랫동안 그와 나를 아프게 했던 질문이었다. 꿈속에서도 그 답을 찾느라 씨름했던 질문이기도 했다. 이제 거부된 꿈이 그 말에 답했다.

"아무도 널 해칠 수 없는 깊은 꿈속에 있고 싶겠지만, 넌 잠드는 게 아니라 살기 위해 태어난 존재야."

이렇게 영원히 서로를 바라볼 수 없을까. 우리가 잡은 이 손도…….

나는 이 손의 감촉을 최대한 생생히 느끼고 기억하려고 노력했다. 뼈와 근육, 부드러운 피부의 촉감과 온도까지 전부 기억하고 싶었다. 차라리 이 순간이 영원히 멈췄으면 싶었다. 그러나 내 바람은 강물에 떠내려가는 나뭇잎처럼 시간과 함께 순식간에 흘러갔다. 그렇게 한 번도 내 편이라 생각해 본 적 없는 시간은, 사랑하는 것을 잃을까 더는 두려워하지 않아도 되는 '영원의 지점'에 나를 내려주었다.

현실이라는 이름의 '거부된 꿈'을 깨운 건 죽음이었다. 죽음은 깊은 잠에 드는 것 같으면서도 동시에 깊은 잠에서 깨어나는 것 같기도 했다. 잠이 여덟 시간짜리 죽음이라면, 삶은 백 년짜리 꿈이었다. 죽음이라는 세계에 들어서니, 백 년이라는 시간은 부는 바람에 흔적도 없이 사라지는 먼지 한 톨 같았다.

한꺼번에 구름처럼 피어났다가 순식간에 져 버리는 벚꽃과 녹음의 계절은 내가 죽은 뒤에도 수도 없이 반복됐다. 하늘에 종종 이상한 모양의 구름이 만들어지고, 황홀한 노을로 잠들었다가 다음 날 다시 찬란한 빛의 태양이 뜨는 나날들이.

오래전 한 달 동안 실종된 드리머는 그 이후로 평생 무르시블을 잊어 본 적이 없었다. 너무 정신없이 바빴는지 아니면 너무 행복해서였

는지 깜빡하고 그 세계를 잊어버린 순간, 무르시블에서 다시는 감지
않아도 되는 눈을 떴다.

언젠가 그곳의 시민들이 말하기를, 황혼이 진 자리에 오래된 별이
죽고 붉은 별이 태어났다고 했다.

14
신들과 별들

    평소보다 깊은 잠이 든 밤이었다. 편안하고 아늑한 기운이 나를 감싸더니 심연의 어둠을 뚫고 높은 빛이 떠올랐다. 그 빛은 나인 것 같았다. 이상하게도 그 전의 시간은 궁금하지 않았다.

    어떻게 살았는지, 몇 살까지 살았는지, 어떻게 죽었는지, 살아 있을 땐 그 무엇보다 중요한 것들이 이제는 궁금하지조차 않았다. 확실한 건 죽음과 상관없이 나는 여전히 살아 있다는 사실이었다. 죽음은 나를 죽인 게 아니라 내 과거를 죽였다. 죽은 게 슬프지 않다며 고통이 뭔지 모르겠다고 했던 카리스타의 말을 이젠 이해할 수 있었다.

    사는 동안 언제 시작될까 두려웠던 거부된 꿈, 그 꿈을 다 꾼 사람에게 자신이 유일한 답이었음을 알려 주었다. 그걸 깨닫기 위해 나는 이토록 깊은 꿈을 꾸어야 했던 걸까.

이제 그 꿈이 모두 끝났다는 듯 무르시블이 말했다.

잘했다. 고결한 자여.

중심을 잃은 대사제의 검이 바닥에 쿵 하고 떨어졌다. 수십 년의 시간이 그 찰나의 순간과 함께 마침내 끝이 났다. 오래전, 아니 조금 전 메피힐티눔과의 전투에서 내가 진 것이다. 그에게 진 것이 나는 기뻤다. 가까이 걸어가는 동안 우리는 서로를 동일한 눈빛으로 바라봤다. 내가 나를 바라보는 따뜻한 눈빛엔 운명처럼 심오한 비밀이 스며 있었다. 그의 얼굴에 손을 대는 순간 메피힐티눔이 순식간에 모래알처럼 바닥에 흘러내렸다.

"폐하!"

마력에서 풀려난 사제들이 안도하며 나를 둘러쌌다. 나는 그들의 이름을 하나하나 부르며 우리가 함께했던 시간들을 떠올렸다.

"다들 괜찮아?"

"네, 폐하는 괜찮으세요? 왠지 조금 달라 보이셔서요."

"나? 나는……."

조각난 반지를 주워 든 헤브론과 눈이 마주치자 서로를 기억하는 눈에 커다란 물방울이 맺혔다. 아득한 시간을 초월한 그 짧은 순간이 그와 나의 존재를 어루만졌다.

"이걸 보세요, 폐하."

르녹이 신기하다는 듯 말했다. 바닥에 떨어진 모래알들이 오묘한 색깔을 띠며 머리를 들었다. 거대한 지느러미를 가진 고래 같기도 하고 날렵한 표범 같기도 한 움직임은 알 수 없는 형체로 내게 다가오더니 부드럽게 발을 어루만졌다.

"폐하, 이건……."

강한 힘에 이끌리듯 수많은 모래알들과 하나로 합쳐진 모래는 무르시블을 수호하는 새로운 사가비시니였다. 장대한 물결을 이룬 사가비시니는 무르시블 전역으로 퍼져 나가 상처 입은 땅을 자신의 권능으로 뒤덮었다.

차갑게 죽었던 일곱 개의 태양과 일곱 개의 달과 무수한 별이 다시 빛났고 쿼러스의 마른 뿌리도 생명의 숨을 틔웠다. 이미 해방되어 사라진 검은 폭풍처럼, 사가비시니가 휩쓸고 지나간 자리에 이방인은 없었다. 자신과 타인의 영광을 훼손한 이방인들은 목적도 의미도 없는 땅을 무한히 방황하는 죄인이었으나 이제 길을 잃은 영혼은 고통과 함께 이 땅에서 사라졌다.

실론을 가로질러 툰의 균열 속으로 들어간 사가비시니는 그를 일으켜 현재와 미래의 시간을 동시에 재건했다. 무르시블의 품 안에 돌아온 드리머들은 기쁨, 행복, 슬픔, 두려움, 불안, 그리고 사랑으로 자신의 영혼과 이 땅을 적셨다.

그때 대륙 간 경계 사이에서 실종된 드리머들이 부드러운 꿈결의 언덕 위로 걸어나왔다. 자신이 만든 꿈속에 오래 갇혀 있던 탓에 얼굴과 몸이 푸르스름한 잿빛이었다. 눈이 부시다는 듯 찡그린 표정은 다시 뜬 태양빛을 받은 순간 생기를 얻었다. 비로소 자신의 거부된 꿈으로 돌아갈 용기를 얻은 표정이었다.

금테두리를 두른 붉은 휘장이 양옆에 드리워진 성전은 이전보다 더 찬란한 자태로 날개를 활짝 펼쳤다. 백성과 시민들의 머리 위로 유성우처럼 떨어진 보석들은 머리에 닿는 순간 빛으로 변했다. 보고 싶었던 보리는 내가 성전에 도착하자마자 제일 먼저 마중 나와 꼬리를 흔들며 안겼다. 보리는 세 쌍의 날개와 황금빛 눈을 가진 나의 타르스였다.

"황제 폐하."

대제사장 엘리고스와 다섯 대륙의 왕들이 나를 맞았다.

"엘리고스."

"예언을 이루셨군요. 기다리고 있었습니다. 무르시블의 영원한 왕이시여."

나와 내가 지나온 시간을 꿰뚫어 본 눈들이 반짝였다. 비탄젤이 환하게 웃으며 다가와 내 뺨을 어루만졌다.

"아름답고 거룩한 황제 폐하, 영원히 우리를 다스리소서!"

성전 안에 모든 사람들이 이 날을 축하하며 성배를 들었다. 보석 같은 빗줄기가 잔에 부딪치며 나는 영롱한 소리가 성전 가득 반짝거렸다.

"무르시블이 이렇게 아름다운 곳인 줄 몰랐어."

내 말에 곁에 서 있던 헤브론과 미할이 흐뭇하게 미소 지었다. 부드러운 빛에 흠뻑 젖은 사람들이 춤을 추기 시작했다. 헤브론이 내 손을 부드럽게 잡아 자신의 어깨에 올렸다.

원을 그리며 헤브론과 춤을 출 때마다 무수한 별빛이 박힌 소매와 검은 머리카락이 찰랑거렸다. 데자뷔처럼, 언젠가 꿈속에서 이 드레스를 입고 빛으로 변하는 비를 맞으며 밤새 춤을 춘 것 같은 익숙한 기분이 들었다. 그때도 목에 이 붉은 목걸이를 걸고 있었는지 기억을 더듬어 봤지만 확실히는 알 수 없었다. 만약 그때 이 꿈을 꾼 게 맞는다면, 나는 모든 꿈을 이미 다 이룬 나를 미리 보았던 것이다. 꿈의 신비를 지키기 위해 그 세계에 '망각'이라는 장막이 덮혀 있다는 걸 그땐 알지 못했다.

할 수만 있다면, 나는 자신이 누구인지 몰라 두려워하던 무르시블의 소녀에게 아무것도 걱정하지 말라는 말을 해 주고 싶었다.

'지금은 등에 짊어진 모든 게 무거워도, 그 무게 덕분에 폭풍을 견딜 수 있을 거야. 온 세상을 다 휩쓸어 갈 폭풍까지도.'

카리스타와 헤브론이 즐겁게 이야기를 나누는 동안 나는 타르스를 데리고 성전 뜰에 앉아 쿼러스에 편안하게 등을 기댔다. 고개를 올려다보니 하늘에 새벽별을 기다리는 별 사냥꾼이 긴 사다리 위에 서 있었다.

손을 흔들자 그도 웃으며 내게 손을 흔들었다. 지금 내 옷에 수놓인 보석들은 다 저 하늘에서 따온 빛이었다.

그때 성전의 날개가 벌어지며 세로로 가느다란 빛이 보였다. 내게 다가올수록 그 빛은 사람의 형태가 되었다. 그는 엄숙하면서도 부드러운 목소리로 나를 "폐하."라고 불렀다.

"엘리고스."

"허락해 주신다면 제 마지막 임무를 수행하고 싶습니다."

"마지막 임무?"

자리에서 일어나며 내가 물었다. 엘리고스는 은은한 미소를 띠며 고개를 끄덕였다. 그러곤 쿼러스를 향해 오른손을 뻗었다. 구부린 손가락을 천천히 펴자, 잎사귀마다 촘촘히 박힌 창백한 빛들이 민들레 홀씨처럼 부드럽게 떨어져 날아갔다.

수많은 빛이 날아가 펼쳐진 곳은 비탄젤의 바다였다. 그 물에 닿은 빛들은 상아빛을 띤 아몬드 모양의 우아한 배로 변했다. 그 배는 노를 젓지 않아도 우리를 부드럽고 조용하게 깊고 먼 바다로 이끌었다.

비탄젤의 바다가 끝나는 곳에는 절벽이 있었다. 헤아릴 수 없는 눈물이 폭포처럼 쏟아지는, 말 그대로 무르시블의 끝이었다. 하지만 뱃머리가 그 끝에 닿는 순간 작은 불꽃이 튀더니 투명한 문이 열리며 찬란한 은빛으로 뒤덮인 항로가 펼쳐졌다. 마치 거울 안을 들여다보는 것 같았지만 무르시블과는 전혀 다른 바다, 전혀 다른 세계였다. 아직도 이 세계에서 내가 몰랐던 비밀이 남아 있었던 것이다.

휘황한 빛을 두른 사람들이 바다 위를 걸으며 나에게 다가왔다. 너무 눈이 부셔서 얼굴은 쳐다볼 수 없었지만 그들이 가진 성스러움과 아름다움을 느낄 수 있었다. 곧 우리는 두 세계를 사이에 두고 서로를 거울처럼 마주 보았다.

"엘리고스, 이건 뭐지? 그리고 이분들은……."

"저의 조상들이 섬겼던 선황제들이십니다."

"선황제?"

엘리고스가 그들에게 머리를 숙여 절을 했다. 왼편에 서 있던 황제가 온화한 목소리로 말했다.

"무르시블. 우리는 당신을 맞이하러 온 퀴니에룬과 마훔입니다. 다른 황제들도 그대를 기다리고 있습니다."

퀴니에룬의 음성은 먼 곳에서 들리는 종소리처럼 은은하고 신비로웠다.

"선황제에 대해선 한 번도 들어본 적이 없는데. 나 외에 다른 황제가 있는 줄도 몰랐어요."

"우린 항상 함께였어요. 내 영혼의 꼬리가 당신을 페론까지 데려다주었죠."

"황제의 영혼? 절 페론에 데려다준 건……."

나는 고개를 번쩍 들으며 말했다.

"사가비시니?"

퀴니에룬이 맞다는 듯 미소 짓자 그 주위로 영롱한 빛이 어른 거렸다.

"이름은 다르지만 우린 동일한 차원의 세계를 다스린 드리머예요. 죽음과 꿈의 세계는 무르시블이 있기 전에도 있었고 이후에도 수많은 별들처럼 계속해서 태어날 거예요. 모두 하나로 연결된 긴 사슬의 고리들이죠. 지금 내가 서 있는 곳은 예언을 이룬 황제들이 안식을 취하는 신들의 땅, 엘나르입니다."

'엘나르'라는 말이 진리처럼 바다에 흘렀다. 놀란 마음이 사라지며 오랫동안 잠들고 싶을 만큼 나른해졌다.

"형제여. 거룩한 평화와 안식이 그대를 기다리고 있습니다."

오른편에 선 황제 마훔이 내게 손을 뻗었다. 부드럽고 투명한 빛이 그 손에 가득했다. 팔을 뻗어 그의 손을 잡자 더 이상 빛 때문에 눈이 부시지 않았다. 나는 내 얼굴을 들여다보는 것처럼 두 사람의 얼굴을 선명하게 바라볼 수 있었다.

그들은 어깨까지 내려오는 머리에 높은 관을 쓰고 있었고 총명한 두 눈은 불꽃처럼 빛나고 있었다. 한 마디 음성만으로도 황제의 위엄이 느껴졌지만 마훔이 나를 '형제'라고 부른 것처럼 나 역시 그들이 오랫동안 보지 못한 가족처럼 느껴졌다.

"황제들은 모두 드리머였나요?"

"네, 그렇습니다."

마홈이 대답했다.

"왜죠? 황제가 드리머여야 하는 이유가 있나요?"

"다섯 왕국을 지탱하는 가장 강력한 힘의 근원은 꿈에서 나오니까요. 황제들의 꿈은 제국을 수호하는 검이자 방패예요. 황제가 드리머가 아니었다면, 황제의 영혼인 사가비시니도 만들어지지 못했을 거예요. 꿈을 통해 이뤄 낸 예언은 또 다른 황제에게 물려줄 운명이 되지요."

"예언을 이룬 황제들은 모두 엘나르로 떠났나요?"

그들의 어깨 너머로 넘실거리는 금빛 오로라를 바라보며 물었다.

"그렇습니다. 황제가 떠나도 백성과 시민들은 그 땅에서 변함없는 자유와 안식을 누릴 겁니다."

마홈이 걱정하지 말라는 듯 부드럽게 말했다.

"그건 어떤 예언이었나요? 나랑 같은 예언이었나요?"

"똑같은 예언은 하나도 없어요. 하지만 모든 예언은 중요하고 또 절실했어요. 내가 살았던 때는 암울한 시기였어요. 그 이야기를 할 시간은 충분해요."

가만히 나의 손을 잡은 눈빛에서 나에 대한 따뜻한 애정과 사랑이 느껴졌다. 나는 엘나르로 넘어가 다른 형제들과도 빨리 만나고 싶었다. 하고 싶은 말 듣고 싶은 말 들이 벌써 내 머릿속에 가득 찼다.

한쪽 발이 두 바다의 경계를 넘어 신들의 바다에 닿으려는 순간, 내 세계에 속한 푸른 물결이 마음을 붙들었다.

"무르시블로 다시 돌아올 순 없는 거죠?"

"쿼러스가 하나인 것처럼 엘나르의 문이 열리는 건 지금 이 순간뿐이에요."

마훔이 대답했다.

흔히 인생을 한 권의 책으로 비유하는 것처럼, 한 명의 드리머가 꾸는 꿈도 한 권의 방대한 책이었다. 결말은 이미 쓰였지만 먼 훗날에서야 다시 읽을 수 있는 책. 천 명의 드리머가 있다면 무르시블은 천 권의 책이 있는 도서관인 셈이다. 지금까지 내가 쓴 책을 온전히 이해할 수 있는 사람은 헤브론뿐이었다.

엘나르로 떠나는 순간 나는 이 책의 새로운 페이지를 쓸 수 있을 것이다. 하지만 헤브론이 없는 페이지는 쓰고 싶지 않았다.

다시 배 안으로 들어온 나는 마훔의 손을 천천히 놓았다.

"폐하."

엘리고스가 숨을 내쉬며 말했다.

"무르시블의 황제로 남으실 생각이십니까?"

나는 대답 대신 왕관을 벗어 마훔에게 주었다.

"제가 사랑하는 사람들과 이곳에 있고 싶어요."

"하지만 후회하지 않으시겠어요? 엘나르는 이 전의 세계를 잊을 만큼 신들의 영광으로 가득한 낙원이에요. 지금까지 자신의 나라에 남겠다는 황제는 한 분도 없었습니다."

퀴니에룬이 나를 설득하며 말했다.

"전 이미 이곳을 한 번 떠난 적이 있어요. 그래서 후회했고요.
그리고 무엇보다……."

"드리머 때문이군요."

마훔이 내 목에 걸린 목걸이를 바라보며 한 특별한 드리머를 떠
올리는 것 같았다.

"네. 헤브론이 없는 낙원은 가고 싶지 않아요. 헤브론은 저의 영
원한 집이에요. 저는 천국이 아니라 집에 있고 싶어요."

마훔은 알겠다는 듯 내 왕관을 소중히 품에 안았다.

"함께 가지 못하는 대신 선물을 드리고 싶습니다. 신들께서 제게
허락하신 힘으로 원하시는 것을 이루어 드리겠습니다."

"제가 원하는 거요?"

"드리머가 깨어 있는 동안에도 늘 당신을 기억하게 해 줄 수 있
어요. 그럼 두 사람은 떨어져 있는 동안에도 함께 있는 것처럼 항
상 서로를 느낄 거예요. 슬프거나 외롭지도 않겠지요."

마훔의 말에 내 얼굴에 미소가 번졌다. 잠시 고민하던 나는 불
가능할 거라고 생각하면서도 용기를 내어 말했다.

"백성들에게 그들이 원하는 꿈을 꾸게 해 주고 싶어요. 단 한
번뿐인 생명을요."

머릿속에 쉐마를 떠올리자 미세한 금빛이 섞인 마훔의 갈색 눈
이 깊어졌다.

"오늘 밤, 그들이 바라는 꿈을 꾸게 될 겁니다."

신들의 가슴에서 흘러나온 빛은 그대로 무르시블의 바다에 닿아 성전을 향해 뻗어갔다. 원하는 이의 가슴으로 들어갈 생명과 꿈의 빛이었다. 그 빛은 각자의 운명이 되어 내일 새로운 눈을 뜰 것이다.

"아름다운 무르시블, 잘 있어요. 그대와 그대의 나라를 잊지 않겠습니다."

나는 두 황제와 차례로 눈을 맞추며 작별 인사를 했다. 그들이 천천히 돌아서자 투명한 문의 가장자리가 좁아지며 찬란한 바다와 함께 사라졌다.

"내가 떠나지 않아서 실망했어?"

엘리고스는 그 질문에 옅은 미소를 띠었다.

"그렇지 않습니다, 폐하."

"난 이제 황제가 아닌데……."

"폐하는 영원히 저의 황제이십니다. 제게 허락된 시간 동안 폐하를 섬기게 되어 영광이었습니다."

임무를 마친 엘리고스가 희미해지고 있었다. 나는 벌써 반쯤 사라진 그를 붙들며 여기에 있어 달라고 말했다.

"괜찮습니다, 폐하. 이게 제가 바라는 안식입니다."

평화로운 미소가 사라지기 전에 나는 머리를 깊이 숙였다. 내가 황제일 때 지나온 시간들이 모두 떠나가는 것 같았다. 진정한 안식에 들어가는 엘리고스를 보며 알 수 없는 슬픔이 파도처럼 밀려왔지만 그의 마지막 미소에 담긴 따뜻한 위안에 곧 마음이 편안해졌다.

엘리고스가 사라진 뒤 무르시블의 밤하늘에는 여덟 번째 달이 떴다. 대제사장, 곧 무르시블의 거룩한 지혜는 여덟 개의 겹쳐진 달 중에 가장 끝에 자리했다. 오늘 이 바다는 호수처럼 잔잔하고 거울처럼 맑아서, 하늘에 박혀 있는 여덟 개의 달과 수조 개의 은하 전체가 바다 안에 들어와 있는 것 같았다.

멀리서 헤브론이 조용히 헤엄치는 파사빌을 타고 천천히 내게 가까워지고 있었다. 보이지 않는 슬픔이 나를 찾아낸 것이다. 이 슬픔은 헤브론이 곧 떠나야 한다는 걸 뜻했다. 그가 살아 내야 하는 시간이 아직 끝나지 않았기 때문이다.

나는 헤브론의 손을 따뜻하게 감쌌다.

"에이모리브에서 기다릴게. 모든 행복한 꿈과 모든 끔찍한 악몽에도 있을게. 다시 어둠이 와도 괜찮아. 우울의 늪에서처럼 내가 널 찾을게."

깨어 있는 동안 헤브론이 날 항상 기억하지 않아도 괜찮았다. 내가 가장 원하는 건 그에게 내가 줄 수 있는 가장 행복한 꿈을 주는 것이었다. 하지만 자신이 어떤 꿈을 꿀지 결정하는 건 드리머에게 달려 있었다.

헤브론의 영혼의 꼬리가 내게 무언가를 속삭였다. 입가의 미소가 지워지기 전에 그는 완전히 꿈에서 깼다.

홀로 배 위에 눕자 별로 가득한 우주에 떠 있는 기분이었다. 잔잔한 물결 속에 별들도 나와 함께 흔들렸다. 부드럽게 일렁이는 배는 내게 어디로 갈지 묻고 있었다. 그때 머리 위로 아득히 펼쳐진 몇 겹의 은하에서 잘 익은 별들이 무르시블로 쏟아져 내렸다.

심연에서 태어난 어린 별들은 어둠을 두려워하지 않았다. 단지 자라는 동안 자신이 아무것도 두려워하지 않아도 된다는 걸 잊을 뿐이었다.

어둠속에서 그 별들의 숨결이 느껴졌다. 빛나기로 마음먹은 용감한 별들이 서로의 손을 잡고 뛰어내리는 환상적인 광경에 취해, 나는 이미 영원을 산 기분이었다.

하늘과 바다에서 불꽃처럼 태어나는 별들을 바라보며 루비 목걸이를 꺼냈다. 헤브론을 떠올리는 것만으로도 보석이 붉어지는 걸 보면, 이 그리움은 슬픔이 아니라 사랑의 감정인 모양이었다.

돌이켜 보면 나는 헤브론을 사랑하기도 전에 그리워했던 것 같다. 가장 오래, 그리고 가장 깊은 사랑에 빠지게 되리라는 것을 마음은 이미 알고 있었던 걸까. 지금도 그 사랑에 빚을 진 마음은 어쩌면 꽤 오래 걸릴지도 모르는 기다림을 시작했다.

"나 준비됐어."

목걸이에 입을 맞추자, 비탄젤의 바다와 무르시블을 아득히 뛰어넘은 우주 한가운데 루비의 붉은빛이 수직으로 그어졌다.

에필로그 ✦

무르시블은 성채를 허문 자리마다 무성한 풀이 자라 별들의 숲을 이루고 있었다. 보석처럼 작은 빗방울이 내리는 숲길을 걸으면 그리운 사람이 올 것 같은 설레는 기분이 들었다.

내 입가에서 만들어진 미소가 팔랑거리며 날아가더니 누군가의 어깨 위에 앉았다. 그 웃음을 찾아 형형색색의 제라늄으로 흐드러진 찬란한 폐허로 달려갔다. 멀리서 이제 막 초원에 들어선 시민 한 명을 단번에 알아봤다. 그의 부푼 가슴에서 피어난 싱그러운 포도 향기가 여기까지 풍겨왔다.

한때 이름조차 몰랐던 어떤 남자의 다정한 눈빛, 미소 한 번을 보겠다고 겁도 없이 무작정 이 세계로 들어왔던 소녀 시절의 내가 떠올랐다. 그는 나보다 용감했지만 나처럼 여리고 어린 소년이었다. 하지만 서로를 지켜야 할 때 우리는 얼마나 무적(無敵)이었는지.

마침내 내 삶을 완성시킨 미소가 마치 어제처럼 그리고 영원처럼 나를 바라보고 있었다. 그에게 은색 줄에 달린 사랑을 걸어 준 뒤, 우리는 한 사람처럼 보일 만큼 서로를 꼭 끌어안았다.

나는 별 사냥꾼이 새벽별을 낚기 위해 기다리는 둥근 언덕으로 그를 데려갔다. 이제는 은빛 모래가 찰랑이는 사가비시니의 언덕 위에서 또 한 번의 영원을 보냈다.

별처럼 빛나는 내 입술에 그의 입술이 닿았다. 다시 뜨지 않아도 좋을 두 눈을 감았다. 영원히 떼지 않을 입맞춤으로 우리는 영원히 하나가 되었다.

이제 무르시블에서 만나 서로를 정확히 사랑하는 우리는 사제도 황제도 아닌 영원한 이 땅의 자유인이다. 그러나 과거나 미래, 그 어느 시간, 그 어느 꿈속에선가 우리가 사제나 황제라 하더라도 그 오래 앓아 온 사랑으로 서로에게 자유가 되었으리라.

작
가
의
말

나는 어릴 때 자주 아팠고, 아픔에 지쳐 잠들면 심란한 꿈에 시달리는 아이였다. 유리로 만든 광활한 건물을 헤매거나, 공중을 걷다가 장대 하나를 놓치는 바람에 끝없이 떨어지기만 하는 꿈을 꾸기도 했다. 오로지 '추락'이 목적인 그 꿈에서 나는 이상하게도 공포심보다는 해방감을 느꼈던 것 같다.

어른들이 "큰 꿈을 가져야 훌륭한 어른이 된다."고 말할 때 정작 나에게는 그런 쓸모 있는 꿈이 없었다. 내가 어른이 되는 날은 오지 않을 거라 당당하게 믿었기 때문이다. 겉모습이라도 어른이 되면 현실을 잘 이해할 수 있지 않을까 했지만, 지금도 나는 가장 거대한 돌을 굴리지 않고는 조약돌도 옮기지 못하는 사람인 것 같다.

살아 있다는 것은 그 자체로 얼마나 비현실적인 일이며, 결국 자신의 영혼만으로 서야 할 때가 있다는 것 역시 얼마나 외롭고 두려운 일인지. 긴 터널을 지나는 동안 나는 무언가가 되어야만 하는 '큰 꿈' 대신 내가 꾸어야만 하는 꿈을 꾸어야 했다. 어둠 속에서 나를 지켜 준 건 외부의 강한 신념이나 확신이 아니라, 오히려 예측할 수 없고 위험한 꿈을 꾸는 수많은 나 자신이었다.

내면의 불빛이 자라면서 날 힘겹게 몰아붙인 꿈들도 조금씩 희미해졌다. 이제는 짐짓 그리워진, 상징이라는 신비로운 형상으로 현실을 빚어낸 그 꿈의 흔적들이 완전히 사라지기 전에 소설에 등장하는 여러 장면들과 이름들을 그곳에서 건졌다.

이 책을 쓰는 동안 과거의 시간들을 새롭게 안아 줄 수 있어 예기치 못한 순간마다 마음이 벅찼다. 이 여정을 가능하게 해 주신 위즈덤하우스 관계자 분들과 심사위원 분들께 깊이 감사드린다. 이야기에 마침표를 찍을 때까지 든든한 돛이 되어 주신 박현숙 팀장님의 따뜻한 지지와 헌신도 잊지 못할 것이다.

마음이 문득 초라해지는 어느 날, 『무르시블의 소녀』가 그날의 고단함을 달래는 작은 온기가 되기를 바란다. 사막에서 길을 잃고 지쳐 스스로를 의심하는 황제에게 '폐하는 자신의 고귀함을 증명할 필요가 없다'고 단언한 헤브론의 위로가, 나이와 상관없이 꿈을 꾸고 자라느라 애쓰는 모든 드리머들의 매일을 감싸 주기를.

2025년 1월 겨울을 지나며, **전훌**

★★★★★
『무르시블의 소녀』에 보내는 청소년 심사위원단의 찬사

꿈과 현실을 드나들며 상처받은 사람들을 구해 주는 멋진 판타지. **강태완, 춘천중학교**

나에게 좋은 위로와 가치관을 선사한 책. **공이현, 상명대학교사범대학부속여자중학교**

지금은 볼 수 없는 신분이나 마법 같은 판타지 요소를 '꿈'에 녹인 신비하고 흥미로운 책.
권은수, 신송중학교

주인공이 외로움과 무관심의 상처를 이겨 내고 성장하는 모습이 멋졌다. 나도 내 상처를 이겨 내고
더 좋은 사람이 되고 싶어졌다. **김예린, 갈외중학교**

상처받은 청소년들에게 위로를 건네는 책. **김지우, 대구강동중학교**

무르시블이란 환상적인 세계를 통해 청소년에게 아픔을 극복할 힘을 주는 판타지. **김현진, 진산중학교**

참신한 세계관과 작품 특유의 분위기에 푹 빠져 읽었다. **김화연, 인천초은중학교**

삶에 대해 깊이 생각할 수 있게 하는 고마운 책. 그리고 아름다운 문장을 만날 수 있었던 책.
나하경, 거원중학교

상처를 외면하지 않고 마주하면 언젠가 아픔이 사라진다는 것을 알려 준 책. **노주희, 신구중학교**

신비로운 꿈속 세계인 무르시블을 묘사한 문장들이 아름다웠고, 각자가 외면했던 외로움, 두려움,
슬픔 등의 상처를 마주하라는 메시지가 마음에 와 닿았다. **맹서현, 두일중학교**

상처가 많은 아이가 꿈의 세계 무르시블의 황제가 되어 고대 악마와 맞선다는 설정이 신선했다. 상
처를 마주하고 이겨 내라는 작가의 메시지가 돋보인다. **양정원, 부천남중학교.**

상처를 받아들이고 인정할 때 치유될 수 있음을 알려 준 책. **왕소현, 대전하기중학교**

현실의 상처를 외면하며 살아가는 사람들을 위한 놀라운 꿈속 이야기. **이건희, 홈스쿨링.**

환상적이고 아름다운 세계 무르시블에 관한 책. **이영채, 개원중학교**

탄탄한 세계관이 눈길을 끄는 책. 숨겨진 이야기에 놀랐고,
지금 청소년들에게 가장 필요한 이야기를 담고 있다. **이예인, 완산중학교**

꿈의 세계와 현실에서의 아픔과 상처를 이겨 내고 진정한 어른이 된 주인공을 통해
청소년들에게 상처를 대하는 방법에 대해 이야기해 주는 책. **이채윤, 난우중학교**

꿈을 통해서만 갈 수 있는 무르시블을 외톨이 주인공이 구하는 환상적인 이야기. **이현우, 온양중학교**

외면하고 싶은 상처와 두려움을 마주하며 성장해 가는 소녀의 모습이
사춘기를 마주한 우리의 모습 같았다. **장연주, 태장중학교**

무르시블의 소녀가 계속 성장하며 변화하는 생각을 따라 읽는 게 즐거웠고,
나의 상처를 무시하지 않고 받아들이게 만든 책. **장채원, 속초해랑중학교**

새벽까지 읽고 누웠을 때, 나를 다른 세계로 데려다줄 것 같은 기분에 쉽사리 잠을 이룰 수 없었다.
정수안, 소하고등학교

굉장히 참신하고 재밌었다. **조연우, 대일서일고등학교**

꿈속에서 일어나는 신비한 모험과 매력적인 인물들에 빠져 읽다 보니
순식간에 책을 다 읽어 버렸다. **최유담, 과천중학교**

현실의 내가 갖는 고통과 상처를 외면하지 말고 보듬어야 한다는 주제가 뇌리에 크게 박혔다.
한유준, 서울개운중학교

판타지의 정석 같은 책. **한아현, 역곡중학교**

꿈이라는 소재와 예측할 수 없는 전개가 이 책의 가장 큰 매력이다
홍수림, 흥덕중학교

꿈의 세계에서 자신의 상처와 싸운다는 설정이 흥미로웠다. **황채원, 선화예술중학교**

제1회 위즈덤하우스
어린이청소년 판타지문학상 청소년 심사위원단

◆

제1회 위즈덤하우스
어린이청소년 판타지문학상 심사 과정

STEP 1.
독자 심사위원 선발

수상작 두 편을 꼼꼼히 읽고 대상과 우수상을 선정해 줄 청소년 심사위원단 120명을 선발했습니다.
청소년들이 보내 준 심사위원에 임하는 각오와 도서 리뷰가 심사위원을 선발하는 기준이 되었습니다.

STEP 2.
위촉증과 수상작 두 편 발송

선발된 청소년 심사위원단에게 위촉증과 수상작 두 편을 전달하며
본격적인 심사가 시작되었습니다.

STEP 3.
작품 함께 읽기

청소년 심사위원단들이 모인 밴드에 날마다 읽을 분량과 함께 질문을 올라오면,
심사위원단이 함께 읽고 질문에 대해 자신의 생각을 남겨 주었습니다.
이렇게 한 주 동안 하나의 작품을 읽고 작품에 대한 감상을 정리했습니다.

STEP 4.
줌 심사 모임

댓글로만 소통하던 심사위원단 친구들과 줌에서 만났습니다. 선생님과 함께 서로
배려하고 경청하며 작품에 대한 이야기를 나누며, 한층 작품에 대한 이해가 깊어졌습니다.
책을 좋아하는 친구들과 함께 책 이야기를 맘껏 나누는 행복한 경험이었습니다.

STEP 5.
별점과 한 줄 평 남기기

함께 읽고 정리한 감상을 토대로 청소년 심사위원단이 직접 각 작품에 대해
별점을 남기고 대상과 우수상을 선택했습니다. 마지막까지 진지하게 작품을 읽고
소중한 한 표를 던져 준 심사위원단에게 감사의 인사를 전합니다.

*청소년 심사위원단 신청 방법은 위즈덤하우스 홈페이지 공지사항을 참고하세요.

텍스트T 013
무르시블의 소녀

초판 1쇄 인쇄 2025년 2월 21일
초판 1쇄 발행 2025년 3월 12일

글 전홀
펴낸이 최순영

어린이 문학1 팀장 박현숙
키즈 디자인 팀장 이수현

펴낸곳 ㈜위즈덤하우스 **출판등록** 2000년 5월 23일 제13-1071호
주소 서울특별시 마포구 양화로 19 합정오피스빌딩 17층
전화 02)2179-5600 **내용문의** 02)2179-5781
홈페이지 www.wisdomhouse.co.kr **전자우편** kids@wisdomhouse.co.kr

ⓒ 전홀, 2025

ISBN 979-11-7171-370-7 43810